As outras pessoas

As outras pessoas

C. J. Tudor

Tradução de Giu Alonso

Copyright © C. J. Tudor, 2020

TÍTULO ORIGINAL
The Other People

REVISÃO
Raphani Margiotta
Cristiane Pacanowski | Pipa Conteúdos Editoriais

DIAGRAMAÇÃO
Inês Coimbra

FOTO DE CAPA
©Bela Molnar

ADAPTAÇÃO DE CAPA E LETTERING
Antonio Rhoden

CIP-BRASIL. CATALOGAÇÃO NA PUBLICAÇÃO
SINDICATO NACIONAL DOS EDITORES DE LIVROS, RJ

T827o

    Tudor, C. J., 1972-
    As outras pessoas / C. J. Tudor ; tradução Giu Alonso. - 2. ed. - Rio de Janeiro Intrínseca, 2025.

    Tradução de: The other people
    ISBN 978-85-510-1391-5

    1. Romance inglês. I. Alonso, Giu. II. Título.

24-93935   CDD: 823
                 CDU: 82-3(410.1)

Gabriela Faray Ferreira Lopes - Bibliotecária - CRB-7/6643

[2025]

Todos os direitos desta edição reservados à
EDITORA INTRÍNSECA LTDA.
Av. das Américas, 500, bloco 12, sala 403
22640-904 – Barra da Tijuca
Rio de Janeiro – RJ
Tel./Fax: (21) 3206-7400
www.intrinseca.com.br

Para minha mãe e meu pai — as melhores pessoas.

"O inferno são os outros."

— Jean-Paul Sartre

Ela dorme. Uma menina pálida num quarto branco. Cercada de máquinas Guardiãs mecânicas, elas prendem a menina adormecida ao reino dos vivos, impedindo que flutue para longe em ondas eternas e sombrias.

Os bipes ritmados e o ressonar dificultoso de sua respiração são os únicos sons que embalam o sono da menina adormecida. Antes, ela amava música. Amava cantar. Amava tocar. Ela encontrava música em tudo — nos pássaros, nas árvores, no mar.

Um pequeno piano foi colocado no canto do quarto. A tampa do teclado está aberta, mas as teclas estão cobertas com uma camada fina de poeira. Em cima do piano há uma concha cor de marfim. Seu interior cor-de-rosa sedoso parece as curvas delicadas de uma orelha.

As máquinas emitem seus bipes e ruídos.

A concha treme.

Um "dó" agudo de repente toma o quarto.

Em algum lugar, outra menina cai.

Três anos antes
Rodovia M1 — direção Norte

Ele percebeu os adesivos primeiro, emoldurando o para-brisa traseiro do carro e preenchendo o para-choque.

Buzine se estiver com tesão.
Não me siga, estou perdido.
Quando se dirige que nem eu, é melhor acreditar em Deus.
Buzina quebrou. Atenção no dedo.
Homens de verdade amam Jesus.

Contradição é pouco. Porém, uma coisa era óbvia: o motorista era um babaca. Gabe poderia apostar que o cara usava camisetas com frases e tinha na mesa de trabalho uma imagem de um macaco com as mãos na cabeça e a frase: *Você não precisa ser doido para trabalhar aqui, mas com certeza ajuda!*

Ele ficou surpreso que o motorista conseguisse enxergar pelo para-brisa traseiro. Por outro lado, pelo menos fornecia material de leitura para as pessoas nos engarrafamentos. Como aquele no qual estavam presos no momento. Uma fila longa de carros se arrastava pelo trecho em obras da M1; parecia que elas tinham começado em algum momento do século anterior e estavam determinadas a se arrastar pelo próximo milênio.

Gabe suspirava e tamborilava no volante, como se isso de alguma maneira pudesse acelerar o tráfego ou materializar uma máquina do tempo. Ele estava quase atrasado. Não exatamente. Não por enquanto. Chegar em casa a tempo ainda estava dentro das possibilidades. Mas ele não tinha muitas esperanças. Na verdade, a esperança o havia abandonado em torno da entrada 19, junto com todos os motoristas espertos o bastante para se arriscarem com o GPS e um desvio pelas estradas do interior.

O mais frustrante era que ele tinha conseguido sair na hora. Deveria ter chegado em casa facilmente até as 18h30, para jantar e colocar Izzy na cama, o que ele havia prometido — *prometido* — a Jenny que faria.

"*Só uma vez por semana. É só isso que estou pedindo. Uma noite em que vamos jantar juntos, você vai ler uma história para sua filha dormir, e nós podemos fingir que somos uma família normal e feliz.*"

Aquilo magoara. Ela dissera com a intenção de magoar.

É claro que ele poderia ter argumentado que tinha sido *ele* quem arrumara Izzy para a escola naquela manhã, enquanto Jenny teve que correr para se encontrar com um cliente. *Ele* que acalmara a filha e passara antisséptico no seu queixo quando o gato temperamental (que *Jenny* adotara) arranhou a menina.

Mas ele não fez isso. Porque os dois sabiam que isso não compensava todas as vezes que ele faltara, todos os momentos em que não estivera presente. Jenny não era injusta. Mas quando se tratava da família, ela estabelecia um limite muito firme. Se você ultrapassasse esse limite, demorava um bom tempo até ela permitir uma nova tentativa.

Esse era um dos motivos pelos quais ele a amava: sua dedicação profunda à filha deles. A mãe de Gabe havia sido mais dedicada à vodca barata, e ele não conhecera o pai. Gabe tinha jurado que seria diferente, que estaria presente na vida da sua menininha.

No entanto, ali estava ele, preso na rodovia, prestes a se atrasar. De novo. Jenny não o perdoaria. Dessa vez, não. Ele nem queria pensar muito no que isso significaria.

Ele tentou ligar, mas a ligação caíra na caixa postal. E agora seu celular estava com um por cento de bateria, o que significava que desligaria a qualquer momento, e é claro que justamente hoje ele havia esquecido o carregador em casa. Tudo que podia fazer era ficar lá parado, lutando contra o desejo de pisar no acelerador e atropelar todo o trânsito à sua frente, tamborilando agressivamente no volante e encarando o maldito Cara dos Adesivos.

Muitos dos adesivos pareciam velhos. Desbotados e amassados. Aliás, o próprio carro parecia centenário. Um velho Cortina ou algo parecido. Era daquela cor muito popular nos anos 1970: um dourado meio apagado. Banana podre. Pôr do sol poluído. Sol moribundo.

Fumaça cinzenta e imunda era cuspida de vez em quando do escapamento torto. O para-choque estava todo pontilhado de ferrugem. Ele não conseguia ver a marca do fabricante, que provavelmente caíra junto com metade da placa. Restavam só as letras "T" e "N" e o que parecia parte de um seis ou oito. Gabe franziu a testa. Tinha certeza de que isso era contra a lei. Aquela banheira nem devia estar circulando, provavelmente não tinha seguro nem um motorista qualificado. Melhor não se aproximar muito.

Ele estava pensando em trocar de pista quando o rosto de uma menina apareceu pelo para-brisa traseiro, perfeitamente emoldurado pelos adesivos descascados. Ela parecia ter cinco ou seis anos. Rosto rechonchudo e corado. Cabelo louro fino preso em duas marias-chiquinhas.

Seu primeiro pensamento foi que ela deveria estar presa numa cadeirinha para crianças.

Seu segundo pensamento foi: *Izzy*.

Ela o encarou. Seus olhos se arregalaram. Ela abriu a boca, revelando o espaço de onde um dente da frente havia caído. Ele se lembrava de ter embrulhado o dente num lenço e escondido embaixo do travesseiro para a fada do dente.

Ela gritou, sem som:

— Papai!

Então alguém estendeu a mão, agarrou seu braço e a puxou para baixo. Fora de visão. Sumiu. Desapareceu.

Ele encarou a janela vazia.

Izzy.

Impossível.

Sua filha estava em casa, com a mãe. Provavelmente vendo Disney Channel enquanto Jenny preparava o jantar. Ela não podia estar num carro estranho, sendo levada sabe Deus para onde, sem nem estar presa em segurança numa cadeirinha.

Os adesivos bloqueavam sua visão do motorista. Gabe mal conseguia ver o topo da cabeça dele acima do *Buzine se estiver com tesão*. Foda-se. Ele buzinou de qualquer maneira. Então piscou os faróis. O carro pareceu acelerar um pouco. À frente, as obras na pista terminavam, e as placas de oitenta quilômetros por hora eram substituídas pelo limite de velocidade nacional.

Izzy. Ele acelerou. Estava num Range Rover novinho. O carro disparou feito um foguete. Ainda assim, a banheira enferrujada à sua frente estava se afastando. Ele pisou ainda mais fundo no acelerador. Encarou o velocímetro, passando dos cento e vinte quilômetros por hora, cento e vinte e cinco, cento e trinta. Ele estava se aproximando, e então a banheira de repente se enfiou na pista do meio e ultrapassou vários carros. Gabe seguiu, cantando pneu na frente de um caminhão. O estrondo da buzina quase o deixou surdo. Seu coração parecia que ia explodir seu peito, que nem a porra do *Alien*.

O carro dos adesivos costurava o tráfego perigosamente. Gabe estava preso entre um Ford Focus do lado e um Toyota na frente. Merda. Ele deu uma olhada pelo retrovisor, entrou na pista à direita e então ultrapassou o Toyota. Ao mesmo tempo um Jeep surgiu pela esquerda, que por pouco não bateu na frente do carro. Ele pisou nos freios com toda a força. O motorista do Jeep ligou o pisca-alerta e ergueu o dedo do meio.

— Vai se foder *você*, seu miserável!

A banheira enferrujada já estava vários carros à frente agora, ainda costurando pelo trânsito, os faróis desaparecendo ao longe. Ele não conseguiria alcançá-la. Era perigoso demais.

Além disso, Gabe tentou convencer a si mesmo, devia estar errado. *Só podia estar*. Não tinha como ser Izzy. Impossível. Por que diabos ela estaria naquele carro? Ele estava cansado e estressado. Estava escuro. Devia ser alguma outra garotinha parecida com Izzy. *Muito parecida com Izzy*. Uma garotinha com o mesmo cabelo louro em marias-chiquinhas, o mesmo sorriso banguela. *Uma garotinha que o chamou de "papai".*

Uma placa surgiu: SERVIÇOS A 2,5 KM. Ele podia parar, fazer uma ligação, acalmar a mente. Mas já estava atrasado; era melhor continuar. Por outro lado, o que seriam mais alguns minutos? A saída de serviço estava ficando para trás. Continuar? Parar? Continuar? Parar? *Izzy*. No último segundo, girou o volante para a esquerda, passando por cima dos tachões brancos e atraindo mais buzinas. Ele acelerou pela saída de serviço.

Gabe quase nunca parava nesses postos de serviço. Achava que eram lugares deprimentes, cheios de pessoas infelizes que queriam estar em outro lugar.

Ele desperdiçou minutos preciosos andando de um lado para outro, passando por diferentes lanchonetes, atrás de um telefone público, que por fim encontrou escondido entre os banheiros. Só havia um. Ninguém mais usava telefones públicos. Ele desperdiçou outros vários minutos procurando moedas antes de perceber que poderia usar um cartão. Então tirou o cartão de débito da carteira, enfiou no aparelho e ligou para casa.

Jenny nunca atendia no primeiro toque. Estava sempre ocupada, sempre fazendo alguma coisa com Izzy. Às vezes ela dizia querer ter oito pares de mãos. Ele deveria estar mais presente, pensou. Deveria ajudar.

— Alô.

Uma voz de mulher, mas não era Jenny. Desconhecida. Será que ele tinha ligado para o número errado? Não ligava muito para casa. Hoje em dia tudo era o celular. Ele verificou o número no visor do aparelho. Definitivamente era o telefone fixo deles.

— Alô? — repetiu a voz. — É o sr. Forman?

— Sim. É o sr. Forman. Quem é você?

— Eu sou a detetive Maddock.

Uma detetive. Na casa dele. Atendendo o telefone.

— Onde o senhor está, sr. Forman?

— Na M1. Quer dizer, num posto de gasolina. Voltando do trabalho.

Ele estava falando demais, como se fosse culpado de algo. Mas pensando bem, ele *era* culpado, não? De muitas coisas.

— O senhor precisa voltar para casa, sr. Forman. O mais rápido possível.

— Por quê? O que houve? *O que aconteceu?*

Uma longa pausa. Um silêncio pesado e abafado. O tipo de silêncio, pensou ele, que transborda de palavras não ditas. Palavras prestes a destruir completamente a sua vida.

— É sobre a sua esposa... e a sua filha.

CAPÍTULO 2

*Segunda-feira, 18 de fevereiro de 2019
Posto Newton Green, rodovia M1 —
entrada 15, 1h30 da manhã*

O homem magro bebia café com bastante açúcar. Raramente comia alguma coisa. Uma ou duas vezes pediu uma torrada e então a abandonou depois de algumas mordidas. Ele tinha a aparência, Katie pensava, de alguém mais próximo da morte do que sua idade indicava. As roupas pendiam dele como se fosse um espantalho sem estofo. A emaciação havia marcado seu rosto, suas olheiras e bochechas. Os dedos que seguravam a caneca de café eram longos e delicados, os ossos tão afiados que pareciam capazes de atravessar a pele fina que os cobria.

Se Katie não soubesse, diria que ele estava com alguma doença terminal. Câncer. Sua avó morrera disso e tinha a mesma aparência. Mas a doença dele era de outro tipo. Uma doença do coração e da alma. Os melhores médicos e remédios do mundo não conseguiriam curar aquele homem. Nada o curaria.

Quando ele começou a parar naquele posto, uma ou duas vezes por mês, normalmente distribuía panfletos. A própria Katie pegara um. Fotos de uma menininha. VOCÊ ME VIU? É claro que Katie tinha visto. Todos viram. A menininha estivera em todos os jornais. Ela e a mãe.

Na época, o homem magro tinha esperança. De certa forma. Aquele tipo insano de esperança que energiza as pessoas, como uma droga. É tudo o que têm. Elas a consomem como se fosse crack, mesmo quando sabem que a própria esperança se transformou em vício. As pessoas dizem que ódio e amargura vão destruir você, mas estão enganadas. É a esperança. É a esperança que vai devorá-lo de dentro para fora como um parasita. Vai deixá-lo em suspenso como uma isca para tubarão. Mas a esperança não vai matá-lo. Não é tão gentil assim.

O homem magro fora consumido pela esperança. Não restara nada. Nada além de muitos quilômetros rodados e pontos no cartão fidelidade do café.

Katie pegou a caneca vazia e limpou a mesa dele.

— Quer outro?

— Vocês servem na mesa agora?

— Só os clientes fiéis.

— Obrigado, mas é melhor eu ir.

— Tudo bem. Até mais.

Ele assentiu de novo.

— Aham.

Esse era o total das conversas deles. Todas as conversas. Ela nem tinha certeza se ele percebia que falava com a mesma pessoa toda vez que parava ali. Tinha a sensação de que a maior parte das pessoas era só parte do cenário para ele.

Katie ouvira falar que aquele não era o único café que ele visitava, nem o único posto de serviços. Os atendentes trocavam de emprego e conversavam entre si. Assim como os policiais que frequentavam o lugar. Circulava um boato de que ele passava os dias e as noites dirigindo pela rodovia, parando em diferentes postos, procurando pelo carro que levara sua menininha. Procurando sua filha perdida.

Katie torcia para que aquilo não fosse verdade. Ela torcia para que o homem magro um dia encontrasse sua paz. Não só para o bem dele. Havia algo nele, no seu desespero silencioso, que lhe dava nos nervos. Mais que tudo, torcia para que, um dia, ela chegasse ao trabalho e ele não aparecesse, e ela não precisasse pensar nele nunca mais.

Dirigir à noite. Antigamente, Gabe não gostava. Do brilho dos faróis vindo na direção contrária. Dos trechos de rodovia escura em que a estrada adiante parecia se desintegrar num nada infinito. Era como dirigir para dentro de um buraco negro. Ele sempre achou desorientador. A escuridão fazia tudo parecer diferente. As distâncias mudavam, as formas se distorciam.

Esses dias (noites) era quando ele se sentia mais confortável. Enclausurado no banco do motorista, tocando alguma música agradável e baixa. Hoje era Laurie Anderson. *Strange Angels*. Era o disco que ele mais ouvia. Havia algo de estranho e sobrenatural que o comovia. Parecia combinar com sua jornada pelo asfalto negro.

Às vezes, ele se imaginava navegando por um rio profundo e escuro. Em outros momentos, sentia-se flutuando pelo espaço, numa escuridão eterna. São estranhos os pensamentos que vagueiam, sonâmbulos, a mente às altas horas da madrugada, quando você deveria colocar seu cérebro para dormir em segurança. Mas, embora ele deixasse a mente divagar, sempre mantinha os olhos fixos na estrada, alerta, vigilante.

Gabe não dormia mais. Não direito. Esse era um dos motivos pelos quais ele dirigia. Quando precisava de um descanso, mais por achar que *deveria* descansar do que por efetivamente se sentir cansado, ele parava num dos postos de serviço que passara a conhecer tão bem.

Era capaz de listar todos, de um extremo ao outro da M1: os estabelecimentos, as classificações e a distância entre eles. Eram, supunha, o mais perto que ele tinha de um lar. Era irônico, realmente, considerando o quanto ele os detestava antes. Quando queria mais do que só um refil de café, estacionava a van numa das vagas de caminhão e se deitava na parte de trás por uma ou duas horas. Em geral ele se ressentia do tempo que perdia, sem fazer nada, sem procurar. Mas se sua mente nunca descansava, seus olhos, mãos e pernas precisavam do intervalo. Às vezes, quando ele saía de trás do volante, a sensação era a de ser um Neandertal encurvado tentando ficar de pé pela primeira vez. Então se forçava a fechar os olhos e esticar seu metro e noventa de altura tanto quanto a van permitia por um máximo de cento e vinte minutos a cada vinte e quatro horas. Então ele voltava para a estrada.

Gabe tinha tudo de que precisava com ele. Produtos de higiene pessoal, algumas mudas de roupa. Às vezes uma visita à lavanderia o forçava a sair da rodovia e entrar numa cidade. Ele não gostava dessas viagens. Elas o faziam se lembrar da normalidade da vida da maioria das pessoas. Fazer compras, ir para o trabalho, encontrar amigos em cafés, levar as crianças para a escola. Todas as coisas que ele não fazia mais. Todas as coisas que ele tinha perdido ou de que abrira mão.

Na rodovia, nos postos de serviço, a vida normal ficava em suspenso. Todo mundo estava indo para outro lugar, numa parada intermediária. Nem aqui nem ali. Era um pouco como o purgatório.

Ele mantinha o celular e o laptop por perto, junto com dois carregadores e várias baterias extras (nunca mais cometeria aquele mesmo erro). Quando não estava dirigindo, passava o tempo bebendo café, acompanhando as notícias — caso *houvesse* alguma notícia — e entrando nos sites de pessoas desaparecidas.

A maioria mal passava de quadros de aviso. Postavam chamadas sobre os desaparecidos, atualizações sobre as buscas, organizavam eventos para conscientização. Tudo na esperança desesperada de que alguém, em algum lugar, visse algo e entrasse em contato.

Ele costumava acompanhar esses sites religiosamente. Depois de um tempo, porém, tudo aquilo o derrubou: a esperança, o desespero. As mesmas fotografias, repetidas vezes. Os rostos de pessoas desaparecidas há anos, décadas. Preservados no flash de uma câmera. Seus cortes de cabelo ficando cada vez mais datados, seus sorrisos, mais congelados a cada aniversário e Natal.

E havia também os rostos novos, que surgiam quase diariamente. Ainda com um eco de vida. Ele imaginava a marca que permanecia nos seus travesseiros, a escova de dente endurecida no copo, as roupas no armário que cheiravam a sabão em pó, e ainda não a mofo e naftalina.

Mas isso aconteceria. Assim como aconteceu com os outros. O tempo seguiria sem eles. O restante do mundo avançaria rumo ao seu destino. Só seus entes queridos permaneceriam na plataforma. Sem conseguir sair, sem conseguir abandonar a vigília.

Estar desaparecido é diferente de estar morto. De certa forma, é pior. A morte oferece um fim. A morte dá permissão para o luto. Para fazer um funeral, acender velas e deixar flores num túmulo. Para seguir em frente.

Estar desaparecido é estar num limbo. Preso num lugar estranho e desolado onde a esperança brilha fraca no horizonte, e o desespero e a angústia espreitam como abutres.

Seu telefone vibrou no apoio preso ao painel. Ele deu uma olhada na tela. O nome que surgiu fez os cabelos da sua nuca se arrepiarem.

Outra coisa que você encontra, se passar tempo suficiente viajando pelas estradinhas rurais no meio da noite, são outros notívagos. Outros vampiros. Motoristas de vans e caminhões em entregas de longa distância. Policiais, paramédicos, atendentes. Como a garçonete loura. Ela estava no turno da noite hoje de novo. Parecia bacana, mas sempre cansada. Ele imaginava que ela fora casada, mas que o marido a abandonara. Agora ela trabalhava à noite, para ter tempo para as crianças durante o dia.

Ele costumava fazer isso. Inventava passados para as pessoas, como se fossem personagens num livro. Algumas conseguia ler de imediato. Outras exigiam mais tempo. Algumas eram impossíveis de decifrar, nem num milhão de anos.

Como o Samaritano.

"Kd vc?", dizia a mensagem.

Em geral, Gabe não aguentava gente que usava abreviações, nem em mensagens — um resquício da antiga profissão de editor —, mas ele perdoava o Samaritano, por inúmeras razões.

Ele tocou o ícone do microfone na tela do celular e disse:

— Entre Newton Green e Watford Gap.

As palavras surgiram escritas numa mensagem. Gabe tocou para enviar.

A resposta chegou:

"Encontro em Barton Marsh, dps J14. Já mando end."

Barton Marsh. Um vilarejo perto de Northampton. Nada muito bonito. A uns cinquenta minutos de distância.

"Por quê?"

A resposta só tinha uma palavra. Uma palavra que ele estava esperando há quase três anos para ouvir. Uma palavra que ele temia ouvir.

"Achei."

CAPÍTULO 4

Posto Tibshelf, entre as saídas 28 e 29 da M1

Fran tomou um gole do café. Bem, ela supunha ser café. O cardápio dizia ser café. Parecia café. Cheirava vagamente a café. Mas o gosto era uma bosta. Ela abriu outro sachê de açúcar. O quarto. Do outro lado da mesa de plástico grudenta, Alice mordiscava sem muito interesse uma torrada anêmica que cumpria um pouco melhor que o café a descrição dos itens no menu.

— Vai comer isso? — perguntou Fran.

— Não — respondeu Alice sem prestar atenção.

— Não te culpo — disse Fran, dando um sorriso simpático, embora o esforço fizesse suas bochechas doerem... o que combinava com o estado dos seus olhos e da sua cabeça.

A cabeça latejava mais que nunca sob a luz fluorescente. Ela não havia comido nada desde a manhã anterior. Sua barriga não se importava, mas a cabeça pulsava pela falta de alimento e sono. Isso era parte do motivo pelo qual tinha decidido que elas deviam fazer uma pausa para tomar um café e comer algo. Rá, rá. Bem feito para ela que não tenham conseguido nenhuma das duas coisas. Fran empurrou o café para longe.

— Quer ir ao banheiro antes de irmos?

Alice começou a balançar a cabeça, depois repensou.

— Ainda falta muito?

Boa pergunta. Faltava? Qual distância seria muito? Ela não fazia ideia, mas não queria dizer isso para Alice. Deveria estar no controle, ter um plano. Ela não podia dizer a Alice que estava simplesmente dirigindo, o mais rápido que ousava, tentando abrir a maior distância possível entre elas e seu último endereço.

— Bom, ainda falta bastante, mas há vários outros postos no caminho.

Até elas saírem da rodovia, é claro, e então a única opção seria o acostamento na lateral da estrada.

Alice fez uma careta.

— Acho que posso ir agora.

Sua animação ao dizer isso era como se tivessem sugerido a ela que entrasse numa jaula com leões devoradores de gente.

— Quer que eu vá com você?

Outra pausa hesitante. Alice tinha, entre outras coisas, uma fobia de banheiros públicos. Porém, perto de completar oito anos, ela também tinha uma fobia ainda maior de agir que nem bebê.

— Não, tudo bem.

— Tem certeza?

Ela assentiu e, com um olhar sério e determinado que a fazia parecer muito mais velha do que era, se levantou da cadeira. Depois de outro momento de hesitação, esticou a mão por cima da mesa e pegou sua mochila: era pequena, cor-de-rosa, decorada com flores roxas. Alice não ia a lugar nenhum sem ela, nem ao banheiro. Quando passou a alça pelo ombro magro, o conteúdo da bolsa chacoalhou e fez barulho.

Fran tentou não franzir o cenho nem deixar o medo transparecer na sua expressão. Ela ergueu a caneca de café e fingiu beber enquanto Alice se afastava: cabelo castanho comprido preso num rabo de cavalo alto, calça jeans para dentro das botas Ugg falsas, um sobretudo imenso engolindo seu corpinho magro.

Uma onda de amor primitivo a dominou. Era assim às vezes. Assustador, o amor que se sente por uma criança. Desde o primeiro minuto em que você segura aquela cabeça macia e grudenta no colo, tudo muda. Você vive num estado perpétuo de fascínio e terror: fascínio por ter produzido algo tão incrível, e terror de que a qualquer momento isso possa ser arrancado de você. A vida nunca parecera tão frágil ou tão cheia de ameaças.

O único momento em que você não deveria ter que se preocupar com as crianças, ela pensou, era quando estavam dormindo. Nesse momento elas deveriam estar em segurança, aconchegadas nas suas camas. O problema era que Alice não dormia na cama. Nem sempre. Ela caía no sono em qualquer lugar, a qualquer momento. No caminho para a escola, no parque, no banheiro feminino. Num segundo ela estava desperta. No seguinte, apagada. Era assustador.

Mas não tão assustador quanto o momento em que ela acordava.

Fran pensou na mochila. Naquele chacoalhar constante. O pânico esvoaçou no seu peito como uma mariposa sombria.

Alice encarou a placa do banheiro feminino. Uma mulher de saia triangular. Quando era pequena, ela achava que aquilo significava que não poderia entrar se estivesse de calça. Ela não queria entrar agora. Seu abdômen se contraía de medo, o que é claro só aumentava a vontade de fazer xixi.

Não era dos vasos que ela sentia medo. Nem dos secadores de mão barulhentos (embora antigamente ela tivesse um pouco de medo deles). Era outra coisa. Uma que era difícil de evitar em qualquer banheiro, mas especialmente nos públicos, com suas fileiras infinitas de pias e cantos inesperados.

Espelhos. Alice não gostava de espelhos. Sentia medo deles desde pequena. Uma das suas primeiras memórias era de se fantasiar e descer escondida para se olhar no espelho grande no quarto da mãe. Ela parou na frente do espelho, resplandecente no seu vestido da Elsa... e começou a gritar.

Nem todo espelho era um problema. Alguns eram seguros. Ela não sabia por quê. Não conseguia explicar, não mais do que conseguia explicar por que alguns eram perigosos. Espelhos estranhos eram mais arriscados. Espelhos que ela não conhecia. Era nesses que ela via coisas; eram esses que podiam fazê-la cair.

Vai ficar tudo bem, disse a si mesma. *É só olhar para baixo. Continue olhando para baixo.*

Ela respirou fundo e empurrou a porta. O cheiro enjoativo de desodorizador de ar e desinfetante ficou preso na garganta, deixando-a meio enjoada. Não tinha mais ninguém no banheiro, o que era meio estranho, mas, por outro lado, ainda estava cedo, e o posto estava vazio.

Alice correu para o reservado mais próximo, o olhar sempre voltado para baixo, e fechou a porta. Então se abaixou no vaso, fez xixi e rapidamente se secou, deu a descarga e saiu de novo, ainda tentando manter os olhos fixos no chão. Agora era a parte difícil. Agora ela precisava ir até a pia e lavar as mãos.

Ela quase conseguiu. Mas o suporte de sabonete não estava funcionando. Ela apertou, apertou, e então olhou para cima. Não conseguiu evitar. Ou talvez houvesse algo naquele brilho proibido que a chamava, como uma porta entreaberta. Era impossível não empurrá-la para ver o que havia do outro lado.

A menina teve um vislumbre do seu reflexo. Só que não era ela. Na verdade, não era um reflexo. Era uma garota, parecida com ela, alguns anos mais velha. Mas enquanto Alice tinha cabelo escuro e olhos azuis, aquela menina era pálida, quase albina, com cabelo branco e olhos leitosos e cinzentos.

— *Alisss.*

Até sua voz era pálida e sem substância, como se fosse carregada por uma brisa.

— Agora não. Vai embora.

— *Sssssh. Quietinha agora.*

— Me deixa em paz.

— *Preciiiiiiso de você.*

— Não posso.

— *Preciso que você duuuuurma.*

— Não. Eu não estou...

Mas antes que a palavra "cansada" pudesse sair de seus lábios, as pálpebras de Alice se fecharam e ela caiu no chão.

Achei.

Era mesmo possível, depois de tanto tempo? E, é claro, Gabe tinha bastante noção do que o Samaritano *não* dissera. Ele falou: "Achei." Ele *não* falou: "Achei ela." A não ser que estivesse tentando poupá-lo. Mas então por que chamá-lo até aqui? Ele sentia que havia algo mais contido naquelas palavras. Uma mentira por omissão. *Achei. E…?*

Ele estreitou os olhos para as placas desconhecidas e guiou a van por estradas que pareciam apertadas e sinuosas demais. Gabe sentia um estranhamento momentâneo toda vez que saía da rodovia. Como se tivesse cortado a corda de segurança. Rompido o cordão umbilical. Pulado no abismo sem paraquedas.

O pânico arranhava com garras febris o fundo de sua mente. Pânico de que ele a poderia estar perdendo. Pânico de que a estava deixando desaparecer. De novo. Era irracional. Insano. Mas não conseguia evitar. A rodovia era sua única conexão. O lugar onde a vira pela última vez. O lugar onde a perdera.

Você deveria fazer qualquer coisa pelo seu filho. Qualquer coisa. E ele tinha simplesmente assistido à filha desaparecer. Tinha deixado aqueles faróis se afastarem. Sumirem. Desaparecerem. E a cena tinha se repetido sem parar na mente. Se ele tivesse agido de outra forma. Se não tivesse desistido. Se tivesse seguido a porra daquele carro velho maldito. Se…

Gloriosa visão em retrospectiva. Mas não era gloriosa. A visão em retrospectiva é um vigarista desprezível. Um apresentador de TV com um terno dourado e uma peruca barata que mostra, zombeteiro, o que você poderia ter ganhado:

Se você tivesse sido mais rápido, mais corajoso, mais dedicado. Se não tivesse sido tão covarde. Mas, senhoras e senhores, uma salva de palmas para ele. Foi um ótimo competidor. Mesmo assim é um perdedor. *Não passa de um perdedor de merda.*

Gabe apertou o volante com mais força e deu uma olhada no relógio: 2h47 da manhã. O céu ainda era um veludo preto profundo, perfurado por alguns pontinhos minúsculos de luz. Demoraria um tempo até que a manhã surgisse, afastando-o. No meio de fevereiro isso só aconteceria dali a pelo menos umas três horas.

Ele ficava feliz por isso. Preferia a escuridão. Essa época do ano. Quando os dias começavam a ficar mais curtos, em outubro, ele ao mesmo tempo agradecia e odiava. Os dias longos do verão eram péssimos. Dias ensolarados traziam mais pessoas à rodovia: carros cheios de famílias saindo de férias. Rostos sorridentes, felizes, animados. Suando, gritando, exaustos. Ele via Izzy em todos eles.

Algumas vezes, no início, ele quase saiu correndo atrás de meninas, convencido de que eram ela. Nas duas vezes ele percebeu, pouco antes de fazer papel de palhaço (ou de levar um soco na cara de um pai furioso), que estava errado. Foi poupado da humilhação. Mas não da decepção excruciante.

Em outubro, as hordas de famílias já tinham se dissipado: de volta ao trabalho e à escola, aos trajetos cotidianos. No entanto, havia outros eventos. Outras comemorações. Dia das bruxas, noite das fogueiras. Parecia que durante todo o ano havia eventos criados para lembrar aos solitários quão solitários eles eram. Sem crianças com os olhos iluminados pelo brilho dos fogos. Sem parceiro para abraçar no frio do outono.

O Natal era o pior, porque era o mais invasivo. Nas estradas, na rodovia, nos postos de serviço, era possível fugir das outras ocasiões, em sua maioria. Mas o Natal — a *porra* do Natal — invadia tudo, e agora surgia mais cedo a cada ano.

Até os postos de serviço faziam tentativas fúteis de colocar decorações e arrumar suas árvores de Natal tortas, cheias de caixas vazias mal embrulhadas embaixo. As lojas se enchiam de "lembrancinhas" natalinas para quem estava a caminho de uma reunião familiar e se esquecera de comprar um presente para a tia Edna. E as músicas. Eram elas que realmente o deixavam à beira da loucura. A mesma meia dúzia de músicas natalinas tocando sem parar, e nem eram as originais, mas cópias irritantemente ruins. Depois do primeiro ano, ele comprou fones caros, com cancelamento de ruído, para se livrar delas e ouvir a própria seleção musical, mais melancólica e menos festiva.

Gabe odiava o Natal. Todo mundo que já perdeu alguém odeia o Natal. O Natal pega sua dor e a eleva à décima potência. Desdenha de sua perda com cada árvore nevada e cada Papai Noel. Ele o faz lembrar de que não há folga, não há respiro. Seu luto é constante e, mesmo que você consiga guardá-lo num canto, como uma caixa de enfeites, ele sempre vai voltar. Reaparecendo a cada ano, tão familiar quanto o fantasma podre de Jacob Marley.

Quanto mais distante estava do Natal, mais calmo ele se sentia. Não feliz. Gabe nunca ficava feliz. Nem tinha certeza se essa avenida emocional ainda estava aberta para ele. Mas havia encontrado algo como aceitação. Não aceitação de que Izzy tinha partido. Aceitação de que aquela era a vida dele agora. Implacável, triste, cansativa, difícil. Mas tudo bem. Era o que ele merecia. Até encontrá-la. De uma forma ou de outra.

Uma placa verde emergiu da escuridão à frente: BARTON MARSH 3 KM. Próxima à direita. Uma pista de conversão. Ele ligou a seta e entrou. Laurie Anderson cantava sobre João e Maria, crescidos e de saco cheio um do outro. Não existe "felizes para sempre", pensou Gabe.

A entrada o levou a uma estrada rural ainda mais estreita e sinuosa. Sem postes. Só olhos-de-gato esporádicos, piscando para ele do centro da pista. Seu celular apitou com uma mensagem:

"Perto?"

"3 km"

"Já passou da fazenda?"

"Não."

"Depois da fazenda, tem um recuo. Estaciona. Trilha pela mata."

"Ok."

Trilha pela mata.

Seus cabelos se arrepiaram. Por um momento, ele se perguntou o que levara o Samaritano até ali, um lugar tão escondido. Então concluiu que na verdade preferia não saber.

Ele forçou a mente a se concentrar na estrada de novo. À esquerda, uma placa surgiu em meio às sombras: FAZENDA OLD MEADOWS. Então, alguns metros depois, à direita, Gabe encontrou um recuo, com uma placa quase completamente escondida pelas árvores indicando o estacionamento.

Ele parou atrás do único outro carro ali. Era um BMW preto. Tinha alguns anos, a placa parcialmente coberta de terra. Não o suficiente para chamar a atenção da polícia, mas o bastante para dificultar a identificação num olhar rápido. Os vidros do para-brisa traseiro e das janelas de trás eram escuros, embora Gabe duvidasse de que fosse pelo conforto dos passageiros.

Ele desligou o motor da van, que provavelmente era barulhento o bastante para se ouvir da fazenda, abriu o porta-luvas e pegou uma lanterna pequena. Então tirou o casaco pesado do assento do carona e vestiu. Saiu da van e a trancou. Provavelmente não era necessário. Ele estava procrastinando. Adiando o momento.

Gabe fechou o casaco todo, até o queixo. Estava frio. Sua respiração saía em nuvens de condensação parecidas com fumaça de cigarro. Ele olhou ao redor. À esquerda, uma placa enferrujada de trilha pública apontava para uma abertura estreita entre a vegetação espessa.

Trilha pela mata.

Gabe não achava que algo de bom já tivesse acontecido depois de alguém se enfiar numa trilha pelo meio do mato, à noite, sozinho.

Ele ligou a lanterna e começou a andar.

CAPÍTULO 6

Oito minutos. Fran consultou o relógio. Alice estava demorando demais. Mesmo considerando a fobia de banheiros, oito minutos era tempo demais. Fran pegou a bolsa e afastou a cadeira da mesa.

Ela seguiu às pressas pelo corredor principal, quase vazio àquela hora da manhã. Passou por um faxineiro com expressão entediada, apertado num uniforme pequeno demais para o corpanzil, varrendo o chão muito desatento. Passou pela livraria e pelo fliperama, onde — mesmo a essa hora, e provavelmente mesmo se o mundo acabasse — um cara triste e solitário apertava os botões iluminados como se fosse algum tipo de zumbi. Então fez a curva e entrou no banheiro feminino.

— Alice!!

A menina estava caída no chão, encolhida em posição fetal, próximo à fileira de pias. O cabelo cobria seu rosto, e uma das mãos segurava a mochila. Tinha um pedaço de papel higiênico preso na sola da bota.

— Merda.

Ela se ajoelhou e empurrou o cabelo escuro de Alice para trás. Sua respiração era rasa, mas constante. Quando Alice ia fundo, sua respiração ficava tão lenta que várias vezes Fran temera o pior. Agora, ao puxar a cabeça da menina para o seu colo, Fran sentia o ritmo se regularizando. *A qualquer segundo*, pensou. *Vamos lá...*

Alice abriu os olhos devagar. Fran esperou, observando enquanto ela piscava até afastar a confusão do sono. Embora só estivesse apagada por poucos minutos, Alice caía fundo e rápido. Direto para as profundezas, onde os verdadeiros pesadelos nadavam. *Hic sunt dracones.*

Fran sabia um pouco sobre esses pesadelos.

— Estou aqui, querida. Estou aqui — disse ela, reconfortando-a.

— Desculpa, eu...

— Tudo bem. *Você* está bem?

Alice piscou e Fran a ajudou a se sentar. A menina olhou em volta com a vista embaçada.

— Banheiro?

— Aham.

Quase sempre era o caso. Banheiros, provadores. Qualquer lugar com espelhos. Fran às vezes pensava que o medo de espelhos de Alice era irracional, mas nenhum medo é verdadeiramente irracional. Para a pessoa que sente o medo, faz perfeito sentido. Ela compreendia melhor agora. Algo nos espelhos parecia ser um gatilho para a condição de Alice. Mas não era só isso.

Sapatos de salto dobraram a esquina. Fran se voltou na direção do som. Uma mulher num terninho amassado, stilettos gastos e maquiagem pesada entrou. Ela deu uma olhada rápida em Fran e Alice, passou direto por elas e então parou na frente dos espelhos e franziu a testa.

Fran seguiu seu olhar. Estava tão focada em Alice que só então percebeu que um dos espelhos em cima das pias estava quebrado. Estilhaços finos cobriam o chão ao redor.

A mulher estalou a língua.

— Esse pessoal... — Ela deu uma olhada em Fran e Alice. — Sua filha está bem?

Fran forçou um sorriso.

— Ah, sim. Ela só tropeçou. Tudo certo.

— Entendi.

A mulher assentiu, ofereceu um sorriso rápido e cansado e abriu a porta de um reservado.

Provavelmente ficou aliviada de não precisar ajudar. Assim como a maioria das pessoas. Elas fingiam se preocupar, mas na verdade ninguém queria sair do próprio caminho por mais ninguém. Todos nós vivemos em fortalezas pessoais de preocupação autocentrada.

A moça de sapatos gastos e maquiagem pesada provavelmente se esqueceria delas antes de lavar as mãos, mais uma vez às voltas com a própria vida, com a própria rotina, com os próprios problemas.

Por outro lado, talvez não se esquecesse. Talvez ela se lembrasse da mulher e da garotinha no chão do banheiro. Ela poderia comentar com alguém, um amigo ou colega de trabalho, um conhecido na internet.

Elas precisavam ir embora.

— Vamos, querida. — Ela se levantou e ajudou Alice a ficar de pé, segurando seu braço. — Você consegue andar?

— Estou bem. Só caí.

Alice pegou a mochila — *clic-clac* — e pendurou no ombro. Elas caminharam na direção da porta. Alice parou.

— Espera.

Ela se virou.

— *O quê?* — rosnou Fran.

Alice foi até as pias, pisando nos cacos de vidro. Fran olhou nervosamente para a porta fechada do reservado e então foi atrás. Seu reflexo fragmentado a encarou do espelho quebrado. Um buraco negro no meio. Era difícil reconhecer a estranha naqueles estilhaços. Ela desviou os olhos para a pia.

Uma pedrinha estava ao lado do ralo, grande demais para descer, embora Fran tenha sentido um impulso infantil de tentar empurrar.

Alice pegou a pedrinha e guardou na mochila, junto com as outras. Fran não tentou impedi-la. Não podia interferir no ritual, qualquer que fosse, de onde quer que a pedrinha tivesse vindo.

A primeira aparecera mais ou menos um ano atrás. Alice tinha sofrido outro de seus episódios, despencando encolhida no meio do chão da sala. Quando acordou, depois de vinte minutos, Fran viu algo na sua mão.

"O que é isso?", perguntou ela, curiosa.

"Uma pedrinha. Eu trouxe."

"De onde?"

Alice sorriu, e um arrepio de medo percorreu a coluna de Fran.

"Da praia."

Desde então, toda vez que Alice tinha um episódio, ela acordava segurando uma pedrinha. Fran tinha tentado pensar numa explicação racional. Talvez Alice estivesse pegando pedrinhas em algum lugar, escondendo-as e então, com algum truque de mãos, aparecendo com uma ao acordar. Era racional, mas não muito convincente.

Então de onde essas porcarias estavam vindo?

Ouviram o som da descarga.

— É melhor a gente ir — disse Fran, brusca.

Elas chegaram à porta. Fran olhou para trás. Havia outra coisa incomodando-a no espelho. O buraco no meio. Estilhaços no chão, mas quase nenhum na pia.

Será que Alice tinha atirado a pedrinha no espelho?

Mas se você quebra um espelho, o vidro cai para baixo. Não explode para a frente.

Isso só aconteceria se algo fosse jogado *através* do espelho.

Por alguém do outro lado.

Ela dorme. A menina pálida no quarto branco. Enfermeiras cuidam dela constantemente. Embora ela não esteja num hospital, recebe os melhores cuidados, vinte e quatro horas por dia. As enfermeiras são bem pagas e não precisam fazer muita coisa além de virar a menina, lavá-la, certificar-se de que ela está confortável. Tirando isso, as máquinas monitoram o restante.

No entanto, há muita troca de pessoal. A maioria dos funcionários não dura mais que alguns meses. Em geral se supõe que o trabalho não é desafiador o bastante. As pessoas precisam de mais variedade, mais estímulo.

Mas isso não é verdade.

Miriam é a funcionária mais antiga, está lá desde o início. Desde antes do início. Há tempo suficiente para ter se apegado à menina. Talvez por isso continue lá, apesar de tudo.

Começou alguns anos antes. Foi a primeira vez. Ela estava no andar de baixo, fazendo chá, quando ouviu uma única nota. Tocada no piano. Sem se repetir. Será que a menina havia despertado? Impossível. Por outro lado, milagres acontecem.

Ela subiu correndo as escadas e entrou no quarto. Tudo parecia igual. A menina adormecida dormia. As máquinas zumbiam: todas as marcações normais. Ela se aproximou do piano. As teclas estavam cobertas de pó. Nada as havia perturbado.

Miriam creditou isso à sua imaginação. Uma semana depois, aconteceu de novo. E de novo. Em intervalos de algumas semanas, uma nota soava do quarto da menina. Não dava para saber quando ia acontecer, fosse dia, fosse noite.

Alguns funcionários começaram a falar de fantasmas, poltergeists, telecinese. Miriam não aguentava esse papo. Por outro lado, não conseguia imaginar explicação melhor. Então ela continuava a fazer seu trabalho, tentando não pensar.

Naquela noite, quando a nota soou, ela foi até o quarto da menina com passos cansados. Checou o piano, as máquinas. Ficou parada ao lado da menina adormecida e encarou seu rosto pálido, a cabeleira loura. Sempre igual. Ela acariciou seu braço e pousou a mão nos lençóis. Então franziu a testa. Pareciam ásperos. Mas não fazia sentido. Tinham sido trocados havia pouco tempo. Como poderiam estar sujos?

Ela passou a mão pelos lençóis, ergueu o braço e esfregou os dedos.

Não era sujeira.

Era areia.

CAPÍTULO 7

A trilha era estreita e lamacenta. Mata fechada avançava dos dois lados. Não pareceu a Gabe uma trilha particularmente pitoresca ou agradável nem numa tarde de verão, quanto mais numa noite escura e gelada de fevereiro.

Os troncos retorcidos haviam derrubado a cerca bamba dos dois lados. Em alguns pontos acima da trilha, os galhos se encontravam, entrelaçados como mãos de amantes, tão tortos quanto os dedos de um boxeador.

Ele tentou controlar o arrepio. Uma maldição, às vezes, ser escritor. Ou ex-escritor, ele corrigiu. Por outro lado, será que alguém algum dia deixa de ser escritor? Como um alcoólatra, a vontade estava sempre ali.

Quando criança ele sonhava em escrever livros, como seus heróis, Stephen King e James Herbert. Mas crescendo num balneário pobre sem pai e com uma mãe que gastava a maior parte do dinheiro no bar, essa ideia logo fora arrancada dele.

Onde ele cresceu as pessoas desconfiavam de ambições. O trabalho duro e o sucesso dos outros só as relembrava dos próprios fracassos e escolhas ruins. Quem lutava com unhas e dentes para escapar de lá não era incentivado, mas zombado: "*Está ficando todo metidinho.*" "*Lá vai ele, se achando, para a faculdade chique.*"

Ele fingia não ligar para a escola na frente dos amigos, enquanto passava noite após noite com a cara enfiada nos livros, estudando para as provas sozinho no quarto. Tirava notas boas, e apesar de quase ter destruído todos os sonhos na adolescência, antes mesmo de começarem, recebeu uma segunda chance. Conseguiu uma vaga na escola politécnica local e então um trabalho mal remunerado numa pequena agência de publicidade. Logo antes de começar no emprego, sua mãe morreu. Todo mundo da comunidade foi ao funeral, mas ninguém deu um centavo para ajudar. Gabe teve que penhorar o que restava das posses da mãe para pagar pelo caixão.

Passara outros três anos produzindo folhetos de pessários, até que recebeu uma proposta de emprego numa agência grande no centro do país. Durante uma reunião, ele conheceu uma designer gráfica freelancer chamada Jenny. Eles se apaixonaram, se casaram... e Jenny engravidou. Felizes para sempre.

Só que isso não existe.

Ele costumava brincar que ganhava a vida mentindo. *Rá, rá.*

Ninguém sabia quão verdadeiro era isso.

Ganhava a vida mentindo. Vivia uma mentira.

À sua frente, a trilha se abria, as últimas árvores rareando. Gabe se viu numa margem estreita. Uma lua minguante finíssima flutuava na extensão de água parada. Um lago.

Não era um lago grande. Talvez dez metros de largura, quinze de comprimento. Do outro lado, mais árvores. Um pouco à direita, uma colina íngreme. Escondido. Preservado. Como a trilha arborizada, não era uma paisagem bonita. O cheiro era úmido e fétido. A margem acabava do nada e estava coberta de latas e sacos plásticos velhos. A superfície do lago estava tomada por algas marrons.

E no meio, parcialmente submerso na água nojenta, havia um carro.

O carro talvez estivesse totalmente submerso antes. Mas os últimos anos haviam sido mais secos que o normal. Os níveis de água tinham caído de forma sem precedentes. Pouco a pouco, o lago provavelmente retrocedeu até que o carro fosse revelado. Isso explicava as latas e os sacos na margem.

Gabe foi até a beira da margem. A água bateu na ponta de seus tênis. O carro estava enferrujado e coberto de algas molhadas. Na escuridão, parecia quase da mesma cor do lago. Mas ele ainda conseguia enxergar, mal visíveis no para-brisa traseiro, iluminados pela sua lanterna:

Buz n se stiv co esão.

Bu ina qu b ou. At nç o no edo.

Ele deu outro passo, sem ligar para a umidade que já chegava às meias, e então uma voz disse:

— Acertei?

— Porra!

Gabe se virou. O Samaritano estava atrás dele. Devia ter saído de entre as árvores, ou então surgido numa nuvem de fumaça. As duas opções eram igualmente prováveis.

O Samaritano era alto. E magro. Como sempre, estava todo de preto. Calça jeans preta, jaqueta preta. Sua pele era quase tão escura quanto. A cabeça raspada brilhava ao luar. Seus dentes eram de um branco surpreendente. Num deles havia uma pedrinha iridescente, como uma pérola. Uma vez, quando Gabe perguntou o que era aquilo, ele franziu a testa.

"*Eu trouxe de volta de um lugar que visitei. Carrego sempre comigo.*"

"*Como uma lembrança?*"

"*Aham. Para me lembrar de nunca voltar.*"

O assunto acabou aí. Gabe sabia que era melhor não retomá-lo.

Ele encarou o Samaritano.

— Você quase me matou do coração.

— Desculpe.

O Samaritano sorriu. O pedido de desculpa não parecia honesto. Gabe não reclamou. Assim como não perguntou a ele o que estava fazendo ali, na beira de um lago, no meio da noite.

— É o carro? — perguntou o Samaritano.

A maioria dos adesivos tinha desbotado ou descolado. Metade do veículo estava submersa e a placa havia desaparecido por completo. Mas Gabe sabia.

Ele assentiu.

— É o carro.

Uma onda de fraqueza o dominou. Ele se sentiu balançar. Por um momento, achou que fosse vomitar. *É o carro*. Dizer aquelas palavras. Depois de tanto tempo. Ele não tinha imaginado. O carro era real. Existia. Estava bem ali, na sua frente. E se o carro era real...

— Ela não está lá dentro — disse o Samaritano.

O enjoo diminuiu. Izzy não tinha morrido naquele pântano fedorento, seu último suspiro roubado pela água parada enquanto ela batia nas janelas, sem conseguir...

Para, ele disse a si mesmo. *Para com essa porra*. Gabe passou as mãos pelo cabelo, esfregou os olhos com força. Como se pudesse de alguma forma arrancar os pensamentos ruins com as mãos. O Samaritano só ficou olhando, esperando que ele se acalmasse.

— Tem outra coisa que você precisa ver.

Ele passou por Gabe e entrou na água sem hesitar. Gabe não teria se surpreendido se ele simplesmente tivesse caminhado por cima do lago. Ou talvez esse fosse o irmão errado.

Ele alcançou o carro e olhou para trás, para Gabe.

— Eu *disse* que você precisa ver isso.

Gabe não esperou que ele repetisse. Entrou no lago atrás do Samaritano. A água não estava tão fria quanto ele esperava, mas ainda assim sua pele foi tomada por arrepios e ele ficou sem ar. Trincando os dentes, atravessou as algas podres, a água turva batendo na virilha, o cheiro se infiltrando pelas narinas e revirando o estômago.

Ele chegou ao carro. O cheiro ali era ainda pior.

— O que...?

O Samaritano respondeu esticando o braço longo e abrindo o porta-malas, que soltou um rangido enferrujado. Ele segurou a porta no alto.

Gabe olhou para dentro.

Olhou de volta para o Samaritano.

E vomitou.

CAPÍTULO 8

Fran segurou o volante com força. Ao seu lado, Alice estava recostada no banco, olhando pela janela. Seu iPad estava no colo, mas ela não parecia disposta a ligá-lo. Seu acesso à internet era limitado, de qualquer maneira. Da mesma forma, só tinha um celular básico pré-pago para emergências. Felizmente, Alice ainda era nova demais para reclamar dessas restrições. Na verdade, em geral ela ficava mais feliz lendo do que usando o tablet ou o celular. Mas Fran ainda sentia uma pontada familiar de culpa.

Ela negava tantas coisas a Alice, o acesso à internet era a menor delas. E isso só ia piorar conforme ela se aproximasse da adolescência. Mas Fran não tinha escolha; era o que precisava fazer para mantê-la em segurança.

Depois que elas fugiram pela primeira vez, Fran tinha decidido pela educação domiciliar. Isso impedia que as autoridades batessem na porta, fazendo perguntas, e evitava que Alice ficasse sempre à vista. Ainda estava vulnerável, traumatizada. Ela precisava de tempo para se ajustar. As duas precisavam.

Mas, conforme Alice crescia, Fran sabia que precisava de mais normalidade, da convivência com crianças da sua idade, então tinha cedido e matriculado a menina na escola primária local.

Fora um erro. Alice era esperta, mas também era nova, e era muito fácil esquecer uma mentira. Além disso, as pessoas conversam — no portão, na sala dos professores. Uma palavra descuidada repetida a um estranho. Um lapso para um professor ou pai de um coleguinha. Um amigo de um amigo que postava uma foto nas redes sociais.

Realmente, era só uma questão de tempo.

Elas tinham escapado, mas por um preço.

Dessa vez, Fran havia tentado ser ainda mais cuidadosa. Nada de escola. Uma casinha comum numa cidade pequena. Ela arrumara emprego numa cafeteria local e o dono não se importava que Alice estudasse em silêncio nos fundos. Elas tentaram, o máximo possível, não chamar a atenção.

Tinha durado um ano.

Ela soubera que havia algo de errado assim que chegaram em casa na noite anterior. Fran não acreditava muito em sexto sentido, mas acreditava em algum tipo de alarme primitivo, presente no DNA, que nos avisa do perigo, mesmo quando nosso cérebro nem o registrou ainda.

Ficara parada na cozinha e prestara atenção aos sons da casa, todos os sentidos em alerta. Alice já tinha subido para o quarto. Fran ouvira seus passos e o rangido da cama. Então, silêncio. Nem mesmo o zumbido familiar da televisão dos vizinhos. A casa descansava. Os nervos de Fran vibravam.

Ela fora até a janela. Às seis da tarde em fevereiro, o dia já tinha escurecido. Os postes estavam começando a acender. Fran olhara de um lado a outro da rua.

Seu Fiat Punto velho estava estacionado com duas rodas na calçada. O Escort azul dos vizinhos estava atrás, quase encostado no seu carro. Ela conhecia todos os carros da rua, assim como os das visitas. Dessa forma era capaz de identificar qualquer veículo desconhecido. Estranho.

Ontem havia visto um. Estacionado a algumas casas de distância, na esquina, atrás do Toyota amarelo dos Patel, da casa 14. Uma van branca pequena. Inócua. Do tipo que as pessoas alugavam quando queriam fazer a própria mudança. De fato, os Patel tinham vendido a casa um tempo atrás. Mas eram uma família de seis. Ela estava certa de que aquela vanzinha branca não conseguiria levar todas as coisas deles.

Aquela van não devia estar ali. É claro que provavelmente existiam inúmeros motivos para que estivesse. Explicações racionais, simples, normais. Mas Fran as descartara.

A van não devia estar ali.

A van viera atrás delas.

Enquanto ela observava, a porta do motorista se abrira. Um homem saíra. Forte e baixo, usando um boné, um moletom verde e calça jeans. Estava carregando um embrulho. É claro. As pessoas viviam comprando coisas pela internet. Um veículo de entrega não levantaria suspeitas. Só que Fran não comprava nada pela internet exatamente por esse motivo.

Não tinham muito tempo. Ela correra escada acima e abrira seu guarda-roupa. Tudo de que precisava estava arrumado numa mala pequena no chão do armário. A casa fora alugada totalmente mobiliada. Elas não tinham nenhum item de valor sentimental.

Ela batera na porta de Alice e abrira devagar. A menina estava deitada na cama, lendo, as pernas compridas para cima. Ela estava crescendo tão rápido, pensara Fran. Haveria um momento em que começaria a fazer perguntas; em que não concordaria mais com essa vida. Fran empurrara aquele pensamento assustador para longe.

— Querida?

— Oi?

Alice erguera os olhos, alguns fios de cabelo escuro caindo sobre o rosto.

— Temos que ir. Agora.

Fran abrira o guarda-roupa, pegara a mala da menina e jogara um casaco para ela. Alice vestira e se levantara, enfiando os pés nas Uggs falsas. Então hesitara, olhando em volta. Fran lutara contra o impulso de agarrá-la, de apressá-la.

— Alice. *Vamos* — insistira.

A menina encontrara o que estava procurando. A mochila com as pedras, na mesa de cabeceira. Ela a agarrara e pendurara no ombro.

As duas se esgueiraram para o corredor e desceram as escadas em silêncio. Logo antes de chegar ao primeiro andar, Fran parara, o corpinho quente de Alice encostado às suas costas. Ela espiara pela quina da parede. A porta da frente tinha um painel de vidro opaco na parte de cima, de modo que ela conseguia ver quando havia alguém se aproximando. Fran havia colado um aviso à porta. Casual, manuscrito:

Para encomendas e entregas, por favor use a porta lateral. Obrigada. :)

Fran vira uma sombra no vidro jateado, esperara enquanto o homem lia o bilhete, então vira a sombra se mover de novo, dando a volta na casa. *Agora*. Ela agarrara a mão de Alice e as duas dispararam pelo corredor. Fran destrancara a porta com pressa. Ouvira uma batida na porta lateral. As duas correram a curta distância até o carro. Fran destrancou as portas com o controle remoto. Jogaram as malas no banco de trás. Alice sentara no banco do carona; Fran se metera atrás do volante. Dera a partida.

Ela já estava acelerando para longe quando vira o homem sair correndo pela lateral da casa, parecendo confuso e irritado. Por um segundo ela se perguntara se ele estava mesmo fazendo uma entrega. Talvez só estivesse no endereço errado. Então ela vira um brilho de metal na sua mão. Não. Ela não estava paranoica. Ele tinha vindo atrás delas. Ela sabia.

Em dez minutos elas chegaram à rodovia, suas vidas antigas abandonadas mais uma vez.

Fora a parada rápida no posto, elas estavam na estrada desde então. Não tinham demorado muito no início, mas então pegaram um imenso engarrafamento na M5 e, mesmo já tão tarde, foram atrasadas por uma interminável procissão de caminhões nas duas pistas da M42. Estavam subindo a M1 em direção a Yorkshire agora.

Ganhando tempo, pensou Fran, uma fala de um velho filme surgiu na sua mente. *Estou ganhando tempo.* Qual era? Então ela se lembrou. *Os Desajustados*, um eterno favorito dos estudantes. *Saímos de férias por engano.* Parece que estamos fugindo para salvar nossas vidas por engano.

— Para onde a gente está indo? — perguntou Alice.

— Não sei. Escócia, talvez? Para algum lugar seguro, querida. Eu prometo.

— Você já prometeu antes.

E não deveria ter prometido. E não deveria fazer isso agora. Mas o que mais poderia dizer? Nós nunca estaremos seguras. Nunca vamos parar de fugir. Ela não conseguia admitir isso para si mesma, quanto mais para uma menina prestes a completar oito anos.

— A gente vai ter uma casa nova e legal.

— Posso voltar para a escola?

— Talvez. Vamos ver.

Alice não respondeu.

Estava se acostumando à decepção. À decepção e à desconfiança. Sombras não deveriam tomar seus olhos, pensou Fran. Seus olhos deveriam ser brilhantes, cheios de esperança e expectativas. Não de medo. Sua mente voltou para a imagem de Alice no chão do banheiro, despertando do sono.

— Você está se sentindo bem? — perguntou.

— Aham.

— Não se machucou quando caiu mais cedo?

— Não.

— Você quebrou o espelho.

Alice franziu a testa.

— Não me lembro.

— Você se lembra de alguma coisa?

Fran arriscou uma olhada rápida para o lado. Alice não estava mais com a testa franzida. Seu rosto estava calmo de novo, sereno. Ela estava pensando no sonho.

— Eu vi a menina.

A menina. Alice mencionara uma menina antes, mas, ao ser pressionada, tinha se calado.

— Você sabe quem ela é?

Alice fez que não com a cabeça.

— Ela falou com você?

Alice fez que sim.

— O que ela disse?

— Ela disse... que está com medo.

Fran engoliu em seco. *Cuidado agora. Não a deixe fugir.*

— Ela falou por que está com medo?

Uma pausa. Mais longa. Um carro piscou o farol para elas, então ultrapassou e foi para a outra pista. Fran se deu conta de que estava indo devagar demais para a pista do meio. Uma irritação para outros motoristas, e uma forma de chamar atenção. Ela ligou o pisca-alerta e encostou.

Alice ficou parada no banco do carona, brincando com a mochila de pedrinhas. *Clic-clac, clic-clac.* O som fazia Fran trincar os dentes de nervoso. Constante, insistente. *Clic-clac, clic-clac.*

No momento em que imaginou que a menina não ia mais responder, Alice sussurrou:

— Ela disse que o Homem de Areia está vindo.

CAPÍTULO 9

Gabe nunca tinha visto um corpo. Não na vida real. Quando sua mãe finalmente sucumbira à cirrose, ele tinha sido covarde demais para ver o corpo no hospital.

Mais tarde, ele se arrependeu. Teria tornado a morte dela mais final, mais completa. Durante semanas despertara de madrugada após sonhos vívidos de que ela ainda estava viva, de que o hospital cometera um erro. Mesmo visitar o túmulo parecia irreal. Não parecia possível que ela houvesse partido para sempre. Era como se ela tivesse simplesmente se afastado dele no meio de uma conversa que permanecia incompleta, sem jamais pronunciar seu último adeus.

Esse corpo estava muito além de qualquer despedida. Nem parecia mais um corpo. Eram ossos cobertos por uma fina camada de carne podre. A pele era de um verde marmorizado e pintalgado horrendo. Em alguns pontos ela havia rachado, revelando mais ossos amarelos e algum tipo de gosma cinza inidentificável. O rosto, ou o que um dia fora um rosto, era somente um crânio, os globos oculares amarelados e frouxos, lábios rachados esticados num esgar sobre os restos dos dentes amarelos.

A mente de Gabe se lembrou de um desenho que Izzy fizera na pré-escola. Era para ser a professora dela, Joy (que realmente não era nenhuma Monalisa), mas acabou parecendo uma mistura do Geleca de *Os Caça-fantasmas* com Nosferatu, desenhada por alguém com tendências psicóticas.

Era *isso* que aquele corpo parecia. Mas pior. Definitivamente pior. *Um bilhão, um trilhão, um quatrilhão de vezes pior*, como Izzy dizia. E isso sem nem contar o cheiro. *Jesus, o cheiro.*

Gabe se virou e vomitou. Só saiu bile. Ainda assim, ele teve mais algumas ânsias antes de conseguir se controlar um pouco.

O Samaritano ficou parado ao seu lado, parecendo não estar incomodado com o cheiro, nem com a água gelada — na qual agora flutuava o conteúdo do estômago de Gabe — ou com o corpo putrefato.

— Dá para fechar isso? — pediu Gabe, se ajeitando. — Já deu para ver.

O Samaritano obedeceu, fechando o porta-malas com um baque surdo. Ele deu uma batidinha no metal.

— Eu diria que seu amigo aqui está morto há mais ou menos um ano.

— Só?

— O carro é velho. O porta-malas não é à prova de água nem de ar. Pode ter retardado um pouco a decomposição, mas não muito.

— Tem certeza de que é um homem?

Ele assentiu e disse:

— Está pelado. Não reparou?

— O negócio todo da podridão me distraiu.

Mas agora que o Samaritano comentara, Gabe percebeu que tinha razão. Sem roupas. Só um corpo apodrecido, trancado no porta-malas de um carro que Gabe vira pela última vez se afastando com sua filha dentro. Ele engoliu em seco.

Todos esses anos ele havia procurado, esperado por isso. Mas não era *isso* que ele havia esperado. Merda. Que porra afinal ele esperava? E que porra ele devia fazer agora?

— Tem... Quer dizer, tem algum jeito de identificá-lo?

O Samaritano fez que não com a cabeça.

— Sem roupas. Sem carteira. Sem documentos. — Ele encarou Gabe com uma expressão séria. — Mas eu não verifiquei na parte da frente do carro.

Gabe olhou para Samaritano, e então para o carro, com a frente ainda quase submersa no lago. Ele suspirou e foi se aproximando, a água subindo até as coxas.

— É mais fundo do que parece, cara.

O Samaritano tinha razão. Mais dois passos hesitantes e a água já batia quase no peito. Gabe escorregou no lodo. Abanando os braços e jogando uma onda da água nojenta no rosto, recuperou o equilíbrio.

— Puta merda!

— Tudo bem aí?

Ele deu uma olhada para trás. O Samaritano tinha voltado para a margem e estava de pé em terra firme, observando com um sorrisinho divertido. O homem pegou um cigarro eletrônico do bolso e tragou. Mal parecia molhado.

Gabe esfregou o rosto com a manga do casaco.

— Aham, tudo ótimo.

Ele chegou à porta do passageiro e puxou. A pressão da água dificultava. Puxou de novo, e dessa vez a porta cedeu um pouco. Gabe passou a perna pelo vão, lutando com a água nojenta. Pegou a lanterna e iluminou o interior do veículo. Os bancos eram de couro, antiquíssimos, rasgados e mofados pela água. O assoalho do carro estava tomado pela água. Não havia nada nos bancos dianteiros além de umas algas escorregadias e latas de refrigerante velhas e enferrujadas. Fanta.

Izzy não gostava de refrigerante, pensou ele.

Ele se enfiou mais para dentro do carro, esticou o braço e alcançou o porta-luvas. O compartimento se abriu. Dentro havia alguns papéis tão molhados que se desfizeram assim que ele os tocou. Mas havia outra coisa: uma pasta de plástico transparente. Gabe pegou a pasta e iluminou o conteúdo com a lanterna. Uma Bíblia pequena, um mapa dobrado e um caderninho preto, parecido com um diário ou uma agenda telefônica.

Gabe atravessou o lago de volta para a margem, segurando a pasta de plástico. Estava com frio, tremendo. Bem, a parte de cima do seu corpo estava tremendo. A de baixo poderia estar dançando tango, até onde ele sabia: já não sentia nada ali fazia algum tempo.

— Achei que não dava para você ficar mais branco, mas agora está quase transparente.

— Valeu.

— Achou alguma coisa?

Gabe ergueu a pasta.

— Talvez a polícia consiga alguma digital...

— Ei — interrompeu o Samaritano, erguendo a mão. — Quem falou em polícia?

Gabe o encarou, sem entender.

— É o carro. O carro que eles falaram que não existia. Eu *tenho* que ligar para a polícia. É uma prova.

O Samaritano o observou com seus olhos mais escuros que a escuridão.

— A polícia acha que sua filha está morta. O carro não vai mudar isso.

— Mas e se eles acharem o DNA de Izzy ou identificarem o corpo?

O Samaritano revirou os olhos.

— A vida real não é que nem na TV. Você tem ideia de como é difícil recuperar amostras de DNA depois de tanto tempo, ainda mais de um carro que esteve mergulhado nesse lago nojento?

— Por incrível que pareça, não.

— Quase impossível. O DNA se degrada em dias.

Gabe queria discutir mas teve a impressão de que, quando se tratava desses assuntos, o Samaritano sabia do que estava falando.

— E o corpo?

— Mesmo que você consiga identificar esse cara, e aí? — Antes que Gabe pudesse responder, o Samaritano continuou: — Tem um cara morto no porta-malas de um carro que *você* estava tentando encontrar, e uma única pessoa com motivo para matá-lo.

Gabe piscou, confuso.

— *Eu?*

— Você.

— Então o que eu posso fazer?

O Samaritano indicou a pasta com um aceno.

— Pode começar dando uma olhada no que tem aí. A não ser que esteja planejando guardar de lembrança!

Gabe ficou na dúvida, então se abaixou e abriu a pasta com cuidado. Um fiozinho de água escorreu. O Samaritano apontou a lanterna para ele. Gabe pegou a Bíblia primeiro e folheou. As páginas estavam mofadas e grudadas. Nenhuma inspiração divina. Ele largou o livro e pegou o caderninho. Se estava esperando encontrar uma confissão e um endereço, não teve sorte. A maioria das páginas tinha sido arrancada. As poucas que sobravam estavam em branco. Ele sentiu as esperanças morrendo. Por fim, pegou o mapa. Era um daqueles antigos, que ninguém usava desde o século passado. Gabe desdobrou o papel e algo caiu.

Ficou olhando o objeto.

Um elástico de cabelo cor-de-rosa. Sujo, úmido, esfarrapado.

Papai.

Ele ergueu os olhos para o Samaritano.

— Ela estava no carro.

O homem o encarou, sério.

— Então, repito o que já falei antes.

— O quê?

— Se esse é o carro, e esse é o homem que pegou sua filha... Então quem diabos matou *o cara*?

CAPÍTULO 10

A moça na recepção do hotel não parecia ter mais que vinte e cinco anos; o sotaque era do Leste Europeu. Era educada mas indiferente, o que estava ótimo para Fran. Um hotel de beira de estrada certamente não era nenhum Ritz, mas seria limpo e discreto. Elas poderiam descansar, e Fran conseguiria planejar os próximos passos.

Havia um quarto disponível, a recepcionista informou. Mas como elas não tinham feito a reserva on-line, não receberiam o desconto. Fran expressou o nível apropriado de decepção, tentou não demonstrar impaciência e disse que tudo bem. Então pagou com um cartão de crédito. Tinha alguns, com nomes ligeiramente diferentes. Era surpreendentemente fácil consegui-los. Ela poderia pagar com dinheiro vivo, mas isso só chamaria atenção. Ninguém mais pagava com dinheiro.

— Número 217 — disse a recepcionista, entregando o cartão.

Elas subiram as escadas e atravessaram o corredor sem graça e abafado até o quarto. Fran inseriu o cartão para abrir a porta e as duas jogaram as mochilas nas camas. Ela deu uma olhada em volta. Parecia, bem, com qualquer outro quarto de hotel barato em qualquer lugar do país. O carpete estava gasto, os móveis, lascados. Havia um leve cheiro de cigarro, apesar do aviso de "Proibido fumar" na porta. Mas as camas eram grandes e pareciam confortáveis, e Fran estava *mesmo* exausta. Depois de quase oito horas na estrada, simplesmente não conseguia mais dirigir.

Quando as duas fugiram pela primeira vez, ela foi para o norte, até Cúmbria. Quando o homem as encontrara, ela foi para o lado oposto do país, para a ponta do litoral. Para onde agora? Escócia? Para o exterior? Mas isso exigiria passaportes, algo que ela não tinha.

Fran deu uma olhada em Alice, parada no meio do quarto, ombros caídos, braços frouxos, cansada demais até para se sentar na cama. A exaustão no seu rostinho partiu o coração de Fran. Fora assim no começo. Hotéis anônimos. Sempre fugindo, sempre com medo. Nenhuma criança deveria viver assim. Por outro lado, nenhuma criança deveria morrer de forma violenta.

Sentiu um nó na garganta. Às vezes era como se um raio a atingisse. Luto. Uma culpa desesperada e infinita. *Tudo culpa sua.* Mas ela não podia mudar as coisas agora. Não podia olhar para trás. Era melhor ficar cega.

Ela deu um sorriso cansado para Alice.

— Venha, vamos dormir um pouco. — Ela mordeu a língua antes de dizer algo como *As coisas vão parecer melhores depois de um descanso*, porque seria outra mentira. Em vez disso, completou: — A gente para no McDonald's para tomar café da manhã.

Alice deu um sorriso mínimo em resposta e pegou sua bolsinha com itens de higiene. Elas escovaram os dentes sob a luz forte do banheiro, vestiram camisetas e leggings limpas, tiraram as mochilas das camas.

Fran verificou se as janelas estavam trancadas e fechou as cortinas pesadas. Estavam no segundo andar, o que era bom. Ela sempre recusava quartos no primeiro. Por fim, passou a corrente de segurança na porta e testou a resistência do metal algumas vezes.

Satisfeita com os preparativos, subiu na cama. Alice estava deitada na outra, a coberta puxada até o queixo, já de olhos fechados. A mochila das pedrinhas estava na mesa de cabeceira ao lado.

Clic-clac. O Homem de Areia está vindo.

Fran estremeceu, apesar do cobertor grosso e do quarto aquecido.

Ela não entendia os episódios estranhos de adormecimento de Alice, embora tivesse se esforçado para pesquisar a doença (narcolepsia, descobriu que era esse o nome). Infelizmente, não havia respostas fáceis. Nenhuma relação óbvia de causa e efeito. Uma daquelas anomalias médicas que provam que a ciência não tem todas as respostas.

E *nada* que tinha lido explicava as pedras. Fran havia revirado o Google e pensado e repensado, mas não conseguia encontrar nada semelhante. Com o tempo, ela desistiu. Como era a frase do Sherlock Holmes? "Quando se elimina o impossível, o que resta, não importa quão improvável, deve ser a verdade"?

O problema, caro Holmes, era que nesse caso a resposta *era* o impossível. Enfie *isso* no seu cachimbo maldito e fume.

Alice se virou na cama e enfiou o rosto no travesseiro. Durante seus "episódios", ela caía num sono pesado e silencioso. À noite, quando deveria dormir tranquilamente, nunca descansava. Se revirava, gritava, choramingava. Muitas vezes se debatia, gritando, tomada por pesadelos terríveis. Quando Fran tentava reconfortá-la, era empurrada para longe.

Doía. Mas era compreensível. Apesar de tudo pelo que haviam passado, tudo que Fran fizera por ela, do laço entre as duas, não era por Fran que Alice gritava no meio da noite. Não era Fran quem Alice queria que afastasse seus pesadelos.

Era sua mamãe.

CAPÍTULO 11

Rotina. Você se torna uma criatura de rotina num trabalho como esse, pensou Katie. O mesmo horário, as mesmas mesas, a mesma luz fluorescente intensa. Você não tem real noção da passagem do tempo num posto de serviço. Nenhum relógio. Nenhuma janela no café em que trabalha. É um pouco como um cassino ou algum tipo de sanatório.

Bagunça a mente e o corpo. Katie se via comendo cereal na hora do jantar e desejando um belo bife ao nascer do sol. Sem contar os olhos secos e a garganta dolorida pelo ar constantemente reciclado. Ah, e o glamour de sempre feder a comida fria. Ela nunca conseguia tirar o cheiro das roupas, do cabelo, das narinas.

Às vezes, quando emergia depois do seu turno, piscando os olhos para o nascer do sol, precisava parar um minuto. O sol, o ar fresco, o barulho. Era demais. Ela levava boa parte do caminho de trinta minutos até em casa para se ajustar, recalibrar. Para aliviar a rigidez dos músculos e da mente; para relaxar e voltar a ser humana de novo.

Cada gesto se tornava tão robótico naquele mundo artificial que você começava a agir como uma máquina meio desgastada e sem manutenção, realizando cada tarefa com o mínimo de energia necessária, o cérebro distante. Em ponto morto. Ligada, mas não por completo.

A não ser que algo forçasse você a despertar. Algo incomum, algo fora da rotina.

O homem magro tinha voltado.

Isso era bem incomum. Estava errado. Muito errado.

O homem magro tinha a própria rotina. Ele aparecia mais ou menos uma vez por semana; nunca passava mais de nove dias entre uma aparição e outra, nunca menos que seis.

Ele nunca voltava no mesmo dia. Nunca.

Mas ali estava ele.

Ela havia terminado seu turno e estava saindo, com o casaco por cima do uniforme, a mochila nas costas, quando o viu.

Estava sentado na mesa de sempre, perto da frente, atrás de uma pilastra, onde podia ver as pessoas que passavam sem ser observado. Muitas vezes ficava com o laptop aberto, mas naquela manhã ele tinha o que parecia um caderno e folhas de papel espalhadas na mesa.

Ela franziu a testa. Algo nele parecia diferente. O cabelo? Não, isso estava igual: escuro e bagunçado. *Roupas*. Ele estava usando roupas diferentes. Mais cedo ele estava com um casaco cinza e jeans preto. Agora usava uma camisa xadrez e jeans azul. Ele tinha mudado de roupa. Por quê? *E por que ela havia reparado?*

Ela afastou o pensamento. Não era só isso que estava diferente. Em geral, como ela, aquele homem operava no piloto automático. Respirar, andar, cumprir todas as tarefas exigidas pela vida (exceto, talvez, comer), mas sem efetivamente viver. Aquela vitalidade, aquela energia, havia sido drenada dele.

Naquela manhã, ele parecia ter recuperado parte dela. Katie não diria que ele chegava a estar corado, mas não parecia tanto um cadáver quanto era de hábito.

Algo acontecera, ela pensou. Algo que o havia forçado a trocar de roupa, a mudar sua rotina. Quase contra a própria vontade, e apesar de desejar que ele simplesmente sumisse, ela ficou curiosa.

Katie se aproximou do garoto comprido e barbado com quem estava dividindo o turno (Ethan? Nathan? Talvez fosse Ned). Essa era a única coisa que mudava por ali regularmente: seus colegas de trabalho. O salário não era ruim, mas o horário era péssimo, o lugar, claustrofóbico e a necessidade de ter um carro para chegar ali tornavam o posto um ambiente de trabalho muito pouco atraente.

Com certeza não era o que Katie imaginara fazer da vida. Às vezes ela via a pena nos olhos dos colegas mais jovens. A maioria só estava ali para se manter durante a universidade, depois seguiriam para algo melhor. Mas ela estava presa ali permanentemente. *Aquela* era a sua vida melhor.

— Você é esforçada, Katie — dissera um dos conselheiros vocacionais com um sorriso metido, os parcos fios de cabelo penteados por cima da testa sardenta. — Você é dedicada, boa aluna. Mas sejamos realistas, nunca vai estar à altura de Oxford.

Babaca condescendente. Por outro lado, ele tinha razão. Porque ali estava ela, mãe solteira, trabalhando num emprego sem futuro, em que um robô provavelmente a substituiria em dez anos.

— Quando foi que o homem magro voltou? — perguntou ela para Ethan/Nathan/Ned.

— Sei lá — grunhiu ele em resposta, concentrado em tentar quebrar ou desmontar a máquina de café.

Seja lá o que ele estava fazendo, não era café. Katie sabia que eles recebiam treinamento, mas às vezes ficava na dúvida. À altura de Oxford, sem dúvida.

— Deixa esse comigo — disse ela com um suspiro, largando a bolsa atrás do balcão.

Gabe não tivera a intenção de voltar ao mesmo posto tão cedo. O normal seria ele estar a quilômetros de distância. Mas as coisas não estavam normais. Nem perto disso. Nem considerando o normal *dele*, que, comparado ao da maioria das pessoas, era bem louco.

Ele tinha tirado as roupas molhadas na van e pensou em tentar dormir, mas sempre que fechava os olhos, tudo o que via era a porra do corpo liquefeito no porta-malas do carro. Então via Izzy, no banco traseiro daquele mesmo carro.

Quem era o homem? O que acontecera com ele? O que ele fizera com Izzy?

Ele precisava parar em algum lugar. Parar e pensar. E aquele era tão bom quanto qualquer outro. Pediu um café para um jovem estressado no balcão e se sentou à mesa de sempre para esperar. A mesa ainda estava suja. Várias mesas ainda estavam sujas. Na verdade, o rapaz parecia ser o único funcionário trabalhando. Gabe se perguntou onde estaria a garçonete loira. Talvez o turno dela já tivesse acabado. Ele não conseguiu evitar sentir um pouco de decepção.

Abriu a bolsa e tirou os itens recuperados do carro, ainda no plástico, e colocou-os na mesa. De repente ele parou, desconfiado. O Samaritano uma vez dissera: "*Estamos todos sendo vigiados. O governo tem olhos em todos os lugares. Internet, circuitos internos, câmeras de trânsito. Você precisa agir sempre como se alguém estivesse vendo.*"

Gabe olhou em volta. Num canto da cafeteria, um casal mais velho em casacos combinando bebiam café com leite. Provavelmente tinham um Volvo e um *cocker spaniel*, imaginou ele. Em outra mesa, uma jovem, num terninho e saltos impróprios para dirigir, digitava furiosamente no celular. Por fim, havia um casal com um bebê adormecido numa cadeirinha. Os dois bebiam grandes goles de café, parecendo agradecidos, e olhavam feio para qualquer um que fizesse barulho.

Nenhuma dessas pessoas parecia estar prestando a mínima atenção a Gabe.

Ele tirou os itens do saco plástico e os observou de novo, tentando ver aquilo tudo de forma objetiva. O elástico era muito parecido com os que Izzy usava naquela manhã, mas, por outro lado, muitas meninas usavam elásticos exatamente como aqueles. Não havia nenhum cabelo preso no elástico e, se o Samaritano tinha razão, seria tarde demais para extrair DNA de qualquer jeito.

É claro que ele ainda poderia ligar para a polícia, mas já sabia o que diriam: então ele achou um carro. E daí? Ninguém negou que talvez houvesse um carro. Mas não era Izzy que ele vira lá. Ah, eles seriam simpáticos. Pacientes. Compreensivos. Até certo ponto. O ponto em que começariam a tratá-lo como louco. Que nem da primeira vez. Ele se acostumou a ver os policiais revirando os olhos sempre que aparecia na delegacia. O tom educado mas firme. As sugestões de conversar com alguém, com um terapeuta. Pessoas que ele poderia procurar, números que poderia ligar.

De certa forma, ele preferia quando a polícia achava que ele era culpado. Pelo menos então eles o ouviam. Pelo menos então eles o tratavam como um adulto, não uma figura patética digna de pena. Isso foi o pior. Tornar-se invisível e inescutável. A pressuposição de que tudo que ele dizia era loucura.

Existe, Gabe descobriu, mais de uma forma de desaparecer.

Por enquanto, estava sozinho. Se fosse um detetive durão, poderia completar: *Do jeito que eu gosto.* Mas não gostava. Ele se pegou pensando na garçonete loira de novo. Não sabia por quê. Sim, ela era bonita, e parecia gentil. Mas, por outro lado, esse era o trabalho dela — ser simpática com os clientes, sorrir, ser educada. Não era como se ele realmente a conhecesse. Além disso, ela parecia ter bastante coisa para lidar na própria vida. Sem dúvida não precisava dos problemas dele. E isso, além de uma van enferrujada, era tudo que ele tinha a oferecer.

Ele abriu o mapa em cima da mesa. Alguns lugares tinham sido marcados com um X, mas não significavam nada para ele. Gabe dobrou o mapa de novo e pegou a Bíblia. Só tinha folheado o livro rapidamente antes, as páginas moles e mofadas o incomodando demais para continuar. Além disso, ele se lembrava dos adesivos no para-brisa traseiro do carro.

Quando dirige que nem eu, é melhor acreditar em Deus.
Homens de verdade amam Jesus.

A Bíblia parecia apropriada. Mas agora, ao folhear as páginas ainda úmidas, ele percebeu outra coisa. Algumas passagens estavam sublinhadas.

Mas, se houver morte, então darás vida por vida, olho por olho, dente por dente. (Êxodo 21:23-24)
Quando também alguém desfigurar o seu próximo, como ele fez, assim lhe será feito. (Levítico 24:19)
Eliminem o mal do meio de vocês. O restante do povo saberá disso e terá medo, e nunca mais fará uma coisa dessas entre vocês. (Deuteronômio 19:19-20)
Vingará o sangue dos seus servos, e sobre os seus adversários fará tornar a vingança. (Deuteronômio 32:43)

Homens de verdade amam Jesus, mas parecia que esse só seguia o Velho Testamento. Vingança, retribuição, sangue. Gabe sentiu um arrepio gelado percorrendo-lhe as costas.

Ele deixou a Bíblia de lado e abriu o caderninho. Folhas rasgadas. Páginas em branco. Por que arrancá-las? O que havia nelas?

— Um americano? — perguntou uma voz.

Gabe tomou um susto e ergueu os olhos. A garçonete loira com olhos gentis estava parada ao lado da sua mesa, segurando um café.

— Ah, sim, obrigado.

Ele percebeu que ela estava com um casaco por cima do uniforme.

— Indo para casa?

— Saindo agora.

Ela pousou o café na mesa e indicou o caderno com a cabeça.

— Procurando uma mensagem em tinta invisível?

Gabe a encarou com uma expressão atenta.

— O quê?

— Desculpa. É só que você estava olhando com tanta atenção essa folha em branco e… Era só uma piada.

Ela deu as costas.

— Espera!

Uma ideia surgiu de repente. Páginas arrancadas. Devia haver algo escrito nelas. Talvez algo que alguém não queria que ninguém mais visse.

— Você tem um lápis?

— Hum, tenho.

Ela remexeu no bolso e puxou um cotoco de lápis.

Gabe pegou e começou a rabiscar o papel. Não tinha certeza de que funcionaria. Só tinha visto fazerem isso na TV. Mas diante dos seus olhos, palavras fracas começaram a surgir sob o grafite, uma marca da pressão da caneta na página anterior.

Ele ergueu o caderno e observou de perto, franzindo a testa.

— Imagino que isso não signifique nada para você.

A garçonete deu de ombros.

— Desculpa.

Ele assentiu, desanimado.

— Aqui, seu lápis.

— Pode ficar.

Ela se afastou. Gabe encarou o caderno de novo. Vários pedacinhos de palavras e letras estavam sobrepostas, mas três se destacavam. A marca fantasmagórica da mão de um morto.

AS OUTRAS PESSOAS.

CAPÍTULO 12

Luzes prateadas fracas começavam a iluminar o céu quando Katie saiu do posto. Apesar de se sentir cansada até os ossos, com o corpo todo doendo de exaustão, ela gostava desse horário. Havia certa calma nas primeiras horas do dia. O dia despertando, sem nada para estragar. Um recomeço.

Bobeira, é claro. Não existiam recomeços. Não de verdade. Estamos todos presos em rotinas pessoais, sem conseguir reunir energia para sair delas. A vida como ela é. Ou como era para Katie, pelo menos.

Naquela manhã, como de costume, ela pegaria o carro e iria até a casa da irmã mais nova, Lou, para buscar as crianças e fazer o café. Então deixaria Sam e Gracie na escola e finalmente iria para casa dormir. Às 15h10 pegaria as crianças na escola, faria o jantar, então as deixaria na casa da irmã de novo e, depois que elas fossem dormir, voltaria para o trabalho pela rodovia. Uma repetição sem fim. Embora, pelo menos, lembrou a si mesma, ela tivesse alguns dias de folga antes que a rotina recomeçasse.

Ela atravessou o estacionamento e entrou no seu velho Polo. Ligou o motor e escolheu um CD. Isso mesmo: seu carro era tão antigo que ainda tinha um CD player, e ela era tão velha que ainda tinha CDs.

Tom Petty saía dos alto-falantes enquanto ela dirigia, cantando sobre uma boa menina que amava a mãe. Sorte a dela. Talvez sua mãe não fosse uma bêbada amarga (aliás, era melhor Katie ligar para a mãe). Ela aumentou o volume. *Free Fallin'*, queda livre. Era isso mesmo que ela sentia vontade de fazer às vezes. Esquecer tudo, enfiar o pé no acelerador, deixar para trás o retorno que a levaria para casa: para os pratos sujos, para os brinquedos espalhados pelo chão como um circuito de obstáculos feito de Legos e Barbies, as contas no capacho, o puro cansaço da vida cotidiana. Dirigir o mais rápido que pudesse, para lugares onde nunca esteve.

É claro que isso nunca aconteceria. Ela arrancaria o próprio coração antes de abandonar seus filhos. E que ninguém a entendesse mal: não era que a vida fosse *ruim*. Ela era mais sortuda que a maioria. Tinha emprego, casa, saúde. Mas não conseguia evitar o desejo de algo mais. O problema era que ela não sabia o quê. Talvez isso nem existisse. Dava para passar a sua existência inteira fugindo de uma vida e perseguindo outra. O pote de ouro no fim do arco-íris. A grama mais verde do vizinho. Mas, na maioria das vezes, o ouro era falso e a grama era artificial.

Quando ela se casou, sonhava com uma família perfeita. Uma bela casa com jardim. Talvez um cachorro. Férias num lindo chalé na Cornualha. Ela e Craig veriam as crianças crescerem e envelheceriam juntos.

Rá! Que belo sonho, hein. Quando Sam tinha cinco anos e Gracie acabara de completar um, Craig a trocara por uma vendedora chamada Amanda. Então foi morar em um apartamento moderno, todo de ladrilho e com sofás brancos, e tirou férias de casal em Dubai.

"Acho que a gente se precipitou", dissera Craig com os olhos castanhos sinceros, o mesmo olhar que usara quando dissera que queria se casar, formar família. *"Preciso ter minha vida de volta."*

A vida dela que se danasse. A das crianças também. Que se danasse o fato de que, quando você se comprometia a colocar novas vidas no mundo, a sua ficava em segundo plano. Não dava para simplesmente pegar a vida de volta, como um casaco largado no canto, vesti-la e sair porta afora.

Por outro lado, Craig sempre foi egoísta. Ela deveria ter visto isso antes, mas, como sempre, assumira o papel de pacificadora, fazendo concessões para que o casamento não acabasse. Idiota. Isso acabou acontecendo de qualquer maneira.

Agora Sam estava com dez anos e Gracie, com cinco, e tudo que recebiam do pai eram passeios ocasionais no parque e presentes de aniversário e Natal inadequados para a idade deles. Pelo menos ele pagava a pensão. Pelo menos. Caso contrário, o salário baixo dela não cobriria os custos básicos, muito menos todos os extras de que as crianças precisavam. Como roupas e sapatos.

Não existiam famílias felizes, pensou ela. O que todo mundo dizia era uma mentira. Comerciais e séries de TV, até a porcaria da *Peppa Pig*. Famílias eram só estranhos, ligados uns aos outros por acidentes de nascimento ou um senso de responsabilidade mal-empregado.

Você não podia escolher sua família. Não podia nem escolher se os amava ou não. Meio que era obrigado. Não importava o que eles fizessem com você.

Ela pensou na própria mãe, destruída pela amargura e pelo álcool, em Lou, com sua sequência de relacionamentos falidos, e a irmã mais velha, que ela não via fazia nove anos. Desde o funeral. O que será que ela encontrou no fim do arco-íris?

Seu pé pressionou o acelerador um pouquinho mais. A placa para o seu retorno surgiu: 14. Barton Marsh. Ela seguiu reto por alguns momentos além do normal, então ligou a seta para mudar de pista e entrou na estrada lateral.

Tom cantou que ele *"ia deixar este mundo por um tempo"*.

Até parece, pensou ela. Mas por outro lado, esse poderia ser o seu lema. Se ela não tivesse voltado para a cafeteria hoje. Se ela tivesse ido direto para casa. Se ela não tivesse servido o homem magro. Se ela não tivesse visto as palavras emergirem do caderno maltratado, como um pesadelo emergindo das profundezas do seu inconsciente.

AS OUTRAS PESSOAS.

Você queria algo mais, Katie, pensou ela, amarga. Bom, é isso aí. Cuidado com o que deseja.

Quando ele perguntara se aquilo significava algo para ela, Katie conseguira negar com um gesto de cabeça, mesmo com o estômago revirado. Então ela se afastara o mais rápido que pôde sem disparar porta afora.

Ele obviamente não sabia o que as palavras significavam. Com sorte, ele nunca descobriria. Além disso, não era problema dela. Não podia ajudar. Ela nem o conhecia.

Mas conhecia As Outras Pessoas.

CAPÍTULO 13

Gabe estava deitado na pequena cama dentro da van, os pés pendurados para fora. Os braços, mesmo dobrados sobre o peito, saíam pelas laterais. Ele fechou os olhos, mas sua mente continuou girando. A Bíblia. O caderno.

As Outras Pessoas.

Ele tinha pesquisado no Google, mas as únicas coisas que haviam aparecido na busca eram um programa antigo da Netflix e uma banda indiana de rock. Ele não achava que era o que estava procurando. Por outro lado, não sabia exatamente *o que* estava procurando; nem sabia se as palavras tinham a ver com Izzy ou se eram algo aleatório, anotado às pressas, como um rabisco feito no dorso da mão para se lembrar de comprar leite.

Abriu os olhos e encarou o teto da van. Não havia por que sequer fingir que ia dormir. Não existia a menor chance. Ele nunca foi muito de dormir mesmo. Nunca encontrou descanso na escuridão. Cada sussurro do vento ou rangido da casa o fazia despertar de pronto. Ele ficava deitado por horas, tenso como uma tábua, escarando as sombras, os sentidos em alerta. À espera de os pesadelos começarem.

Às vezes, quando Izzy não conseguia dormir, ele se deitava ao lado dela e cantava músicas de ninar ou lia histórias até os dois caírem no sono. Ele nunca admitiu para Jenny que isso servia para acalmar tanto a menina quanto a si mesmo.

Depois que Izzy desapareceu, os pesadelos pioraram, estraçalhando sua noite em fragmentos de terror. Repetidamente suas garras negras o arrastavam da beira da inconsciência e ele acordava gritando tanto que sua garganta amanhecia arranhada, os olhos vermelhos por causa de vasos sanguíneos estourados.

Gabe não acreditava em carma. Mas algumas vezes nos últimos três anos ele se perguntara. Será que era isso? Uma forma de o mundo manter o equilíbrio? Tirando as coisas mais preciosas da sua vida para lembrá-lo que ele não merecia ser feliz, não depois do que tinha feito. Só que *Izzy não estava morta*. Apesar do que todos acreditavam, ele sabia que havia ocorrido um erro. Um erro terrível.

O Samaritano tinha razão. Ele não podia procurar a polícia. Pelo menos não por enquanto. Primeiro ele precisava falar com outra pessoa. Alguém que evitara contestar, com quem pisava em ovos, sem querer infligir mais dor. Mas isso mudava tudo.

Ele tinha que saber a verdade. Tinha que falar com o pai de Jenny.

Gabe ergueu o braço e verificou as horas no relógio. O amanhecer começava a atravessar a cortina fina da van. Seis e meia da manhã.

Ainda estava cedo, mas ele tinha a sensação de que Harry também não dormia muito.

Ele se sentou, apoiando os pés no chão, e pegou o celular. Depois do funeral, a mãe de Jenny, Evelyn, tinha trocado o número do telefone fixo para impedir que ele ligasse, mas Harry havia ficado com pena de Gabe e lhe passara seu celular.

"Se você precisar conversar."

Surpreendentemente, Gabe descobriu que precisava. Embora numa ocasião ele não tenha falado nada, só chorado.

Ele digitou uma mensagem:

"Harry, é o Gabe. Podemos nos encontrar hoje?"

Seu celular apitou quase na mesma hora com a resposta.

"8h? No lugar de sempre."

Não era uma pergunta. Com o coração pesado, Gabe voltou a digitar.

"Ok."

O Cemitério Farnfield ficava a uma hora de distância, perto da casa que ele dividira com Jenny e Izzy em Nottinghamshire. Era tão agradável quanto um cemitério pode ser. O Jardim da Memória tinha um gramado amplo e recém--aparado. Bonitos bancos de madeira. Árvores para fazer sombra e muitos arbustos floridos e cercas vivas.

Gabe ficava agradecido pela tentativa, mas ele não tinha certeza se de fato era ali que as pessoas se lembravam dos seus entes queridos. As memórias estavam misturadas aos detalhes do dia a dia. O cheiro de certo perfume. Fazer uma lista de compras e ainda incluir geleia porque sua esposa gostava. Encontrar uma caneca com as palavras "Melhor Mãe do Mundo" no armário da cozinha. Uma música no rádio. O cheiro de comida vindo de um restaurante onde vocês dividiram uma garrafa de vinho ridiculamente cara da qual nenhum dos dois gostou muito. Eram essas as memórias que o assaltavam de repente, agarravam seu coração e apertavam até que seu peito parecesse que ia explodir. Cruas, viscerais, sem censura.

Aqui as memórias eram filtradas por lentes cor-de-rosa. Você selecionava as coisas de que queria lembrar e ignorava o que preferia esquecer. Você deixava buquês de flores coloridas para disfarçar o fato de que tudo ao redor era morte, seus entes queridos, uma pilha de cinzas esbranquiçadas dentro de uma urna feia que Gabe tinha certeza de que Jenny teria escondido no fundo de algum armário ou deixado cair "sem querer" se tivesse ganhado de presente.

Ele sorriu. Uma memória real. Jenny era uma mulher de muito bom gosto e pouco tato. Ela sabia do que gostava e do que não gostava, e não tinha medo de dizer.

Ele se sentou num banco e encarou a pequena lápide, abaixo da qual a urna horrenda estava enterrada.

Jennifer Mary Forman
12 de agosto de 1981 — 11 de abril de 2016
Esposa, filha amada, mãe dedicada.
Sempre em nosso coração e nossa memória.

"Esposa." Era tudo que tinham dado a ele. O menor dos gestos. Ele não participara do processo de escolha da lápide, assim como havia sido excluído da maior parte dos arranjos do funeral. Na época, ele ficara aliviado. É claro que, na época, ainda era suspeito do assassinato.

— Gabriel?

Ele levou um susto e olhou ao redor. Harry estava de pé ao lado do banco. Antes um homem de boa aparência e bem conservado (um médico e cirurgião respeitado), hoje ele parecia ter todos os seus setenta e nove anos. O cabelo branco e grosso ainda estava bem penteado para trás, exibindo um rosto bronzeado pelo sol do inverno. Mas havia certa flacidez ao redor dos olhos e do queixo. As rugas da testa estavam mais fundas. Ele se apoiava bastante numa bengala. Na outra mão, trazia flores. Dois buquês.

Enquanto Gabe observava, ele se inclinou e colocou um no vaso ao lado da lápide de Jenny, então se virou. Para a outra lápide. A que Gabe estava cuidadosamente evitando olhar desde que chegara. Porque, apesar do que ele acreditava, apesar do que ele havia descoberto, aquela imagem ainda o enchia de uma dor quase intensa demais para aguentar. Uma onda negra e pesada que ameaçava arrastá-lo e afogá-lo.

Isabella Jane Forman
5 de abril de 2011 — 11 de abril de 2016
Amada filha e neta.
Trazida dos céus e levada nos braços dos anjos.

Jenny. Izzy.
É sobre a sua esposa... e a sua filha.
Harry se sentou pesadamente ao lado dele.
— Então, do que você queria falar?

CAPÍTULO 14

O condomínio em que Lou morava era um retângulo apertado de casinhas de parede de pedra nos subúrbios de Barton Marsh. Moradias sustentáveis e acessíveis. Ou seja: baratas, feias, pequenas.

Katie se espremeu numa vaga a algumas portas da varanda da irmã. O quadradinho de grama do lado de fora estava malcuidado. Havia um triciclo caído de lado, com matinhos subindo por entre as rodas. A lixeira ao lado da porta estava superlotada de sacos pretos cheios. Ela tentou não estalar os lábios em reprovação.

Ela amava Lou. Deus sabe o que teria que fazer se Lou não ficasse com Sam e Gracie à noite. Mas ela odiava ter que deixar os filhos com a irmã. Odiava não ter certeza de que Lou os colocaria de volta na cama se acordassem no meio da noite, em vez de deixá-los ficar acordados vendo TV. Ela odiava que a filhinha de Lou, Mia, sempre parecia meio suja e malvestida, andando por aí de fralda e camiseta.

Katie sabia que não podia dizer à irmã como viver. Ela sabia que, sendo a mais nova, Lou havia sofrido mais com o que acontecera. Mas todas tinham sofrido. Não dava para usar isso como desculpa pelo resto da vida. Mais cedo ou mais tarde era preciso crescer, se tornar responsável. Lou não parecia interessada em tentar fazer isso. Ela só tinha vinte e sete anos e já parecia ter desistido da vida.

Katie seguiu pelo pequeno caminho até a porta, passando por cima de uma embalagem vazia do McDonald's e um pacote pela metade de lenços umedecidos. Ela abriu a porta com a chave que Lou lhe dera. O corredor cheirava a comida velha e fralda suja.

— Olá? — chamou ela baixinho.

Nenhum som no andar de cima. Ela se perguntou que horas eles tinham ido para a cama. Acordar crianças rabugentas e cansadas era a última coisa de que precisava quando estava, ela mesma, sentindo-se cansada e rabugenta.

— Sam? Gracie?

Ela subiu as escadas e abriu a porta do quarto. Sam e Gracie já estavam sentados na cama que dividiam, parecendo sonolentos. Mia rolou e piscou para ela do berço, com uma chupeta na boca.

Sam bocejou.

— A gente dormiu demais?

— Não, não, tudo bem. Eu só quis fazer uma surpresa!

Da porta ao lado, ela ouviu a irmã resmungar, sonolenta:

— Pelo amor de Deus.

Ela sorriu, cansada.

— Certo, tudo bem, podem levantar. Vou fazer o café.

Lou apareceu no primeiro andar enquanto Katie preparava torradas e cereal. Ela abriu um espaço na mesa bagunçada para Sam, Gracie e Mia. Havia ligado a TV para deixá-los felizes, embora uma rápida briga tivesse surgido para decidir se veriam *A Guerra dos Clones* ou *PJ Masks*.

— Minha nossa, dá para abaixar o volume disso? — pediu Lou, bocejando.

O cabelo louro estava embaraçado e bagunçado, a maquiagem, borrada embaixo dos olhos. Ela usava um robe velho amarrado na cintura.

Katie pegou o controle e aumentou o volume deliberadamente, então apanhou um monte de lixo que tinha recolhido do chão e foi jogar na lixeira. Ela abriu a tampa e parou. A lata de lixo estava cheia de latas de Guinness.

— Steve veio para cá?

— Aham. Só um pouco, ontem de noite.

Steve. O último na longa sequência de namorados inúteis que grudara em Lou da mesma forma que outras pessoas ficavam com chicletes presos na sola do sapato. A única diferença era que os namorados de Lou não duravam tanto.

Provavelmente era dar crédito demais a Steve chamá-lo de namorado, na verdade. O relacionamento deles parecia estar sempre em suspenso. Ele passava semanas sem ligar, depois aparecia do nada, quando queria. E era bem óbvio *o que* ele queria. Katie sabia que ele só estava usando sua irmã, mas Lou se recusava a ver isso, repetindo as mesmas desculpas: ele trabalhava em turnos, estava ocupado, o emprego exigia demais dele.

Katie refletiu que pelo menos ele *tinha* um emprego, o que era mais do que alguns dos outros desastres ambulantes que Lou havia namorado, como o pai de Mia, que tinha desaparecido mais rápido que é possível dizer "pensão alimentícia atrasada" quando descobriu que Lou estava grávida. Mas no fim nada disso importava. Steve poderia ser um empreendedor milionário ou um santo. A questão era que Katie tinha uma regra básica em relação à irmã cuidar das crianças: nada de namorados em casa enquanto os filhos estivessem lá.

— Quando ele foi embora? — perguntou.

— Ontem mesmo. Tinha que acordar cedo para trabalhar.

— Certo. E como ele voltou para casa?

Ela viu Lou hesitar.

— Ele foi dirigindo, não foi?

— Ele nem mora longe.

— De todas as pessoas...

— Ah, pronto.

— Pronto, o quê?

— Você, sendo toda crítica. Você odeia todos os meus namorados.

— É porque eles são todos idiotas.

— Ah, bem, pelo menos eu tenho namorados.

— Ah, bem, pelo menos eu tenho autoestima.

— Você é tão...

— Mãe, tia Lou, podem parar de *brigar*?

Gracie estava atrás delas no seu pijaminha do Meu Pequeno Pônei, o cabelo todo bagunçado, as mãozinhas na cintura.

— Você sempre diz para mim e para o Sam não brigarmos.

Katie forçou um sorriso.

— Não estamos brigando. Estamos só...

— Discutindo — completou Sam, enfiando uma colherada de sucrilhos na boca. — É o que você sempre diz. Mas parece uma briga.

Katie lançou um olhar para Lou, que respondeu dando de ombros.

— Orelhinhas pequenas ouvem bocas grandes — resmungou ela.

Era o que o pai delas sempre dizia para a mãe quando elas eram pequenas e ouviam algo que não deveriam: "Orelhinhas pequenas ouvem bocas grandes".

A mãe delas fingia desgosto e acertava o pai com o pano de prato. "Quem você está chamando de Boca Grande?"

Bem na hora, Gracie riu e apontou para Katie:

— Rá, rá, Boca Grande.

Katie mostrou a língua e tentou não ficar irritada pelos filhos sempre tomarem partido da tia nas discussões.

Ainda assim, o momento da briga tinha passado. Mia bateu a colher na mesa e começou a chorar. Sam fez uma careta.

— Argh. A Mia está fedendo. Está cheia de mer... meleca na fralda. — E, sem nem fazer uma pausa para respirar, continuou: — Já terminei meu café. Posso jogar *Super Mario*?

— Não — disseram Katie e Lou em uníssono, para variar, e sorriram uma para a outra.

— Vou cuidar disso — disse Lou, abaixando-se para pegar Mia.

Katie assentiu e bebericou seu chá. Embora ela raramente bebesse, no momento estava desejando algo mais forte.

Quinze minutos depois, ela estava colocando Sam e Gracie no carro. Acenou para a irmã, parada na porta ainda de camisola, um cigarro numa das mãos e Mia pendurada na perna.

Katie suspirou. *Para quê?*, pensou. Você se esforça. Você tenta. Mas não dá para forçar as pessoas a mudar. Talvez elas nunca mudem. A não ser que algo drástico as force a sair da apatia.

Ou talvez esse fosse o problema. Algo drástico *tinha* acontecido. Algo terrível. Algo que despedaçara a família já frágil delas.

Alguém havia assassinado seu pai.

CAPÍTULO 15

Há muitas coisas sobre as quais não se pensa a respeito da morte. Especialmente mortes sangrentas e violentas. Para começar, em geral ninguém pensa que isso vai acontecer. Não com você. Não com alguém que você conheça. Não com alguém que você ama.

Vivemos num estado permanente de negação. Uma crença cega de que somos diferentes, especiais. Protegidos por um campo de força místico que desvia tudo de ruim.

Coisas terríveis acontecem, é claro, mas acontecem com as outras pessoas, sobre as quais você lê nos jornais. Os rostos abatidos e chorosos que vê na televisão.

Nós ficamos com pena. Choramos. Talvez até acendamos velas, deixemos flores, criemos hashtags. Então seguimos com a nossa vida. Nossa vida especial, segura, protegida.

Até um dia, uma ligação, uma frase.

É sobre a sua esposa... e a sua filha.

Então você percebe que tudo isso é uma ilusão. Você não é especial. É como qualquer outra pessoa, andando por um campo minado, tentando fingir que seu mundo inteiro não pode explodir a qualquer momento.

Você nunca pensa em como seria essa sensação, não de verdade. Passa a vida inteira *não* imaginando, como se fazer isso pudesse instigar o Destino a voltar seu rosto arruinado para você e enxergar algo que lhe agrade.

Você nunca pensa que vai ter que dirigir por quilômetros, o choque daquelas palavras ressoando nos seus ouvidos, negações desesperadas passando pela sua mente. Você nunca pensa que vai chegar em casa e encontrar não o seu lar, mas uma cena de crime. Seus pertences se tornam provas. Homens e mulheres de uniformes e jalecos andam de um lado para outro em silêncio enquanto você está preso do lado de fora. Você nunca pensa que vai ter que explicar suas ações para estranhos, expor seus segredos para pessoas que não conhece, numa situação que ainda não compreende. Você nunca pensa que vai precisar de um álibi ou de um advogado.

E você nunca pensa que, em meio ao seu luto e terror e confusão, vai ter que identificar os corpos.

Os corpos. Não mais pessoas, cheias de calor e esperança e medos e sonhos. Não mais almas vivas que respiram. Não mais Izzy ou Jenny ou Bubs ou Mamãe. Aquelas confusões maravilhosas e frustrantes de contradições humanas haviam desaparecido. Para sempre.

Só que ele tinha visto Izzy. Ele tinha visto.

Gabe encarara a detetive Maddock com olhos que pareciam envoltos em sujeira e inchados de choro.

— Identificar?

— Procedimento padrão, sr. Forman. Com base nas fotos obtidas, não temos razão para duvidar de que os corpos sejam da sua esposa e da sua filha…

Fotografias. Eles não tiravam fotos novas fazia algum tempo. Simplesmente não houvera muitos momentos felizes em família nos últimos tempos, pensara Gabe, amargurado. As que estavam penduradas na parede eram antigas. Izzy tinha dois ou três anos. Eles já tinham falado em trocá-las por novas. Tantas coisas que falamos em fazer. Sempre pensando que teremos outro dia, outra semana, outro ano. Como se o futuro fosse uma certeza. Não apenas uma frágil promessa.

Gabe balançara a cabeça.

— Já falei. Houve algum erro. Eu *vi* a minha filha. Num carro. Alguém a levou, e talvez tenha levado minha esposa também. Vocês precisam sair, procurá-las.

— Eu compreendo, e já pegamos seu depoimento, sr. Forman. Por isso acho que é ainda mais importante que o senhor faça a identificação formal.

Gabe deixara as palavras serem absorvidas. Identificação "formal". Cavalheiros devem usar gravata. Se estiver de tênis, a entrada será negada. Ele engasgara com uma risada histérica.

A polícia não acreditava nele. Tudo bem. Ele provaria. Não era Izzy, gelada e morta em algum necrotério. Ela estava viva. Ela havia acabado de fazer cinco anos. E ele a tinha visto. Naquele carro enferrujado. *Buzine se estiver com tesão.* Duas marias-chiquinhas loiras. *Homens de verdade amam Jesus.* Um dente da frente faltando.

— Tudo bem. Mas vocês estão errados. Eu vi minha filha ser levada. Ela está viva.

A detetive Maddock assentira, algo que Gabe não conseguia identificar surgindo na sua expressão.

— Assim que o senhor vir os corpos, tenho certeza de que teremos mais perguntas.

A identificação fora marcada para a tarde seguinte. Gabe se sentia frustrado pela falta de urgência, mas também estava chocado e exausto demais para discutir.

A casa, que poucos dias antes tinha sediado a festa de cinco anos de Izzy, agora era uma cena de crime. Gabe não podia ficar lá. Na falta de amigos que pudessem recebê-lo, ele alugara um quarto num hotel próximo. Uma mulher gordinha de camisa branca e calça social preta se aproximara e se apresentara como "Anne Gleaves, a agente responsável pelo caso da sua família". Ela o levara de carro até o hotel e, sem ser convidada, fora com ele até o quarto. Lá ficara por um tempo, conversando com ele. Palavras vazias, sem significado. Ele havia observado seu rosto sério e gentil e desejado que ela se jogasse da janela. Quando Anne Gleaves perguntara se havia alguém que ele gostaria que ela contatasse, Gabe pensara nos pais de Jenny e relutantemente recusara. Ele é que deveria fazer isso. Depois que a mulher tinha ido embora, ele ligara para Harry e Evelyn, destruíra o mundo deles com uma única frase e então ficara lá sentado, vendo fotos antigas de Izzy e Jenny no celular, chorando até perder o fôlego.

Quando o amanhecer tinha começado a atravessar as cortinas finas, ele tomara banho, fizera a barba e vestira as mesmas roupas do dia anterior: uma camisa preta e calça jeans. Pegara uma gravata amassada do bolso e amarrara no pescoço, apertando um pouco mais do que o necessário. Ele se olhara no espelho. Apesar da pele pálida e dos olhos vermelhos, estava quase apresentável. *Identificação formal*, pensara ele de novo, sombriamente.

Então se sentara para esperar.

Era tudo um engano. Um terrível engano.

Harry e Evelyn ligaram pouco antes do meio-dia. Evelyn parecia surpreendentemente calma. Sem sinal da mulher histérica da noite anterior. Eles queriam ir junto, dissera. Para apoiá-lo. Gabe preferia que não. Falara que não era necessário. Mas Evelyn insistira. "*Você não pode fazer isso sozinho. Harry vai dirigindo. Caso seja demais para você.*"

Na época, antes de as acusações e suspeitas destruírem totalmente a tênue relação deles, Gabe imaginara que ainda estivessem fazendo o papel de sogros compreensivos, os três unidos por um breve momento na dor.

"*Já comeu?*", perguntara Evelyn ao chegar. "*Você precisa comer. Precisa de força.*" Como se comida pudesse de alguma forma preencher o buraco no coração dele.

Eles o levaram a um pub ao lado do hotel. As luzes eram fortes demais, a decoração, exagerada demais. Gabe não tinha ideia do que estavam fazendo ali. O arranhar dos talheres nos pratos o deixava tenso. Evelyn tagarelava, determinada, a voz um pouco rouca e muito aguda. Ele via que seus olhos estavam vermelhos e inchados. Uma ou duas vezes ela pegara um colírio e aplicara algumas gotas. Harry, grunhindo de vez em quando, devorara um sanduíche de queijo. Gabe conseguira engolir uma mordida de pão murcho com presunto e duas xícaras de café, gelado e amargo. Uma boa metáfora. A vida tinha perdido o sabor.

Era uma viagem de vinte minutos até o hospital, que ficava na periferia da cidade, perto da rodovia. O mesmo hospital onde Jenny dera à luz Izzy. Ele pensava que seu coração já não tinha mais lágrimas, mas agora as sentia de novo. Gotas amargas que queimavam sua alma e faziam seu estômago se contrair de náusea. Ele apertou a barriga.

— Você está bem?

Evelyn apertara sua mão. Ele assentira.

— Tudo bem, eu estou bem.

Então ela enfiara a mão na bolsa, pegara um frasco de remédios e tirara dois comprimidos, que lhe oferecera.

— O que são?

— Vão ajudar você a se acalmar.

Isso explicava a tagarelice estranha e maníaca. Ele havia encarado os comprimidos cor-de-rosa e começado a balançar a cabeça, mas então sentiu o estômago se revirar de novo. Mudara de ideia. Pegara os comprimidos e engolira a seco. *Amargo*, pensara de novo.

Eles pararam no estacionamento de visitantes, o que parecia ainda mais surreal para Gabe; por outro lado o que ele queria? Que houvesse vagas marcadas como "Necrotério", talvez com a silhueta de um caixão? Ninguém quer lembrar aos visitantes que nem sempre seus entes queridos melhoram no hospital.

Anne Gleaves os encontrara na recepção e estendera a mão. Ele apertara, mas parecia estar tocando massinha. Talvez os comprimidos estivessem fazendo efeito. Tudo nele parecia dormente.

— Venham por aqui, por favor.

Um clichê dizer que o restante acontecera como num sonho, mas era verdade. Ele sentia como se estivesse caminhando por um mundo de algodão, sem nenhum contorno definido. Passaram por corredores azul-claros. Vozes abafadas se acumularam em seus ouvidos como cera. A única coisa marcante para ele era o cheiro. Químico. Medicinal. Fluido embalsamador, pensara ele. Para impedir que os corpos apodrecessem. Seu estômago se revirara de novo.

Chegaram a uma salinha de espera. Gabe imaginava que era para ser aconchegante. Mais cores pastel. Sofás cinza. Flores brancas num vaso. Falsas — as pétalas de tecido empoeiradas e desbotadas. Panfletos espalhados na mesa. *Lidando com o luto. Acompanhamento psicológico. Explicando uma morte repentina a uma criança.* Uma foto de um bebê de olhos arregalados o encarava. Ele desviara o olhar.

Anne Gleaves se sentara. Explicara "o processo". Não era nada como na TV. Não haveria nenhuma cena dramática com um puxão de lençol. Jenny e Izzy estariam nas mesas, só com os rostos visíveis. Gabe poderia passar quanto tempo quisesse ali, mas não poderia tocar nos corpos. Quando estivesse pronto para sair, teria que assinar um formulário confirmando que as falecidas eram mesmo sua esposa e filha. Ele precisava de um copo de água antes de entrar? Queria que alguém o acompanhasse?

Ele negara com a cabeça. Ficara de pé. Chegara à porta.

Tudo começara a girar. Sua visão estava distorcida por ondas. Ele tentara respirar fundo, mas tudo que sentia era aquele maldito cheiro químico.

— Sr. Forman? Precisa de mais alguns momentos?

Ele abrira a boca para responder. Seu estômago revirara e o vômito subira pela garganta. Ele não conseguia parar. Vomitara várias vezes no carpete.

— Meu Deus — exclamara Evelyn. — A gente não deveria ter deixado ele vir.

Gabe queria dizer que *precisava* vir. Tinha que fazer isso. Mas sua cabeça era uma nuvem cinzenta e difusa. Seus ouvidos zumbiam. Seus joelhos falharam. Ele caíra no chão.

Distante, ele ouvira Anne Gleaves dizer:

— Vou chamar uma enfermeira. Podemos fazer isso outro dia.

Então a voz de Harry. Surpreendentemente firme.

— Não. Tudo bem. Eu faço a identificação. É melhor assim.

É melhor *assim*. *É melhor assim*. As palavras giravam na cabeça de Gabe.

Mais tarde ele chegou a perguntar se poderia voltar e vê-las. Mas àquela altura, depois de ter sido liberado do hospital, onde o colocaram no soro e perguntaram repetidas vezes se ele tinha "tomado alguma coisa", a polícia já havia chegado. Seu mundo caíra mais uma vez. Ele não era mais um pai e marido de luto. Era um suspeito de assassinato. Ele se vira em outro cômodo genérico de paredes azuis. Mas ali não havia flores nem panfletos reconfortantes. Só um gravador, a detetive Maddock com outro detetive de rosto austero e um procurador jovem, encontrado às pressas, parecendo mais nervoso e despreparado que Gabe.

Ele se sentara lá, sem saber o que fazer, enquanto os detetives perguntaram a Gabe sobre seu relacionamento com a esposa, o trabalho, o passado... e, ah, o que ele tinha feito entre o momento em que saíra de casa, às oito da manhã, e o momento em que ligara do posto de serviço Leicester Forest East em torno das seis e quinze da noite, considerando que não fora para o trabalho?

Ele não quisera responder, não quisera confirmar as suspeitas — de que ele era o tipo de homem capaz de machucar ou matar alguém. Mas não adiantara. Eles já tinham sua ficha. Haviam rastreado seu celular. Tudo fora divulgado. A maior parte da história, pelo menos.

As coisas entre ele e os pais de Jenny foram ladeira abaixo a partir daí. Mesmo depois de ele ter sido liberado sem acusações, Evelyn se recusara a atender suas ligações e mudara de número. Excluíra Gabe completamente. Ele descobrira a data do funeral pelo advogado. Tivera que pegar um táxi até o crematório porque seu carro ainda estava apreendido como "prova", e Evelyn não havia permitido que ele fosse no carro funerário.

No fim, ele nem conseguira ficar até o final da cerimônia. Não conseguira ficar sentado ali, ouvindo as palavras vazias do padre, encarando os caixões. O de Jenny era de um carvalho brilhante que sem dúvida foi o mais caro que Harry encontrou. O de Izzy era uma versão em miniatura, pintado de rosa e decorado com flores coloridas. Como se isso pudesse tornar mais palatável o horror daquele caixão minúsculo. Na verdade tornava tudo pior. Nenhum caixão deveria ser tão pequeno. Nenhuma criança deveria estar tão fria e imóvel.

Crianças são luz e calor e risadas. Não escuridão e silêncio. Estava tudo errado, e ele não conseguia — *não iria* — aceitar.

Ele se levantara com um grito estrangulado e correra para fora da capela, caindo na grama úmida lá fora. Ficara ali, gritando na terra, até sua garganta arder e o terno estar encharcado e manchado de grama e lama. Ninguém viera ajudá-lo. Mesmo quando as pessoas começaram a sair, ninguém parara ou lhe estendera a mão. Ninguém queria se aproximar de um homem manchado por acusações de assassinato.

Em algum momento, caído na grama enlameada, Gabe tomara uma decisão. Ele poderia nunca mais se levantar, poderia se matar ou poderia encontrar o carro — descobrir a verdade, de uma forma ou de outra. Só então ele se permitiria o luto. Só então ele aceitaria que Izzy havia partido para sempre, levada naquele caixão cor-de-rosa pintado com flores coloridas e sem perfume.

Quando o sol começara a desaparecer no horizonte, ele se levantara, trôpego, e saíra caminhando — para longe da capela, das cinzas da sua família e da sua vida até então.

Uma semana depois, enquanto colocava as últimas posses na van recém-comprada, recebera uma mensagem de Harry. Ficara surpreso. Depois irritado. Pensara em apagar. Mas algo o impedira.

Gabe não tinha pais nem amigos próximos. Havia se acostumado a manter as pessoas afastadas, com medo de que, caso as deixasse se aproximar, enxergassem além das aparências. Ou pior, que um dia alguém do seu passado aparecesse, arrancasse as novas roupas do imperador e expusesse quem e o que ele realmente era.

Ele tinha colegas de trabalho, mas é engraçado como uma acusação de assassinato estremece essas relações. Ele sabia que, se não tivesse pedido demissão, teria sido uma questão de tempo até a agência encontrar um motivo para mandá-lo embora.

Nem casa mais ele tinha. Apesar de a equipe de limpeza ter eliminado todos os vestígios do que havia acontecido, ele ainda via as manchas de sangue nas paredes. Ainda conseguia ouvir os gritos. Toda manhã, quando entrava na cozinha, ele via Jenny em pé ali, o corpo sangrando e perfurado por balas, os olhos frios e acusadores.

"Por que você deixou isso acontecer? Por que não estava aqui para nos proteger?"

Uma semana depois que recebera permissão para voltar para casa, Gabe ligara para uma imobiliária e colocara a propriedade à venda. Então arrumara uma mala pequena e se hospedara no hotel outra vez, voltando só para pegar a correspondência e alimentar o gato. Ele não se importava com a casa.

As únicas coisas com que Gabe realmente se importara no mundo tinham sido Jenny e Izzy. Agora elas haviam partido, e aquele mundo acabara. A única ligação que permanecia era Harry.

Ele encarou a mensagem e apertou responder.

Eles haviam se encontrado algumas vezes desde então. Não o bastante para chamar de rotina. Nem sempre por vontade de Gabe. Mas sempre ali, no Jardim da Memória.

Às vezes ficavam sentados em silêncio, o que, estranhamente, nunca pareceu constrangedor. Em geral conversavam. Sobre Jenny e Izzy. Sobre dias melhores. Exagerados dos dois lados, Gabe tinha certeza. Mas não havia como negar que conversar, deixar as memórias respirarem, ali ao ar livre, entre as árvores e flores, diminuía a dor crônica dentro dele. Só um pouco. Só por um instante. Às vezes, isso tinha que ser suficiente.

Conversavam sobre outras coisas também. Coisas banais do cotidiano. Às vezes, um deles mencionava a investigação policial. Ou a ausência dela. Como ninguém foi preso pelo crime. Como a probabilidade de capturar o responsável ficava menor a cada dia.

Harry sabia sobre suas viagens pelas rodovias. Mas nunca as mencionava. Assim como Gabe nunca comentava sobre a identificação dos corpos. Um acordo de silêncio mútuo. Uma granada que poderia destruir as frágeis pontes entre eles.

Apesar das diferenças passadas, Gabe sempre acreditara que o pai de Jenny era um homem bom, de princípios, decente.

Hoje, pela primeira vez, perguntou-se se ele também era a porra de um mentiroso.

CAPÍTULO 16

Clic-clac. Alice abriu os olhos e piscou, confusa. Onde estava? Levou um segundo. O quarto de hotel. Do outro lado, Fran dormia. Mas algo havia acordado Alice. *Clic-clac*.

Ela deu uma olhada no saco sobre a mesa de cabeceira. As pedrinhas. Ela as sentia, brilhando suavemente lá dentro.

Estão agitadas, pensou.

Estou sonhando, pensou.

Clic-clac, as pedrinhas sussurraram.

Ela se sentou na cama. A escuridão artificial a desorientou. Ela não tinha ideia de que horas eram. Percebeu que precisava fazer xixi. Talvez isso não fosse um sonho. Ela desceu da cama devagar, em silêncio. Não queria acordar Fran. Devia estar cansada. Depois de dirigir tanto. Falta muito? *Já chegamos?* Algum dia elas chegariam?

Ela não se lembrava de muita coisa de antes de começarem a fugir. Ou talvez ela tivesse tentado esquecer. Às vezes essas coisas voltavam a ela em sonhos. Não nos que tinha quando caía. Ela nem tinha certeza de que aqueles eram sonhos. Mas os outros. Os que a capturavam no momento em que ela fechava os olhos de noite. Sonhos cheios de sangue e gritos e uma moça bonita e loura. *Mamãe?* Alguma coisa tinha acontecido com ela. Alguém a havia machucado. E queriam machucar Alice também. Mas Fran a salvara. Fran a mantivera em segurança. Fran sempre a manteria em segurança. Fran a amava. E Alice amava Fran também.

Mas às vezes — só às vezes — Fran também lhe dava um pouco de medo.

Sua bexiga pediu atenção de novo. Ela foi até o banheiro na ponta do pé, acendeu o interruptor e abriu a porta.

O banheiro era pequeno e bem iluminado. Ela fechou a porta de novo para não acordar Fran e se sentou no vaso. Fez xixi, se limpou e deu a descarga. Em vez de encarar o espelho na pia, ela se abaixou e usou a torneira da banheira para lavar as mãos.

Clic-clac. As pedrinhas pareciam estar fazendo mais barulho, o que era idiota porque estavam no quarto. *Clic-clac.* Agora Alice estava certa de que tinha ouvido outra coisa, como o som suave de ondas quebrando na areia. Como se o som estivesse dentro do banheiro. Não, dentro da sua *cabeça*.

Tentou afastar o barulho, mas não conseguiu. *Clic-clac. Clic-clac.* Era difícil resistir à atração. Estava ficando mais forte. Devagar, ela ergueu os olhos. A menina no espelho sorriu.

— *Alissss.*

— Não posso.

— *Por favooooor.*

Alice balançou a cabeça, mas o movimento foi lento e fraco. Suas pálpebras começaram a fechar. A torneira da banheira continuava aberta, água descendo pelo ralo.

Alice entrou na banheira e se deitou.

Capítulo 17

— Quero te perguntar uma coisa.

Harry suspirou.

— Eu posso não querer responder...

— Você acha que eu sou louco?

Harry hesitou. Obviamente não era o que estava esperando. Ele demorou um tempo para responder.

— Acho que, quando uma coisa horrível assim acontece, as pessoas lidam de formas diferentes. Encontram algo que as ajuda a sobreviver. — Ele tossiu para limpar a garganta. — Evelyn está fazendo trabalho voluntário agora, num abrigo para mulheres vítimas de abuso.

— Sério?

Gabe não conseguiu esconder o tom surpreso na voz. Ele achava difícil imaginar Evelyn, sempre tão arrumada, séria, conservadora, se misturando com os desesperados e desfavorecidos. Mas talvez ela tivesse mudado.

— As coisas ficaram bem ruins — contou Harry. — Ela... tomou uns remédios.

Isso não o surpreendia. Ele se lembrava bem das pílulas que Evelyn lhe dera antes da identificação. Durante todo aquele tempo, desde que ele a conhecera, Evelyn nunca tinha perdido o controle. Nem no funeral ela chorara. Quer dizer, ela secara os olhos, fungara, pingara colírios. Mas aquele choro desesperado, com lágrimas e catarro escorrendo pelo queixo... não. Ela guardara tudo para si. Mantivera a compostura. Mas só é possível prender a si mesmo numa camisa de força química por certo tempo antes de perceber que seu carcereiro é você mesmo e só há uma forma de se libertar.

— De qualquer forma — continuou Harry —, parece ter ajudado. Saber que está fazendo algo positivo para outras mulheres e crianças.

— Fico feliz por ela ter encontrado uma vocação.

Um sorriso fraco.

— Isso a faz sair de casa. Às vezes eu me pergunto se não é essa a verdadeira motivação dela. Se ficar comigo só faz com que ela se lembre mais.

A voz dele tremeu um pouco. Ele tossiu outra vez, um som áspero, gutural. Gabe se perguntou de novo sobre aquele envelhecimento repentino, aquele mancar. Se ele ainda tinha o hábito de fumar charutos caros.

— E você? — perguntou. — O que você faz?

— Eu me mantenho ocupado. Golfe, jardinagem. Estou aprendendo a atirar com arco e flecha.

Gabe ergueu uma sobrancelha.

— Certo.

— Não sei se é uma forma de lidar ou só uma distração. Mas a gente faz o que for preciso para sobreviver.

— Acho que sim.

— O que estou dizendo é que entendo que essa sua obsessão seja sua forma de lidar. Não acho que seja louco. Só acho que não é saudável.

— Obrigado.

— Até você aceitar que elas estão mortas, as duas, nunca vai conseguir seguir em frente com sua vida.

— Talvez eu não queira fazer isso.

— A escolha é sua. Mas você ainda é jovem. É doloroso dizer isso, mas você ainda pode conhecer outra pessoa, ter mais filhos. É tarde demais para Evelyn e eu. Mas você pode reconstruir sua vida. Um recomeço.

Um recomeço. Como se a vida fosse um litro de leite. Quando um azeda, é só jogar fora e abrir outro.

— Quero te ajudar, Gabe — disse Harry com uma voz mais baixa, a que Gabe supunha que ele usava com os pacientes quando informava que o resultado dos exames chegara e não era bom.

— Eu sei. Foi por isso que liguei.

Harry assentiu.

— Bem, o que eu puder...

— Encontrei o carro.

Gabe tirou o celular do bolso. Ele tinha várias fotos daquela noite. Estavam meio ruins, o flash tinha apagado muitos dos detalhes, mas mostravam o que importava. O carro, de vários ângulos, com o porta-malas fechado. Os adesivos. Harry deu uma olhada e franziu a testa.

— Viu? — questionou Gabe, sem conseguir controlar o tom de desespero na voz. Ele precisava que Harry acreditasse. Precisava de validação.

— Estou vendo um carro velho e enferrujado num lago.

Gabe deu zoom na tela.

— Está vendo os adesivos?

Harry olhou mais de perto e deu de ombros.

— Acho que sim? Não dá para ter certeza.

— É o *mesmo* carro, Harry. O que eu vi naquela noite.

Harry suspirou.

— Gabe, talvez você tenha visto um carro com uma menininha no banco de trás. Talvez seja esse mesmo carro. Mas não era Izzy. Você se enganou. Estava escuro, distante. Meninas dessa idade são parecidas. Era outra criança parecida com Izzy. Você precisa entender isso.

— Não. — Gabe balançou a cabeça, tirou a pasta do bolso e pegou o elástico de cabelo, erguendo-o para Harry. — Encontrei isso. Era da Izzy.

Harry encarou o elástico e estreitou os lábios.

— Ok. — Gabe puxou o caderno, tirando o mapa junto e sem querer deixando as duas coisas caírem. Ele se abaixou e pegou-as, limpando-as desesperadamente. — E isso? — Ele abriu o caderno. — Isso significa alguma coisa para você? As Outras Pessoas?

— Gabe, isso já foi longe demais...

— *Não!* Todo mundo vive me dizendo que eu devo estar enganado. Mas e você? E Evelyn? Você mesmo disse que meninas dessa idade são parecidas. E se não foi Izzy que você identificou? E se *você* estava enganado?

— Você realmente acha que eu não seria capaz de reconhecer minha própria neta?

— Você acha que *eu* não reconheceria minha própria filha.

Os dois se encararam com hostilidade. Empate. O rosto de Harry estava calmo, mas Gabe conseguia perceber que, por trás daqueles olhos, havia muita coisa acontecendo. Harry não era um homem burro. Ele nunca falava ou agia sem considerar as possíveis consequências.

— Só pense por um minuto no que está sugerindo — disse ele. — Se eu tivesse identificado erroneamente o corpo de Izzy, isso significaria que havia outro corpo. Outra garotinha morta. Quem é ela? Por que ninguém avisou sobre o seu desaparecimento? O que você está dizendo não faz sentido, mesmo se eu *estivesse* errado, o que não é o caso.

Gabe sentia sua convicção vacilando. Harry era bom nisso — em convencer os outros. Sua voz calma e controlada. Seus argumentos lógicos. *Confie em mim, eu sou médico.*

— Esse elástico de cabelo, Gabe, poderia ser de *qualquer* menina.

— É da Izzy.

— Tudo bem, então talvez seja. Talvez você tenha se convencido de que encontrou no carro.

— O quê?

— Não conscientemente.

— Você acha que estou inventando isso?

— Não, acho que *você* acredita nisso. E esse é o problema. É por isso que você precisa de ajuda.

Gabe bufou, rindo.

— Ajuda. Sei.

— Eu tenho um amigo com quem você poderia conversar.

— Aposto que sim. Posso até adivinhar. Um consultório belo e confortável e uma prescrição de comprimidinhos felizes.

— Gabe...

— Eu não preciso de um psiquiatra. Preciso que você me conte a verdade sobre aquele dia.

Dessa vez o rosto de Harry se alterou. As sobrancelhas peludas se ergueram e se juntaram, os olhos azuis ficaram nublados.

— Você está me acusando de mentir sobre a identificação.

Gabe não respondeu. Ele tinha tentado pensar em outras explicações: Harry e Evelyn não viam a neta tanto assim — o que era outro motivo de briga entre eles e Jenny ("*Eles moram a duas horas de distância, não na porra da lua*"). Devia fazer pelo menos uns três meses desde a última visita. Eles nem tinham ido ao aniversário dela. Crianças crescem rápido nessa idade. Izzy havia cortado o cabelo. Perdido um dente.

Era possível que, em meio ao luto, na terrível confusão daquele dia, Harry tivesse cometido um erro? Um erro absurdo e horrendo? E agora estava com medo de admitir? Ou havia outro motivo?

Ele ainda não sabia dizer. Ainda não conseguia acusar Harry de algo tão horrível, tão impensável. Porque fazer tal coisa levantaria muitas outras questões, em especial: Por quê? Por quê? Por quê?

— Se eu fosse mais jovem, eu lhe daria um soco na cara por isso — resmungou Harry.

Ele bem que gostaria, pensou Gabe, mas eis o problema: Harry não era mais o homem de antes. Ele havia envelhecido de uma forma que não tinha nada a ver com a passagem do tempo. O luto faz isso com as pessoas. Soma décadas num único dia. Ele reconhecia a dor nos próprios ossos cansados. Às vezes se sentia como um fantasma, envolto na pele de um homem que já não vivia mais.

— Sinto muito.

Harry balançou a cabeça, a raiva que Gabe vira surgir por um momento agora desaparecia outra vez.

— Não, eu é que sinto. Eu sempre torci para que você saísse disso, colocasse a mão na consciência, cedo ou tarde. Eu até torcia para que você *encontrasse* o maldito carro e percebesse seu erro. Mas parece que isso não vai acontecer.

Ele pôs a mão no bolso interno da jaqueta e pegou um envelope A4 dobrado ao meio.

— A esperança é uma droga poderosa. Acredite, eu já a vi fazer milagres nos meus pacientes. Mas existe uma diferença entre esperança e ilusão. É por isso que estou te dando isso. Evelyn queria que você visse desde o início. Eu não queria magoá-lo. Mas está na hora, Gabe.

— O que é isso?

— O relatório da autópsia.

Gabe sentiu um buraco se abrindo dentro de si.

— Eu li o relatório da autópsia. Nada nele prova que o corpo era definitivamente de Izzy.

Harry suspirou.

— Idade, peso, cor do cabelo, até o dente da frente faltando.

Vamos deixar debaixo do travesseiro, para a fada dos dentes.

— Tudo bate. Mas você não quer a verdade. Você quer se agarrar a um conto de fadas. — Ele deixou o envelope no banco entre os dois e se levantou devagar. — Acho melhor a gente não se ver por um tempo.

Gabe não respondeu. Ele mal percebeu Harry indo embora. Só ficou encarando o envelope como se fosse uma granada prestes a explodir. É claro que ele poderia largar aquilo lá. Não olhar. Queimar, jogar fora. Mas sabia que não faria isso.

Ele abriu o envelope e pegou as duas folhas de papel que havia dentro. Linhas de texto em preto se embaçaram diante de seus olhos. Termos médicos incompreensíveis, mas algumas palavras se destacavam. *Ferimentos a bala. Artéria. Perfuração. Dano a órgãos vitais.* Ele colocou as folhas de lado. Havia mais alguma coisa dentro do envelope. Gabe o virou. Duas polaroides caíram.

Jenny e Izzy. Só os rostos, lençóis verdes as cobriam até o pescoço.

Fotos do necrotério.

Ele ouviu um ruído, quase um gemido. Vindo de um morto-vivo. Então percebeu que era ele.

Como diabos Harry tinha conseguido isso? Se bem que, imaginou Gabe, ele era médico. Tinha seus contatos.

Gabe pegou a foto de Jenny. O rosto dela estava pálido e imóvel, irreconhecível na morte. Mas ainda assim ele sabia que era o rosto que já tinha beijado, acariciado, amado. Pôs a foto de lado e se forçou a pegar a segunda polaroide.

O rosto de Izzy estava perfeito, sem qualquer ferimento. Ela parecia estar dormindo. Um sono frio e eterno.

Ele encarou a fotografia com tanta força que seus olhos começaram a arder. Não havia como se enganar. Izzy. Sua Izzy.

Gabe começou a chorar. Chorou até achar que seus olhos fossem saltar das órbitas; chorou até seu peito doer e sua garganta parecer estar cheia de estilhaços de vidro. Ele soluçou como uma criança, catarro escorrendo livremente, enquanto esfregava o rosto e o nariz na manga do casaco.

Evelyn queria que você visse... está na hora.

— Tudo bem aí, querido?

Gabe ergueu os olhos. Uma senhorinha estava de pé na frente dele. Cabelo grisalho sujo, pele enrugada em dobras flácidas. Seu corpo era curvado pela osteoporose. Ela usava uma capa de chuva bege manchada. Gabe sentiu um cheiro de urina.

Ela empurrava um velho carrinho de bebê, quase só ferrugem. Em vez de uma criança, havia um gato todo enrolado dentro, um gato tigrado grande com olhos verdes sérios. O animal fez Gabe se lembrar do velho gato rabugento deles, Schrödinger. Não que o chamassem assim. Izzy não conseguia pronunciar, então seu nome virou Soda.

Quando Gabe se mudou, os vizinhos adotaram Soda. Gabe ficou feliz. Nunca tinha gostado muito do gato velho e maldoso. Um minuto estava ronronando, no seguinte as garras estavam prontas para se enfiar no pedaço de carne mais próximo.

— Aqui, querido.

A senhora lhe estendeu uma caixa amassada de lenços de papel. As unhas dela estavam sujas de terra preta. Seu primeiro impulso foi mandá-la embora, mas então a determinação sumiu diante daquele pequeno ato de bondade.

— Obrigado — resmungou ele com a voz rouca, pegando um e devolvendo a caixa.

— Pode ficar.

Ela se afastou arrastando os pés.

Gabe esfregou os olhos e assoou o nariz. Então pegou as fotografias e guardou-as com cuidado na carteira.

Ele tivera tanta certeza. E tinham encontrado o carro. Mas o que isso provava, afinal? E o corpo? Talvez fosse melhor não pensar nisso. Será que podia confiar no Samaritano?

Talvez Harry tivesse razão. Ele precisava de ajuda. Caso contrário, talvez estivesse destinado a acabar como a Velhinha do Lenço, arrastando-se por um cemitério, fedendo a mijo e empurrando um gato num carrinho.

Então algo lhe ocorreu, no fundo da mente.

O gato.

Não o gato no carrinho.

O gato deles. Schrödinger.

"Papai, Soda me arranhou."

O rosto de Izzy molhado de lágrimas. Uma linha vermelha ardida no queixo. Gabe passara antisséptico no arranhão. *"Pronto. Passou."* Mas o arranhão ainda estava feio quando ele deixara a menina na escola.

Naquela manhã. Antes da ligação. Antes de sua vida cair do precipício.

Gabe tirou com esforço as fotos da carteira de novo e olhou para a de Izzy com mais atenção. Estreitou os olhos, girou a polaroide sob a luz. Conseguia ver seus cílios, as sardas fracas no nariz. Cada detalhe exposto naquela imagem brutal.

Não havia arranhão no queixo.

Claro que machucados melhoram rápido em crianças, mas não em poucas horas. Gabe não era médico, mas disso tinha certeza. E também sabia de outra coisa.

Machucados não melhoram depois da morte.

CAPÍTULO 18

Gotas batiam nos guarda-chuvas. Um mar ondulante de negro. Os enlutados se reuniam do lado de fora da Capela do Descanso. Roupas pretas, céu cinza. Uma imagem monocromática.

Fran observou sua família atravessar devagar o caminho de cascalho, a irmã apoiando a mãe, não só no luto mas no estupor bêbado. Fran assistia a tudo à distância. Por que ela mesma não estava lá?

Porque isso é um sonho. É claro.

Mas, na realidade, ela estava sempre na periferia. Amava a família, mas nunca se sentiu próxima da mãe ou das irmãs. Talvez fosse assim mesmo com os filhos mais velhos. Você crescia e se afastava primeiro. Ela só tinha sido realmente apegada ao pai. E agora ele estava morto.

Os convidados entraram e se sentaram. "Convidados", como se fosse festa.

O caixão estava num pedestal no fim da capela, com flores em volta, parecendo coloridas demais em contraste ao carvalho escurecido. Descombinadas. O pai amava seu jardim, mas odiava flores cortadas. Preferia vê-las vivas, desabrochando. "Flores cortadas já estão mortas", costumava dizer. Ele não queria buquês no seu funeral. Tinham encomendado flores em vasos com um florista, para poderem replantá-las depois. E o pai dela não tinha sido cremado, mas enterrado.

Tem algo errado, pensou ela de repente. Tudo estava errado. Aquele não era o funeral dele. Aquela não podia ser sua família.

Ela cruzou devagar a nave central da capela, passando por entre os enlutados, que tinham aberto os guarda-chuvas de novo. Água caía em baldes, e quando ela olhou para cima o teto da capela desaparecera, nuvens revoltas cor de chumbo pairavam lá em cima.

Ela foi até o caixão aberto e encarou o corpo pálido e rígido da menininha lá dentro. Cabelo louro cobria o travesseiro em torno do rostinho em formato de coração. Ela estava usando um lindo vestido cor-de-rosa que Fran não se lembrava de ter comprado. Mas ela não comprou o vestido, comprou? Não para o funeral dela.

Lágrimas começaram a escorrer por suas bochechas. A chuva escurecia o cabelo da menininha e encharcava o lindo vestido cor-de-rosa. Fran ergueu o rosto e gritou... sua boca se encheu de água, correndo garganta abaixo, fazendo com que engasgasse...

Água. Água corrente. Fran abriu os olhos. Merda. Onde estava? No quarto de hotel. Então por que ainda estava ouvindo água correndo? Ela se sentou e automaticamente olhou para a cama de Alice. Vazia. *Água. Água corrente*. Ela olhou para a porta fechada do banheiro, uma mancha escura começando a se espalhar por baixo do vão lascado.

— Não.

Ela pulou da cama e correu, abrindo a porta com um empurrão. A banheira estava transbordando, um pequeno mar de água encharcando os azulejos e molhando o carpete.

Alice estava deitada dentro da banheira, a cabeça começando a escorregar para baixo da superfície. Dormindo.

— *Merda!*

Fran a agarrou por debaixo dos braços. *Jesus Cristo, a água estava congelante.*

— Alice. Alice! Acorda!

A pele dela estava quase azul, os lábios rachados e arroxeados.

Não, não, não. Como ela deixou isso acontecer?

Fran pegou as toalhas, enrolou Alice e carregou a menina, pingando, para o quarto. Então a deitou na cama, esfregando-a com gentileza para secá-la, sussurrando junto à cabeça molhada:

— Alice, Alice, acorda.

— Ma... Mamãe.

Dessa vez Fran não a corrigiu.

— Estou aqui, querida, estou aqui.

Os braços fracos da menina a envolveram. Fran sentiu o corpo dela começar a tremer. Bom sinal, pensou.

— Precisamos esquentar você.

Ela enrolou o edredom em torno de Alice. Precisava de mais toalhas. Voltou para o banheiro. A água ainda estava escorrendo. Merda. Ela se abaixou junto à banheira e fechou a torneira, então foi pegar a rolha e parou. *Mas que...?* A rolha ainda estava pendurada na torneira. Então por que a água não estava descendo?

Fran enfiou a mão na água gelada e tateou o fundo da banheira. Tinha alguma coisa presa no ralo. Ela fez força até conseguir soltar o objeto. A água começou a escoar com estrondo. Fran puxou o braço, todo arrepiado, e encarou o que estava na sua mão.

Uma concha pequena e rosa-pálido.

Ela dorme. A menina pálida no quarto branco.

As enfermeiras cuidam bem dela todos os dias. Mas há mais atividade que o normal nesta manhã. Hoje é um dia especial. Hoje é dia de visita.

Miriam ajuda as enfermeiras mais jovens a levantar a menina e trocar a roupa de cama. Supervisiona as faxineiras e se certifica de que cada grão de poeira tenha sido retirado de cada quarto, das máquinas, das teclas do piano e da concha.

Ela arruma as flores recém-cortadas em vasos, lava e seca o cabelo da menina, e penteia os fios até ficarem brilhando. Depois, faz chá e biscoitos e se senta ao lado da menina para esperar.

Esse é o reino de Miriam. Sim, há enfermeiras, e um médico aparece às vezes, mas ela é quem passa a maior parte do tempo aqui e tem feito isso por mais de trinta anos, desde antes daquele dia terrível. Desde antes de a mãe da menina virar uma reclusa e a menina acabar assim.

Talvez, se isso não tivesse acontecido, Miriam não tivesse ficado. Teria seguido em frente, reconstruído a vida. Mas as duas dependiam muito dela. Mãe e filha. Não podia abandoná-las. Ela sempre temera o que aconteceria se o fizesse. Então ficou, e de muitas maneiras aquela era sua família agora, sua vida. Ela não se arrependia. Na verdade, muitas vezes Miriam acreditava que estava ali por um motivo.

Ela enfia a mão no bolso e pega um papel. Está macio, foi dobrado muitas vezes. O rosto de uma criança a encara. VOCÊ ME VIU? *Miriam suspira e olha de volta para a menina, então se inclina para a frente e dá um tapinha na mão imóvel.*

— Em breve — sussurra. — Em breve.

CAPÍTULO 19

Gabe dirigiu. Era tudo que podia fazer. Talvez se fosse um detetive ou investigador particular, alguém com uma "equipe" e especialistas que pudesse convocar, ele faria algo mais produtivo.

Mas Gabe não era nenhuma dessas coisas. Ele não sabia mais *o que* era. Não tinha emprego, não tinha lar, não era mais pai nem marido. Um motorista sem destino e sem passageiros.

Agora, porém, ele tinha algo. A foto. O arranhão. Enquanto dirigia, ele repassava os fatos na mente. Cutucava e questionava as memórias, tentando encontrar falhas nas lembranças. Tinha sido mesmo *naquela* manhã que ele fizera o curativo na filha? Ou poderia estar confundindo com outra manhã? *Não.* Ninguém esquece algo assim. Ninguém esquece a última vez que viu a esposa e a filha vivas.

E aquela manhã de segunda-feira *não* tinha sido uma manhã comum. Não era normal ele levar Izzy para a escola. Na verdade, ele se lembrava de discutir com Jenny sobre isso.

"*Está um pouco em cima da hora. Você não pode remarcar a reunião?*"

"*Não. É um cliente importante.*"

"*Mas eu vou me atrasar.*"

"*E daí? É só um dia. Inclusive você poderia tentar sair na hora também, imagina que luxo.*"

"*Por favor, Jenny.*"

"*Estou falando sério, Gabe. Você perdeu a festa de aniversário da Izzy no fim de semana.*"

"Uma das festas. Eu tinha que trabalhar."

"Você quase perdeu o nascimento dela."

"Ah, pronto."

"Pronto, mesmo. É sempre o trabalho, não é? Mas toda vez que eu ligo você nunca está lá. Está sempre com um cliente, na estrada ou com o celular desligado. Onde você estava na segunda passada, Gabe? Porque no trabalho não sabiam."

"Meu Deus. Achei que a gente já tinha superado isso. Tantas acusações..."

"Eu não estou acusando você de nada."

"Então o que você está dizendo?"

Uma longa pausa. Seu olhar quase arrancou a verdade dele. Quase.

"Estou dizendo... que quero você em casa no horário hoje. Só uma vez por semana. É só isso que estou pedindo. Uma noite em que vamos jantar juntos, você vai ler uma história para sua filha dormir, e nós poderemos fingir que somos uma família normal e feliz."

Depois de cravar esse espinho bem fundo, Jenny vestira o casaco, passara a bolsa por cima do ombro e saíra para se despedir de Izzy.

Gabe tinha ido atrás dela, mas quase tropeçara em Schrödinger, que passeava entre suas pernas, pedindo o café da manhã. Gabe xingara, empurrara o gato com o pé e pegara o celular.

Fora aí que Izzy entrara na cozinha, descabelada e corada.

"Oi, papai!"

Ela bocejara e se abaixara para pegar o gato...

"Ai!"

Definitivamente tinha acontecido naquela manhã. Ele se lembrava do sangue vermelho surgindo do corte raso. De acalmá-la, meio impaciente. De procurar os curativos da Disney para cobrir o machucado. Ele se lembrava de tudo.

Então onde estava o arranhão na foto?

Gabe se questionou sem parar, pensando nisso de todas as formas possíveis, mas continuava chegando à mesma conclusão: se não havia arranhão, a foto fora tirada depois. *Depois* que o machucado curou. *Depois* do dia em que Izzy supostamente havia sido assassinada.

O que significava que... a foto não era real. Não podia ser.

Então, o que ele estava pensando? Que era uma armação? Que alguém tinha falsificado a fotografia, para convencê-lo de que Izzy estava morta?

Mas por quê? E se a foto de Izzy era falsa, e a de Jenny?

Sentiu um nó na garganta e uma dor em algum lugar próximo do coração, ou pelo menos onde o órgão existira um dia. Gabe já tinha pensado nisso antes. Muitas vezes. Em suas longas viagens pela rodovia, ele tinha muito pouca coisa com que ocupar a mente. Então considerava todos os possíveis cenários em que Izzy ainda poderia estar viva. Todas as maneiras que um erro poderia ter sido cometido.

A resposta era sempre a mesma. Uma verdade terrível e brutal.

A única maneira de Izzy estar viva era se Jenny estivesse morta.

Não poderia haver nenhuma dúvida de que o corpo da mulher na casa era de Jenny. Só então a polícia teria suposto que a menina era Izzy. É claro, ela teria que ter a mesma idade e aparência. Mas não era tão difícil assim, na verdade, confundir duas crianças desconhecidas.

Ele se lembrava da primeira apresentação de Natal na escola de Izzy (ou melhor, Jenny nunca o deixava esquecer), em que Izzy lhe dissera que faria o papel de Maria. Ele chegara atrasado, por isso se sentara no fundo, várias fileiras atrás de Jenny. Mas passara a apresentação inteira tirando fotos no iPhone e aplaudindo todas as falas inaudíveis. Ao fim da peça, ele dissera a Izzy que ela havia sido uma Maria incrível.

A menina se debulhara em lágrimas.

"O que foi?", perguntara ele.

"*Eu não era a Maria! Era uma pastora!*"

Jenny abraçara Izzy e olhara feio para ele.

"*Ela foi Maria ontem. Eu te falei. Eles revezam.*"

A lembrança ainda doía. Mas a questão era: se ele era capaz de confundir a própria filha com outra criança, imagina estranhos. Imagina a polícia. Eles não teriam motivo para achar que a menina na casa deles não era Izzy.

É sobre a sua esposa... e a sua filha.

E, é claro, a maior dificuldade: Izzy tinha sido identificada pelo avô. Harry. Um renomado cirurgião aposentado. Porém, quanto mais Gabe pensava no assunto, mais acreditava que o homem estava escondendo alguma coisa, algo que o corroía por dentro.

Ele apertou o volante com mais força. Harry. Maldito Harry. Esse tempo todo. Mentindo. Fingindo para todo mundo que Izzy estava morta.

Mas por quê?

Gabe não tinha ilusões de que a relação dele com os pais de Jenny jamais passara de "difícil". Ou, para ser totalmente sincero, Evelyn pensara em Gabe como algo que teria que limpar das solas dos Louboutins caros, e Harry o tolerara, como um cheiro levemente desagradável. Ele quase conseguia aceitar que Harry o havia usado, enganado. Evelyn provavelmente teria sentido uma alegria cruel.

Mas mentir para a polícia, arriscar sua preciosa reputação, talvez até um processo? Fazer aquele funeral mentiroso, colocar flores todo mês no túmulo de outra criança?

Jesus. Tinha que haver um bom motivo.

E quem era a outra menina? Essa era a questão a que ele não sabia responder. Se Izzy estava viva, então *tinha que haver* outra menina na casa. Outro corpo para ser identificado. Cremado. Mas, se outra criança tinha sido assassinada, então por que diabos ninguém comunicara seu desaparecimento?

A polícia tinha conversado com os outros pais da escola de Izzy. Foi preciso, por causa da festa de aniversário dela no fim de semana. Com tanta gente entrando e saindo da casa, qualquer possibilidade de a polícia recuperar algum DNA tinha sido obliterada. Mas ninguém dissera: "Aliás, policial, acho que perdi minha filha."

A cabeça de Gabe latejava. Ele esfregou os olhos. Uma buzina soou, alta o bastante para tirá-lo do estupor. Ele tinha deixado a van derrapar. Rapidamente ajeitou o carro, desviando de um caminhão que vinha a toda pela pista interna. *Merda. Respira fundo, Gabe, se concentra. Pensa.*

Duas meninas. Parecidas o suficiente para serem confundidas. Quase intercambiáveis.

"Eu não era a Maria. Eu era uma pastora."

Por que ninguém tinha comunicado o desaparecimento da outra menina?

De repente, ele entendeu. Sentiu os neurônios fazendo a conexão no cérebro. Havia encarado aquilo do ângulo errado. Chegado tarde, sentado nos fundos, tirado fotografias sem realmente prestar atenção.

Se a outra menina podia ser confundida com Izzy, então Izzy podia ser confundida com a outra menina.

"Ela foi Maria ontem. Eles revezam."

E se a outra menina não estivesse desaparecida?

E se Izzy estivesse interpretando seu papel?

CAPÍTULO 20

— Gostoso?

Alice assentiu, enfiando um McMuffin na boca. Estava morrendo de fome, pensou Fran, culpada. *Péssima mãe*, reprovou sua voz interior — que era muito parecida com a da própria mãe. *Está se esquecendo do básico: comida, água, descanso... ah, e não deixar que ela se afogue na banheira.*

Até então ela havia evitado abordar o incidente no quarto do hotel. Sua prioridade tinha sido fazer a temperatura de Alice voltar ao normal, assim como a respiração e os batimentos cardíacos. Ela não devia ter ficado muito tempo na água gelada (e, graças a Deus, tinha aberto a torneira fria, não a quente), mas esse era um desdobramento preocupante.

Ela tomou um gole de café.

— Alice, a gente pode conversar sobre o que aconteceu no banheiro?

A menina ergueu os olhos por baixo do cabelo escuro comprido. Fran franziu a testa, encarando as raízes do cabelo. Precisava de retoque. Coisas pequenas que não podiam deixar passar.

— Não lembro — respondeu.

— De nada? — perguntou Fran e esperou.

Alice suspirou e olhou para o muffin pela metade.

— Eu vi a menina de novo.

A menina. Fran ficou mais agitada. Quem era? Alguma amiga imaginária? Um produto da imaginação de Alice, do trauma? Ou outra coisa?

— A menina fez você abrir a torneira e entrar na água?

— Não. Ela só queria me mostrar uma coisa.

Fran trincou os dentes e colocou o cabelo atrás da orelha. *Tente manter a calma.*

— O que ela queria te mostrar?

Alice remexeu a mochila no colo. *Clic-clac. Clic-clac.* O som fazia Fran tremer por dentro. Ela lutou contra a vontade de gritar *"Para com essa merda".*

— Alice, você poderia ter se afogado ou morrido de hipotermia. Você acha que a menina quer machucá-la?

Ela arregalou os olhos para Fran.

— Não. Você não entende. Não é assim.

Fran pousou o copo de café na mesa e agarrou o braço de Alice. A mochila caiu no chão com um estrondo.

— Então me diga. Quem é a menina? Qual o nome dela?

Alice tentou se soltar. Fran apertou com mais força. *Força demais*, sua voz interior censurou.

— Não sei.

— Tente... pense.

Algo vibrou na mesa ao lado do cotovelo de Fran. Alice puxou o braço e esfregou a marca vermelha dos dedos.

— Seu celular.

Fran encarou a tela. Só uma pessoa tinha aquele número, alguém que sabia que só deveria usá-lo se fosse importante, uma emergência. Ela pegou o aparelho e leu a mensagem.

"Ele sabe."

CAPÍTULO 21

Dormir durante o dia era difícil, não importava quantos anos você trabalhasse à noite. Katie tinha cortinas blackout e plugues de ouvido, pijamas confortáveis e travesseiros de espuma, mas nada adiantava. Impossível enganar o relógio biológico. Seu cérebro sabia que era dia e lutava contra o sono como um bebê irritado.

Em geral, um bom livro e cereal com leite quente — às vezes dois comprimidos de melatonina — a ajudavam a adormecer. Hoje, nem isso estava funcionando. Sua mente estava ocupada demais, distraída demais.

Apesar da promessa que fizera a si mesma, não conseguia parar de pensar no homem magro. *As Outras Pessoas.*

Por que aquelas palavras estavam escritas no caderno?

Ela se virou de um lado para outro, socou o travesseiro, chutou o cobertor, depois se cobriu de novo, até por fim admitir a derrota. Katie se forçou a levantar da cama e desceu para a minúscula cozinha.

Colocou a chaleira para ferver, pegou alguns biscoitos da lata e abriu uma gaveta da cozinha. Remexeu entre os cardápios de restaurantes, cópias de chaves, clipes de papel e fita adesiva e pegou um cartão-postal.

Uma vista de um penhasco acima de uma praia. O sol brilhava, o céu era de um azul profundo, as ondas de espuma branquinha. Abaixo da imagem, numa caligrafia cursiva: *Lembranças de Galmouth Bay.*

A família tinha feito uma viagem para lá certa vez, a última de todos juntos, e ficado numa pousada barata gerenciada por uma senhora excêntrica de seus sessenta anos com uma peruca ruiva exagerada e um terrier branco irritadiço.

Tinham comido sanduíches nos pubs locais, construído castelos de areia tortos na praia e até tirado uma fotografia naquele exato penhasco.

Não existem famílias felizes, ela lembrou a si mesma. Recordava-se de ter estado ali, segurando a mãozinha gorducha de Lou enquanto a mãe se balançava nos calcanhares, o sorriso já torto pelo excesso de gins-tônicas no almoço, e da irmã mais velha fazendo bico e reclamando de ter que aparecer na foto.

Só o pai estava realmente relaxado e feliz, os fios do cabelo ralo balançando na brisa enquanto ele ajeitava o foco da velha Kodak e tentava animá-las, dizendo: "Olha o x... búrguer!" A única coisa estável e sólida na vida delas. A cola que as mantinha juntas.

Pelo menos, costumava ser. Até que, um dia, ele foi tirado delas. Repentina, brutal e violentamente.

E foi Katie quem o encontrou.

Nove anos atrás. Uma daquelas lindas manhãs de primavera que fazem você acreditar que não precisa de casaco e então sopra um vento frio que deixa seus braços arrepiados.

Katie tinha chegado na casa dos pais para o almoço de domingo. Não era algo que faziam regularmente — a mãe não era das melhores cozinheiras, mesmo quando estava sóbria —, mas Katie ficava feliz que pelo menos os pais *tentavam* reunir a família toda algumas vezes por ano.

Das irmãs, Katie era a mais presente, a que ligava quando dizia que ia ligar e que os visitava com regularidade. No fim, achava que todas tinham caído nos papéis típicos de filhas. A mais nova — mimada, sempre metida em alguma confusão. A mais velha — rebelde, tinha a relação mais difícil com a mãe e havia saído de casa assim que foi possível. E a do meio. Confiável e sem graça. Eles só podiam contar com Katie para chegar cedo e ajudar na cozinha, com uma garrafa de vinho e uma muda para o jardim do pai.

Naquela manhã Katie tinha esquecido as duas coisas, e até o sorriso estava difícil de arrumar. Sam estava com catapora e tinha passado a noite quase inteira acordado, pedindo pomadas e beijinhos. Craig, que nunca cuidava de Sam quando estava doente, decidira ficar em casa com o menino para não ter que aturar o almoço da família dela. Katie ficara aliviada, na verdade. As coisas não andavam muito boas entre os dois, e ela não precisava do estresse extra do marido mal-humorado.

Estava irritada ao sair do carro e subir até a porta da frente. Os pais moravam numa casa moderna num condomínio que tinha sido bonito e novo na época da construção, trinta anos antes. As casas eram quadradas e sem graça, com tijolos bege, janelas de alumínio e garagens embutidas. O sonho suburbano, ou pesadelo, dependendo do ponto de vista. Mas combinava com os pais dela. E todo domingo de manhã — como era a regra implícita do subúrbio —, o pai podia ser visto na calçada, lavando e polindo o carro até que brilhasse.

Mas não naquele domingo. A porta da garagem estava entreaberta. Ela via o capô do carro lá dentro, mas não o pai, acenando com a flanela. Ela olhara o relógio. Dez e quarenta e cinco. Katie imaginara que talvez o pai já tivesse terminado, mas a calçada estava seca, sem restos de espuma escorrendo para o ralo.

Algo parecia errado. Ela subira até a varanda e tocara a campainha, ouvindo o som reverberar lá dentro. Então esperara. Em geral, a mãe já estaria na porta. Ela tocara a campainha de novo. Nenhum sinal de movimento, nenhuma sombra aparecendo por trás do vidro jateado. Katie começara a sentir uma pontada de preocupação.

Ela revirara a bolsa, procurando a chave, e abrira a porta.

— Mãe? Pai? É a Katie!

Na casa pairava um silêncio pesado. E havia outra coisa. Ela farejara um cheiro no ar. Não o aroma enjoativo de desodorizador que a mãe espalhava pela casa sempre que recebia visitas. Era um cheiro de suor, pensara ela, e fumaça, fumaça de cigarro. Os pais dela nunca tinham fumado.

Katie avançara para a sala de estar às pressas, sentindo um aperto no coração. Estava revirada. Gavetas arrancadas do bufê. Livros derrubados das estantes. Enfeites quebrados. A porta para o quintal escancarada.

A mãe dela estava caída ao lado do sofá, ainda de camisola. Seu cabelo louro, sempre perfeitamente penteado, estava coberto de sangue coagulado e escuro. Havia mais sangue no seu rosto, inchado e roxo.

— Mãe!

Katie correra até ela e se ajoelhara. Conseguia ouvir sua respiração, mas era superficial e dificultosa.

E meu pai?

— Vai ficar tudo bem. Vou chamar uma ambulância, ok?

Pegara o celular e disparara pelo corredor. Uma brisa fria passara pelos seus braços nus. Ela se virara. A porta da cozinha para a garagem estava entreaberta. *Pai?* Katie seguira para lá, o celular apertado na mão, o coração disparado, e entrara no cômodo frio e escuro.

O carro estava estacionado como de costume, mas a porta do motorista estava aberta, com as chaves ainda na ignição.

O ladrão ou os ladrões tinham tentado roubar o carro. Mas algo os impedira. Algo havia feito eles entrarem em pânico e fugirem...

— Pai!

Ele estava caído por cima do capô, quase num abraço. Sangue escorria pelas laterais do carro, deixando marcas na pintura prateada. *Ele ficaria tão irritado com isso*, uma vozinha comentara na sua cabeça. *Sujando o carro todo.*

Katie não conseguia ver o restante do seu corpo. Porque estava esmagado entre o carro e a parede da garagem. Com tanta força que o metal do porta-malas havia amassado e o para-brisa traseiro, rachado.

O rosto dele estava virado na sua direção, os olhos azuis, brilhantes, com rugas ao redor desenhadas pelo sol, agora vazios. Um olhar de surpresa. Que tivesse sido assim. Que sua vida tivesse terminado ali, naquela garagem escura e fria, de pijama, ao tentar impedir algum bandido de roubar seu carro. Que ele não veria outra manhã de domingo. Todos aqueles domingos, flanelas e ceras, terminados para sempre. Ela encarara os olhos vazios do pai e começara a gritar...

Seu celular vibrou, fazendo Katie pular e derrubar chá quente na bancada toda. *Merda.* Ela pegou o aparelho. Era Marco, o gerente da cafeteria.

"Quer um turno extra hoje de tarde?"

Um dos Ethans ou Nathans obviamente tinha faltado de novo. Ela não gostava muito de fazer o turno da tarde, além do da noite. Era para tirar alguns dias de folga. E teria que pedir a Lou que buscasse as crianças na escola. Por outro lado, o uniforme de Sam estava ficando apertado, e ela não ia conseguir voltar a dormir mesmo. Na verdade, era melhor ter alguma outra coisa para ocupar a cabeça.

Ela digitou: "Ok."

"Beleza. Até mais tarde."

Katie suspirou. Olhou de volta para o cartão-postal. Tinha chegado no aniversário da morte dele. Ela virou. No verso, na caligrafia fina da irmã mais velha, estava escrito:

Não esqueça. Eu fiz isso pelo papai.

Bjs

Será?, pensou Katie. *Ou fez por você mesma, Fran?*

CAPÍTULO 22

Gabe conhecera o Samaritano num viaduto às duas da manhã. Ele se lembrava da hora porque tinha acabado de olhar o relógio. Não sabia o motivo. Estava prestes a se matar, e não dá para se atrasar para o próprio suicídio.

Ele já tinha pensado em se matar antes. Muitas vezes, nos últimos seis meses. Em geral por volta daquela hora da madrugada. Era quando os pensamentos ruins apareciam. Naquela terra de ninguém entre a meia-noite e o nascer do sol. A hora em que os demônios surgiam, salivando, das sombras, deixando rastros mucosos de bile, arrependimento e dor.

Pensar em Izzy sempre o impedira. Pensar em encontrar o carro. Esperança, ou talvez uma negação persistente e tola, tinha conseguido afugentar os demônios. Mas eles insistiam. Não se cansavam. Não o deixavam. Cravavam suas garras cada vez mais fundo.

Em algum momento enquanto dirigia aquela noite, o desespero o dominara. Gabe não dormia fazia quase quarenta e oito horas. Os pesadelos não deixavam. Ele não aguentava dormir. Também não aguentava ficar acordado. Tinha saído da rodovia, feito o retorno e subido o viaduto que cruzava para o sul.

Na metade do caminho, ele parou o carro no acostamento. Saiu e caminhou até a mureta. Ficou parado no frio, assistindo aos veículos passando a toda velocidade lá embaixo, com a visão embaçada pelas lágrimas. Luzes brancas, vermelhas, brancas, vermelhas. Depois de um tempo, era hipnótico.

Ele passou uma perna por cima da mureta.

No fundo, sabia que era uma coisa babaca de se fazer. Que ele podia acabar matando não só a si mesmo. Mas a verdade é que essa voz estava bem lá no fundo. Gabe só pensava que queria que aquilo acabasse. A dor, a completa exaustão de tentar permanecer vivo. Era difícil demais. A vida tinha se tornado um instrumento de tortura, cada minuto de cada dia pesava sobre ele como os pregos de uma dama de ferro.

Ele passou a outra perna por cima da mureta. Agora estava pendurado no metal estreito, segurando-o com força. Só precisava se soltar. Deixar a gravidade cumprir o seu papel. Ele respirou fundo e fechou os olhos.

— O que você está esperando?

Ele pulou. Ou melhor, não pulou. Levou um susto, perdeu o equilíbrio e agarrou a mureta para se equilibrar.

— Merda!

— Não tive a intenção de fazê-lo pular. — O homem deu uma risadinha. — A não ser que seja isso que você quer.

Gabe virou a cabeça. O vento agarrou e puxou seus cabelos com dedos gelados. Ele sentiu os olhos lacrimejarem e embaçarem. Lentamente sua visão entrou em foco.

Um vulto alto e magro estava de pé atrás dele. Tudo nele era negro. A jaqueta, os jeans, o chapéu. A pele. O único branco era uma linha fina em volta dos olhos. Gabe não fazia ideia de onde ele tinha vindo. Não ouvira outro carro se aproximar. Era loucura, mas Gabe se perguntara se o homem era um anjo, vindo visitá-lo no momento de sua morte, ou talvez fosse o contrário, um demônio, para arrastá-lo para o inferno.

Ele deu uma risadinha, um som trêmulo e louco que escorreu pelo canto da boca.

O homem continuava parado, encarando-o placidamente, as mãos nos bolsos, como se pretendesse ficar ali a noite inteira.

— Alguma coisa engraçada, cara?

— Não. — Gabe balançou a cabeça. — Não. Isso é sério, porra.

— Se matar é sério para caralho mesmo.

— Nem me fala.

— Por que você não me fala?

— Acho que não.

— Sou um bom ouvinte.

— E eu sou um homem de poucas palavras.

Uma risada. Funda, rouca.

— Poucas, mas boas.

— Eu era escritor.

— É? O que escrevia?

— Mentiras, basicamente.

— A verdade é superestimada.

— Principalmente em propaganda.

— Você trabalhava em propaganda? Interessante.

Gabe sorrira.

— Isso não vai funcionar.

— O quê?

— Tentar fazer eu me abrir com você. Me distrair. Me impedir de pular.

— Não dá para culpar alguém por tentar.

— De fato, não.

— Então você vai pular?

— Vou.

— Não tem nada que eu possa falar para impedir?

— Não.

— Alguma palavra final?

— Sempre procure o lado bom das coisas?

— A vida é uma merda, né?

— Você não me parece fã do Monty Python.

— Ah, eu sou uma caixinha de surpresas.

O homem tirou as mãos dos bolsos. Numa delas havia uma arma. Ele a apontou para Gabe.

— Vai.

— Mas que merda é essa?!

— Se você quer se matar, vai em frente. Pula.

Ele se aproximou. Gabe se agarrou à mureta com mais força.

— Espera...

— Por quê?

— Eu...

Ele estava tão perto que Gabe sentiu seu cheiro. Loção pós-barba cara, hortelã e metal. O metal da arma, pensou ele, assustado. O homem pressionou a pistola na barriga dele.

— Pula. Ou eu mato você.

— *Não!*
— Não?
— Não me mate!

O homem o encarou. Não havia luz naqueles olhos. O coração de Gabe estava disparado. Suas mãos suavam. O vento o empurrava de um lado para outro. Ele não aguentaria se segurar por muito mais tempo.

O homem estendeu a mão livre.

— Vem.

Gabe hesitou por um momento, então agarrou a mão estendida e passou por cima da mureta. Suas pernas cederam quase que imediatamente, toda a sua força se dissipando. Ele deslizou até se sentar no chão, com as costas na mureta. Não conseguia parar de tremer. Envolveu o corpo com os braços e começou a chorar.

O homem se sentou ao lado dele. Esperou as lágrimas cessarem. Então disse:

— Me conta.

Gabe contou — sobre Izzy, a noite em que a viu ser levada. Sobre o luto, o tormento, a perda de Jenny. Sobre passar dias e noites dirigindo pela rodovia, procurando. Sobre seu desespero. Sobre como ele não conseguia ver um fim para aquela desgraça. Então ele contou mais. Coisas que nunca tinha contado para ninguém, nem para Jenny. Contou absolutamente tudo ao estranho com a arma.

Quando terminou, o homem disse:

— Me dá seu celular.

Gabe passou o aparelho para ele. O homem digitou um número.

— Quando precisar de ajuda, me liga. Vou ficar de olho em você. Vou ficar de olho na sua garotinha também.

— Você acredita em mim?

— Já vi muitas coisas estranhas. As mais estranhas costumam ser verdade.

Ele se levantou e estendeu a mão de novo. Gabe aceitou e se deixou ser puxado até ficar de pé.

— Ainda não chegou sua hora — disse o homem. — Você vai saber quando chegar.

Ele se virou e começou a andar para um carro estacionado mais à frente no viaduto. Um anjo, pensara Gabe. Até parece. Então algo lhe ocorreu.

— Espera!

O homem parou e olhou para trás.

— Você não me falou seu nome.

O homem sorrira, mostrando dentes muito brancos, um deles com uma pedrinha.

— Tenho muitos nomes, mas algumas pessoas me chamam de Samaritano.
— Certo. Legal.
— É. É mesmo.
— Então, o que você faz? Fica andando por viadutos salvando a vida das pessoas?

O sorriso desaparecera. Gabe sentira um arrepio repentino nos ossos.

— Eu não salvo todas.

O café ficava num prédio pequeno e distante da estrada, no que parecia ser um terreno abandonado. Gabe já tinha passado lá na frente algumas vezes. A estrada levava a uma área comercial nos arredores da cidade onde ele ia comprar suprimentos de vez em quando.

Sempre achou que aquele lugar estivesse fechado, talvez prestes a ser demolido. Não tinha nem nome, só a palavra CAFÉ rabiscada de qualquer jeito na madeira em tinta vermelha, que tinha escorrido um pouco, parecendo sangue. Havia dois carros parados do lado de fora, um deles sem rodas.

Até a placa pendurada na porta dizia: FECHADO. Porém, quando ele a empurrou, tendo desviado dos tijolos quebrados e entulhos na entrada, a porta cedeu com um grunhido doloroso.

No lado de dentro, a luz era tão fraca que seus olhos demoraram um segundo para se ajustar. Mesas estavam arrumadas em fileiras nas laterais do pequeno cômodo quadrado. Uma janela de serviço e a cozinha se escondiam nos fundos. Só um outro cliente ocupava a mesa do canto, quase se misturando às sombras.

Gabe tinha passado um tempo dirigindo antes de fazer a ligação, repensando tudo sem parar, observando de todos os ângulos. Será que deveria levar a foto à polícia, ou eles simplesmente o ignorariam, fingindo ser compreensivos só para jogar seu depoimento no lixo depois? Ele já conseguia ouvir o tom calmo e condescendente.

O senhor está sugerindo que seu sogro falsificou a fotografia do necrotério?

Não é mais provável que o senhor esteja enganado? O gato deve ter arranhado sua filha outra manhã.

Então a voz do Samaritano: *Isso não é prova.*

Não, pensou ele. As provas estavam na carne apodrecida do homem no carro. Ele tinha todas as respostas, mas a única coisa que expelia era gás tóxico. Só restavam a Bíblia e o caderno. *As Outras Pessoas.* Mas que merda aquilo significava, se é que significava alguma coisa? As passagens sublinhadas e as palavras no caderno estavam ligadas, ou ele estava tentando conectar agulhas num palheiro inventado?

A quem poderia perguntar? Não à polícia. Então um pensamento cutucou suas entranhas.

Havia uma pessoa que provavelmente sabia *mais* que a polícia sobre atividades criminais, o lado sombrio da vida. Se alguém sabia o significado daquelas três palavras, era ele.

Gabe se aproximou.

— Você só me convida para lugares ótimos.

O Samaritano ergueu os olhos. Na luz fraca, pareciam buracos vazios.

— Sem reclamar. O lugar é meu.

— Você é o dono?

— Digamos que é meu plano de aposentadoria.

O Samaritano deve ter visto o olhar dúbio de Gabe.

— Está no processo.

Gabe não conseguiu deixar de se perguntar se era lavagem de dinheiro, mas sabia que era melhor ficar quieto. Ele nunca fazia perguntas sobre o trabalho ou a vida do Samaritano. Tinha a sensação de que não gostaria das respostas. E não era exagero imaginar que um homem que trabalhava à noite, carregava uma arma, frequentava florestas desertas e se recusava a dar o verdadeiro nome não fosse nenhum santo.

Além disso, o Samaritano era uma espécie de amigo. Talvez o único que Gabe tinha. E quem era ele para julgar? Todos somos capazes de praticar o bem e o mal. Poucos mostramos nossa verdadeira face para o mundo. Por medo de que o mundo a veja e comece a gritar.

— Então, posso tomar um café?

— Se fizer. A chaleira está ali no canto. O pó, no armário à esquerda. Não tem leite.

Gabe deu a volta no balcão, ligou a chaleira, achou duas canecas sujas na pia e completou com o pó e a água. Mexeu com uma colher manchada que pegou no escorredor e levou os cafés para a mesa.

— Dá para ver que o lugar é de alto nível.

O Samaritano nem sorriu.

— Você quer falar sobre As Outras Pessoas.

Direto ao ponto. Às vezes, Gabe se perguntava se a sua percepção daquela amizade era mais unilateral do que gostaria de admitir.

— Já ouviu esse nome?

— Como *você* ouviu?

Gabe mexeu na bolsa e tirou o caderno. Mostrou ao Samaritano a página com as palavras rabiscadas.

— Encontrei escrito aqui. Não sei se significa alguma coisa, mas...

— Queime isso.

— O quê?

— Queime o caderno e esqueça que viu essas palavras.

Gabe observou o homem. Era a primeira vez que o via perder a calma. Estava quase — e a ideia parecia inacreditável — assustado. Isso o deixava nervoso.

— Por que eu faria isso?

— Porque você não quer chegar nem perto dessa merda, pode acreditar.

— Quero, sim, se for me ajudar a encontrar Izzy.

— Tem certeza?

— Absoluta.

— Você também tinha certeza de que queria pular.

— É diferente.

— Não muito.

— Eu já falei, sempre achei que Harry devia ter se enganado na identificação. Agora tenho certeza de que ele mentiu deliberadamente. E continua mentindo. Talvez até saiba quem sequestrou Izzy. Mas não tenho prova. Preciso saber se isso tem alguma ligação, se pode me ajudar a entender alguma coisa.

Outra longa pausa. O Samaritano bebeu um gole do café. Suspirou.

— Já ouviu falar da dark web?

Gabe sentiu um arrepio. Claro que sim. Todo pai ou parente de alguém desaparecido já tinha ouvido falar, em algum momento, de dark web e deep web. Era o subterrâneo gigantesco da internet, contendo tudo que não era abarcado pelos buscadores tradicionais. O lugar escondido abaixo da internet oficial.

Muitas vezes, era usada por pessoas que simplesmente não confiavam na internet normal. Mas também era usada por aqueles que queriam operar fora da lei. Como em qualquer lugar profundo e escuro, era onde a sujeira e os sedimentos se acumulavam. Pornografia infantil. Sites de pedofilia. Até filmes snuff.

Era o lugar onde todo mundo que tinha perdido um filho temia que ele fosse parar. Ao contrário do que se imagina, não era difícil acessar. Só precisava de algo chamado "Tor", uma forma de ocultar seu provedor de internet. Mas, uma vez lá dentro, era preciso saber o que se estava procurando. Links específicos que eram só uma sequência aleatória de números e letras. Era como procurar uma casa sem saber o número, o nome da rua ou sem ter a chave, num bairro cheio de ruas sem saída e portões de aço reforçados atrás dos quais se escondiam inimagináveis terrores.

— Sim — respondeu ele por fim. — Já ouvi falar.
— É lá que você vai encontrar As Outras Pessoas.
— É um site?
— Mais uma comunidade para pessoas afins.
— Como assim, afins?
— Pessoas que perderam entes queridos.

Gabe franziu a testa. Não era o que tinha imaginado.

— Então por que fica na dark web?
— Imagine que a polícia encontre a pessoa que matou sua esposa e sequestrou sua filha. Imagine que, por um mero detalhe técnico, essa pessoa escapa. Fique solta, andando por aí, totalmente culpada. O que você faria?
— Provavelmente ia querer matá-la.

O Samaritano assentiu.

— Mas não faria isso, porque não é um assassino. Então você fica com raiva, impotente, desamparado. Muitas pessoas se sentem assim. Talvez um cara tenha estuprado sua filha, mas a polícia diz que foi consensual. Talvez um motorista tenha atropelado sua mãe, mas só perde a carteira. Talvez um médico tenha sido negligente e seu filho tenha morrido, mas ele só recebe um afastamento temporário. A vida não é justa. Pessoas comuns nem sempre são justiçadas. Agora imagine que alguém lhe ofereça a chance de corrigir isso. Um modo de fazer essas pessoas pagarem, de fazê-las sentir a mesma dor que você. Não precisaria sujar as mãos. Nada estaria ligado a você.

A garganta de Gabe ficou seca. Ele bebeu um gole do café.

— Então é um lugar em que você contrata assassinos de aluguel?
— De certa forma. Algumas pessoas lá são profissionais. Mas é raro haver dinheiro envolvido. É mais uma troca. Você pede um favor e fica devendo outro.

Gabe pensou nisso, absorvendo o conceito.

— Tipo *Pacto Sinistro*?

— Quê?

— É um filme em que dois estranhos se conhecem por acaso e concordam em cometer um assassinato um para o outro. Os dois terão álibis. Ninguém vai poder ligar aquele estranho ao crime.

— Basicamente. Só que estamos falando de *centenas* de estranhos. Todos têm uma utilidade e todos têm um preço. É assim que As Outras Pessoas funcionam. Você pede a ajuda deles e vai ter que fazer algo em troca. Pode ser uma coisa pequena. Pode ser até que não cobrem o favor de imediato. Mas vão cobrar. Sempre cobram. E é bom você ter certeza absoluta de que está disposto a fazer o que pedirem.

Gabe se lembrou das passagens sublinhadas na Bíblia:

"Mas, se houver morte, então darás vida por vida, olho por olho, dente por dente."

— E se você não fizer?

O olhar do Samaritano o atravessou como uma bala.

— Você foge. Para o lugar mais longe e o mais rápido que puder.

CAPÍTULO 23

Fran não acreditava em voltar atrás, mas não tinha escolha. Ela havia se esforçado tanto. Tanto, tanto, para fazer as coisas funcionarem. Para as duas. Mas sentia suas bordas se desfiando, as costuras prestes a romper.

Ela tivera o mesmo sonho, o que achou que conseguira submergir nas profundezas lodosas da psique, com o peso das correntes da negação. Mas as correntes nunca eram fortes ou pesadas o suficiente. Aqueles pensamentos sombrios e inchados — culpa, recriminação, arrependimento — continuavam voltando à superfície.

O funeral, a menina no caixão. Usando o vestido errado. Havia algumas versões do sonho. Dessa vez, quando Fran se aproximou, a menininha se sentou e abriu os olhos.

"*Por que você me deixou, mamãe? Por que não voltou? Está escuro e eu estou com medo. Mamãe!*"

A menina esticou as mãos e Fran deu as costas e correu, atravessando a capela em que não havia mais convidados de preto, mas imensos corvos negros que batiam as asas e grasnavam quando ela passava.

Cruel, cruel, cruel, cruel.

Não sou, ela queria gritar. Ela salvara a menina. Se não tivesse fugido, as duas estariam mortas. Ela havia sacrificado tudo para salvá-la. E nunca deixaria que a levassem.

Era por isso que, apesar de todos os seus nervos estarem gritando que aquela era uma decisão ruim, que ela estava seguindo na direção errada, Fran precisava fazer isso. Não tinha escolha.

— Pensei que a gente ia para a Escócia — disse Alice quando as duas se enfiaram de volta no carro e pegaram a M1 rumo ao sul.

— A gente ia. Mas isso é importante, Alice. É uma coisa que preciso fazer, para manter a gente em segurança. Está bem?

Ela assentiu.

— Está.

O que Fran não havia explicado era que se tratava de algo que precisaria fazer sozinha. Mas, de novo, não tinha escolha. E talvez, só talvez, essa fosse uma boa forma de despistá-los. Seria a última coisa que esperariam dela. A última pessoa que esperariam que ela visitasse, e certamente a última pessoa que ela *queria* visitar.

Estavam a uma hora de distância do posto. Quase de volta ao lugar onde haviam começado. Seu destino ficava a menos de meia hora, mas parecia que estava voltando no tempo. Nove anos desde que ela partira. Desde aquela terrível noite que destruíra sua família. Talvez sempre tivesse sido frágil. A maioria das famílias é. Laços de sangue são bem inúteis para manter as coisas unidas.

O pai dela tinha sido a única constante e, depois da morte dele, todas elas ficaram à deriva. Sem âncora, sem nada que as impedisse de flutuar cada vez mais longe umas das outras. Ou, no caso da mãe, mergulhar cada vez mais fundo no álcool.

O luto de Fran só havia crescido e se agravado. Uma escuridão constante nos limites da sua visão. Às vezes a sensação era tão intensa que ela imaginava que podia estender a mão e tocar a nuvem escura ao seu redor, pulsando com dor, raiva e ressentimento. Mesmo quando pegaram o responsável, não fora suficiente. Não tinha aliviado sua dor constante.

Então, alguém lhe oferecera uma solução.

Pouco depois, ao descobrir que estava grávida — após uma aventura idiota movida a álcool —, decidira se mudar. Nunca tinha se considerado maternal, mas ao saber que havia um mini-humano crescendo dentro dela, ansiou amá-lo e protegê-lo.

Ela não havia contado seus planos para a família. Apenas encontrara outro emprego, em outra cidade, e fora embora. No dia do funeral do pai. Um recomeço, deixando o que havia feito para trás. Pelo menos fora isso que ela dissera a si mesma. Desde então ela já tinha se mudado muitas vezes, muitos recomeços. Infelizmente, a bagagem de Fran não era do tipo que se podia deixar para trás na estação. Era mais uma sombra, e é impossível escapar da própria sombra.

— Não era para a gente entrar aqui? Você falou que era nessa saída.
— *Merda!*
Alice lançou um olhar reprovador para ela.
— Eu sei, palavrão. Desculpa.

Ela ligou a seta e cortou o trânsito até a saída. Merda. Estava ficando estressada e distraída, e nem tinham chegado ainda. Ela já sentia a ansiedade costumeira atingindo-a. Ela nem havia pensado exatamente no que faria quando chegassem lá. O que diria. Como lidaria com tudo. Nada disso estava correndo de acordo com o plano.

Mas, também, não dá para se planejar para todos os cenários. Não é possível se planejar para um ano de chuvas intensas seguido por três invernos de seca que baixam os níveis da água. Ou para a construção de um novo condomínio que drena o terreno ao redor. E certamente não era possível se planejar para o caso de *ele* encontrar o carro. De todas as pessoas possíveis. *Como?* Como ele soube onde procurar?

Fran espiou Alice. A menina estava olhando pela janela com a familiar expressão perdida enquanto remexia na mochila no colo. *Clic-clac. Clic-clac.* A concha do banheiro tinha desaparecido, acrescentada à coleção. De onde essas coisas vinham?, pensou ela de novo. Quem era a menina na praia, e o que ela queria? *"O Homem de Areia está vindo."* Por que aquela frase era tão assustadora?

Só mais uma coisa com que se preocupar. Porque, por mais que ela pudesse proteger Alice quando a garota estava acordada, como poderia protegê-la dos seus sonhos, do seu inconsciente? Não conseguia mantê-la em segurança ali. E isso a assustava mais que tudo.

Fran tentou se acalmar. Concentrar-se na estrada. Na tarefa imediata. Estavam quase chegando à vila. A área em que crescera. O lugar que conhecia tão bem. Mas as coisas tinham mudado. Ela notou uma placa avisando sobre a existência de um radar de velocidade. A última coisa de que precisava agora era ser flagrada pelas câmeras.

Essa era uma má ideia, pensou de novo. Uma péssima ideia. Mas ela não tinha outra melhor. Certamente não tinha nenhuma ideia boa.

Passaram pela placa indicando Barton Marsh. Era um condomínio pequeno, de casas antes bastante desejadas. De quando o que se desejava eram propriedades uniformes e sem graça. Tinha perdido o brilho muito antes de ela se mudar dali. Agora era um fim de mundo parado, cheio de aposentados que se recusavam a se mudar para casas menores e passavam os dias cuidando dos jardins impossivelmente aparados, brigando sobre vagas e encerando seus carros todo domingo. Igualzinho ao papai, pensou ela, com uma pontada de dor.

Era fácil encontrar a casa. A grama estava cortada, mas os canteiros estavam vazios e sem flores, a planta no vaso pendurado do lado de fora da porta, não só morta como mumificada. As janelas e portas brancas estavam encardidas, as cortinas de renda, amareladas. Um Toyota pequeno com o para-choque amassado estava estacionado na frente da garagem.

Fran observou tudo isso, então estacionou um pouco depois da casa, virando a esquina. Tinha a sensação de que, assim como ela, os moradores dali eram do tipo que perceberiam um carro estranho.

— Certo — disse ela no que esperava ser uma voz animada. — Vamos lá.

Ela saiu do carro. Alice a encarou com uma expressão curiosa, mas pegou sua mochila de pedrinhas e a seguiu. Fran olhou em volta, automaticamente procurando algo estranho ou fora do lugar. Todas as outras casas pareciam tranquilas. Um cachorrinho latia em algum lugar. Ao longe, o zumbido de um cortador de grama. Sons normais do subúrbio. Não ajudou muito a desfazer o nó em seu estômago.

Elas viraram a esquina e caminharam para a entrada do número 41. Quanto mais perto chegavam, mais seu estômago apertava, mandando ela dar meia- -volta e dirigir para bem longe. Mas havia um trabalho a fazer. Algo a resolver... E ela não podia levar Alice junto. Alice não sabia nada sobre o carro ou sobre o homem. Ou sobre o que Fran fora forçada a fazer.

Fran tocou a campainha. Elas esperaram. Alice olhou em volta curiosa. Fran tocou a campainha de novo. *Por favor. Eu sei que você está em casa. O carro está aí. Atenda logo.*

Por fim, ela ouviu um movimento. Passos lentos, uma reclamação em voz baixa. Uma corrente estremeceu e então a porta se abriu aos poucos.

Fran encarou a velha na sua frente. O cabelo louro imaculado, a maquiagem cuidadosa, as calças sociais e blusas caras — o "manter as aparências". Tudo isso tinha sumido.

Aquela mulher era franzina e encurvada. O cabelo era de um amarelo sujo, com as raízes brancas aparecendo. Ela estava sem maquiagem, com um vestido velho por cima de leggings amarrotadas. Fran sentiu o cheiro de vinho.

Jesus. As coisas estavam piores do que ela havia imaginado.

A mulher estreitou os olhos para Fran.

— Sim?

Ela engoliu em seco.

— Oi, mãe.

Os olhos da velha se arregalaram devagar, reconhecendo-a.

— Francesca?

Então seu olhar baixou para a menininha de cabelo escuro ao lado de Fran. Ela ergueu uma mão trêmula e com veias saltadas ao colo.

— E quem é essa?

Fran sentiu um nó na garganta.

— Essa é Alice. — Ela pegou a mão da menina e apertou. Um sinal silencioso. — Sua neta.

Ela dorme. A menina pálida no quarto branco. Miriam se senta na poltrona ao lado. O chá esfriou, os biscoitos amoleceram.

Depois de um momento, ela segura a mão da menina. Fisioterapeutas vêm regularmente para garantir que os membros dela não percam os movimentos, que as mãos não fiquem fechadas permanentemente. Mas Miriam sente a rigidez nas articulações. Sob os lençóis limpos, seu corpo é tão frágil e magro quanto o de uma criança.

O rosto da menina é calmo e liso como alabastro. Nenhuma ruga de preocupação marca sua testa, nenhuma ruga de risada marca os cantos dos olhos. Ela não ri nem chora faz anos. É possível que nunca mais o faça. Alguns pacientes em estado vegetativo às vezes mexem a face, emitem sons ou abrem os olhos, mas a menina, não. Ela permanece paralisada. Presa num corpo que mal envelheceu.

Miriam acha que seria melhor deixá-la partir. Mas não cabe a ela tomar essa decisão. Não enquanto ainda existir a chance mais remota de que a menina esteja ali dentro, de alguma forma. A menina que amava cantar, que amava o som do oceano. A menina de que ninguém se lembra, só ela. A menina que ninguém visita, só ele.

Ele nunca se eximiu da responsabilidade com a menina e a mãe. Toda semana, ele se senta ao lado da menina. Conversa com ela, lê. Muitas vezes, ele conversa com Miriam também. Apesar de tudo, ela passou a gostar das conversas. Nenhum dos dois tem família ou amigos próximos. Os dois estão presos à menina, impossibilitados de abandoná-la, impossibilitados de deixá-la partir. E ele nunca faltou a uma visita. Nunca se atrasou.

Até hoje.

Miriam olha para o relógio. Ele não vem, pensa. Pela primeira vez.

Um tremor de premonição a atravessa. Algo aconteceu.
Ela fica dividida, sem saber se estaria passando dos limites... então pega o telefone.

CAPÍTULO 24

Jenny uma vez dissera a Gabe que seu hábito mais irritante de todos (aparentemente eram muitos) era a incapacidade de seguir conselhos. De ouvir a voz da razão. O caminho podia estar cheio de placas de perigo e cercado de arame farpado, mas ele só acreditaria que a piscina era tóxica e estava infestada de tubarões quando pulasse lá dentro. De cabeça.

Ela estava certa, como era comum. Se estivesse ali agora, Gabe diria que seu hábito mais irritante (não eram muitos) era sempre ter razão sobre ele.

Ele sentia falta disso. Sentia falta de muitas coisas sobre Jenny. Não da mesma forma que sentia falta de Izzy. A dor era diferente. Não era um buraco negro infinito que engolia toda a luz da sua vida. Era mais como um latejar suportável.

Isso soava cruel. Mas era verdade. A realidade brutal era que perder um parceiro era diferente de perder um filho. Ele teria se sacrificado por Izzy, e sabia que Jenny faria o mesmo. A verdade menos palatável, a que ninguém gostava de admitir, era que, se fosse o caso, os dois teriam sacrificado um ao outro pela filha. Jenny o teria empurrado na frente de um ônibus sem pensar duas vezes se isso fosse salvar a vida de Izzy. E tudo bem. Era o certo. Era como deveria ser.

Não significava que eles não se amassem. Houve um tempo em que se amavam furiosa e implacavelmente. Mas o amor apaixonado sempre se abranda um pouco. Não tem jeito. Como tudo o mais, o amor deve evoluir. Para sobreviver, sua chama precisa ser baixa e constante, não alta e ardente. Mas ainda é preciso cuidar dela, alimentá-la. Se você a negligenciar por muito tempo, o fogo se apaga por completo, e tudo que resta é revirar as cinzas em busca da brasa que existia antes.

Os dois tinham sido negligentes. Os últimos restos de calor se apagaram, e ele sabia que ambos estavam inutilmente jogando gravetos nas chamas na esperança vã de que isso as reacendesse. Aquele velho clichê — ele amava Jenny, mas não estava mais apaixonado por ela.

Não era o rosto de Jenny que ele via quando acordava gritando no meio da noite. Era o de Izzy. Às vezes — muitas vezes — ele se sentia culpado por isso. Ainda assim, tinha certeza de que, se Jenny estivesse ali, diria: *E é bom que seja mesmo.*

Ela também diria para ele nem pensar em fazer o que estava pensando em fazer. *Não se meta nessa merda. Esqueça que ouviu falar disso.*

Placas de perigo, arame farpado, tubarões...

Depois que se despedira do Samaritano, ele voltou para o posto de serviço Newton Green, sentou-se no café e pegou o laptop. Nenhum sinal da garçonete gentil. Provavelmente era melhor assim. Não queria que ela aparecesse por trás e visse o que ele estava fazendo. Tinha deliberadamente escolhido outra mesa, escondida num canto. Por sorte, a cafeteria estava bem vazia. Só um casal de meia-idade e um jovem parrudo de cabeça raspada e jaqueta fluorescente da polícia. Guarda de trânsito, pensou Gabe, embora em geral eles, como meias, andassem em pares. Talvez o outro tivesse se perdido na máquina de lavar.

Ele voltou a atenção ao laptop. Já havia pensando em baixar o navegador Tor antes, mas nunca teve a coragem. Seria como abrir a caixa de Pandora. Além disso, ele não era dos melhores com tecnologia. As instruções que havia baixado faziam a coisa *parecer* simples. (Se estivesse num filme, bastaria digitar meia dúzia de coisas que teria acesso instantâneo aos arquivos da Casa Branca.) Na realidade, ele levou uma boa meia hora modificando as configurações do computador até conseguir instalar o navegador.

Ele encarou a tela. *Bem-vindo ao Tor.*

E agora? Ele tentou digitar "As Outras Pessoas", mas como era de esperar não obteve resultado. Você não navega na dark web, ele lembrou a si mesmo. Precisa saber o que está procurando. Ele não sabia o que estava procurando. Ele nem sabia se estava procurando no lugar certo ou só perdendo tempo.

Ele quase conseguia ouvir Jenny, toda metida: *Eu avisei.*

Frustrado, pegou o caderno e a Bíblia. O cheiro úmido de mofo que saía das páginas fez sua garganta se apertar, e as passagens sublinhadas pareciam zombar dele. Mais uma vez ele se perguntou por que o Cara dos Adesivos tinha marcado justo aquelas.

Então um pensamento atingiu o seu cérebro com a força de um pequeno furacão.

Você não navega pela dark web. Muitas vezes os endereços são *números e letras aleatórios.*

E como se lembrar de números e letras aleatórios? Por meio de um sistema. Um sistema que outra pessoa não fosse capaz de entender se encontrasse por acaso. Ele desdobrou o guardanapo, foi até o balcão e pediu uma caneta emprestada para o barista, que olhou para Gabe achando graça mas concordou.

Gabe se sentou e anotou as quatro passagens da Bíblia no guardanapo:

Êxodo 21:23-24
Levítico 24:19
Deuteronômio 19:19-20
Deuteronômio 32:43

Certo. O mais óbvio. As primeiras letras de cada livro. Ele digitou no laptop:
http://ELDD.onion
Nada.
Ele tentou de novo, desta vez adicionando os primeiros números:
http://ELDD21241932.onion
Nada.
Ele sentiu o otimismo se dissipar. Poderia ser qualquer combinação, e ele nem sabia se sua teoria estava certa. Talvez o Cara dos Adesivos só gostasse daquelas passagens. Talvez não tivesse nada a ver com o site.
Ele tentou mais uma vez:
http://E21L24D19D32.onion
Apertou *enter.* Uma barra azul surgiu no topo da tela. Ela foi sendo preenchida, e, quando chegou ao fim, uma página carregou.
AS OUTRAS PESSOAS
— *Caralho.*

Ele não tinha realmente acreditado que fosse funcionar. Gabe ficou encarando a página inicial inócua. Letras brancas num fundo preto. Parecia um quadro-negro.

Logo abaixo do nome, em fonte menor, havia uma caixa que solicitava uma "senha".

Ele olhou a referência das linhas. Valia a pena tentar.

232419192043

Apertou *enter*. Outra página surgiu.

BEM-VINDO AO AS OUTRAS PESSOAS

Nós conhecemos a dor. Nós conhecemos a perda. Nós conhecemos a injustiça.
Nós dividimos a dor... com aqueles que merecem.

Abaixo daquele slogan havia três links:

Bate-papo. Pedidos. Perguntas frequentes.

Ele encarou as palavras, uma sensação desagradável em seu estômago.

Perguntas frequentes.

Parecia um bom lugar para começar.

P: Por que o nome As Outras Pessoas?
R: Todos nós achamos que tragédias só acontecem com as outras pessoas. Até acontecerem com a gente. Somos como você. Pessoas com quem coisas terríveis aconteceram. Encontramos nossa paz não no perdão ou no esquecimento. Mas em ajudar uns aos outros a fazer justiça.
P: Que tipo de justiça?
R: Depende. Mas nossa filosofia é: punição justa ao crime cometido.
P: E se eu não estiver atrás de justiça?
R: Você pode usar nosso fórum para conversar com pessoas parecidas com você. Porém, a maioria das pessoas chega ao nosso site por meio de convites. Se você nos encontrou, precisa de nós.
P: Este é um site de justiceiros?
R: De forma alguma. Somos pessoas normais. Porém, descobrimos que, nos conectando com outros como nós, podemos utilizar nossos talentos, conhecimentos e conexões únicos. As Outras Pessoas reúne esses recursos num só lugar de forma a atender aos Pedidos uns dos outros.
P: É preciso pagar?

R: Não há transação financeira. Dessa forma nossos serviços são acessíveis a todos. Não só àqueles com recursos. Usamos um sistema *quid pro quo*. Pedidos e Favores.

P: Como funciona?

R: Se você deseja fazer um Pedido, visite a página de Pedidos. Você vai preencher um formulário explicando sua situação e o que deseja. AOP leva 24 horas para considerar seu Pedido. Durante esse período, você pode cancelar ou modificar seu Pedido.

Se seu Pedido for considerado aceitável, você receberá uma confirmação de que ele foi ativado. Assim que um Pedido é ativado, ele não pode mais ser modificado ou cancelado. Não haverá mais necessidade de contato. Pode ficar tranquilo que, com extraordinárias exceções, todos os Pedidos são atendidos.

Uma vez que seu Pedido tenha sido completado, você receberá uma notificação de que deve um Favor. Ele pode ser cobrado a qualquer momento. Uma vez que o Favor for pago, você não terá mais qualquer dívida com AOP.

P: E se eu não pagar o Favor?

R: Nós sempre tentamos nos certificar de que o Favor é algo que você é capaz de realizar. O não pagamento do Favor ameaça a integridade do nosso site. Por isso nos valemos de certos meios para garantir que isso não aconteça.

P: Posso pedir que alguém seja morto?

R: Desde que seu Pedido seja aceito. Com extraordinárias exceções, todos os Pedidos são atendidos.

Gabe encarou a tela.

Todos os Pedidos são atendidos.

Jesus.

Ele pegou a caneca e tomou um gole do café. Sua cabeça estava girando. Talvez o Samaritano tivesse razão. Ele não queria chegar perto disso. Não queria se meter nisso.

Por outro lado, o Cara dos Adesivos tinha se metido nisso. E tinha sequestrado Izzy. Tinha que haver alguma ligação. A polícia acreditava que sua esposa e sua filha tinham sido mortas numa tentativa de assalto. Mas havia inconsistências. Nada havia sido roubado, nem dinheiro. A ligação que alertou a polícia sobre um intruso na casa nunca fora rastreada. E se houvesse algo mais aí? E se sua família tivesse sido um alvo intencional?

Mas por quê? E o que Harry tinha a ver com isso? Por que era tão importante que ele convencesse Gabe de que Izzy estava morta? E quem era a outra menina? Ainda havia tantas coisas que não faziam sentido.

Ele suspirou e esfregou os olhos. Seu celular apitou com uma mensagem. Ele pegou o aparelho, meio esperando que fosse o Samaritano checando como ele estava.

Não. Era pior.

Ele encarou a mensagem e seu estômago deu uma cambalhota.

"Isabella sentiu sua falta hoje."

CAPÍTULO 25

Fran esperava à porta da cozinha enquanto a mãe fazia chá. Alice estava sentada no sofá da sala. Um copo de suco de laranja e um prato de biscoitos haviam sido deixados na mesa de centro. Os gominhos da laranja tinham afundado no copo. Fran apostava que, se mordesse um dos biscoitos, estaria mole e velho. Pequenos detalhes. Como a sujeira no carpete. As teias de aranha nos cantos da sala. O tremor nas mãos da mãe.

— Você devia ter ligado — disse a mãe. — Não pude nem dar um jeitinho na casa.

Mentira, pensou Fran. Ela não pôde começar a beber, e agora a visita delas atrasaria isso ainda mais.

— Sinto muito. Nós estávamos por perto, então pensei em passar aqui.

— *Passar aqui?* — A mãe se virou, os olhos acusadores de repente. — Você não *passa aqui* faz mais de nove anos. Eu nem sabia que tinha uma neta.

Apesar de tudo, Fran sentiu uma pontada de culpa.

— Desculpa.

— Desculpa? — cuspiu a mãe, com raiva. — Você sumiu, sem uma palavra, sem nem sequer ligar ou mandar mensagem esse tempo todo. Você cortou a gente da sua vida. E agora aparece do nada. O que está acontecendo, Fran?

— É complicado.

A mãe comprimiu os lábios. A porcelana estalou quando ela colocou as xícaras nos pires.

— Se é dinheiro que você quer, eu não tenho.

Claro que não, pensou Fran. Provavelmente gastou tudo com bebida. Ela mordeu a língua. Em vez disso, respondeu:

— Tenho que fazer uma coisa e preciso que alguém cuide de Alice, só por uma ou duas horas.

— E você não tinha mais ninguém para quem pedir?

Fran não respondeu. Para que mentir?

A mãe dela balançou a cabeça, lágrimas umedecendo os olhos injetados.

— Eu sei o que você pensa de mim. Mas não acha que eu merecia uma chance de conhecer minha neta mais velha?

Fran queria responder que ela nunca se dera o trabalho de conhecer a filha mais velha. E os outros netos? De vez em quando, depois que Alice já estava dormindo, Fran procurava as irmãs nas redes sociais. Sabia que Katie tinha dois filhos, e Lou, uma menininha. Fran apostava que a mãe nunca via essas crianças também. Mas agora não era a hora de discutir.

Ela só repetiu:

— Desculpa.

A mãe se virou e atravessou a cozinha, dando uma olhada pela porta aberta para a sala onde Alice estava, apertando a mochila cheia de pedrinhas no colo. Fran prendeu a respiração. Ela sabia que as chances eram pequenas. Se tivessem que ir embora, ela teria que pensar em outra opção...

Então a mãe se virou, dando um sorriso triste.

— Acho que temos que tirar o melhor das coisas, certo?

Ela foi para a sala e se sentou ao lado de Alice, que levou um susto.

— Você gosta de quebra-cabeças, Alice? Acho que ainda tenho alguns por aqui.

Alice deu uma olhada rápida para Fran, que assentiu. Alice olhou de volta para a velhinha e sorriu.

— Sim, seria ótimo.

Fran sentiu o coração amolecer. Pegou a chave do carro.

— Não vou demorar.

O céu estava pesado com nuvens negras, a brisa fria a ponto de doer. Fran ligou o aquecedor do carro no máximo.

Havia um posto a pouco mais de três quilômetros na estrada principal. Ela passou direto e parou num acostamento cinquenta metros adiante. Então voltou andando até lá e comprou um galão de gasolina, repetindo "Que burra que eu sou" para o jovem pouco interessado atrás do balcão, e carregou o combustível de volta para o carro. Ela esperava que fosse o suficiente. Então, foi até o mercado fora da cidade. Comprou fósforos e camisetas baratas, que planejava rasgar em tiras. Então partiu de novo. Ela deu uma olhada no relógio. Já haviam passado quase quarenta minutos. Ela sentiu o estômago embrulhado.

O fato de Alice estar fora de sua vista a deixava nervosa. Precisava resolver isso logo. Só levaria uns quinze minutos até o seu destino. Com sorte, não mais de dez para fazer o que era necessário, então poderia voltar. Com sorte.

Ela ligou a seta para a esquerda e entrou na estradinha estreita. Depois de dez minutos viu a fazenda e então o acostamento discreto à direita. Ela estacionou, abriu o porta-malas e pegou o que era necessário. Então ouviu um carro ao longe. Escondeu-se em meio às árvores. Um Fiesta azul passou correndo. O motorista obviamente não sabia que havia câmeras adiante na estrada. Bem feito. Com um último olhar em volta, ela se virou e adentrou a vegetação densa.

Os galhos estavam molhados, pingando gotas grandes de chuva gelada na sua cabeça. De vez em quando um galho baixo batia no seu rosto. A gasolina parecia mais pesada a cada passo.

A trilha estava mais malcuidada do que ela se lembrava. Quando era pequena, ela e os amigos passeavam ali de bicicleta. Bem mais do que os pais imaginavam. Na época, antes do condomínio, dava para chegar ao lago pelo outro lado. Eles davam a volta pelo velho caminho de cascalho no meio dos campos. Uma trilha difícil e cheia de mato, ideal para cavalos, em que mal cabia um carro.

Os pais a advertiam de que não brincasse ali, é claro. A mãe reclamava que ela ficava toda suja. O pai dizia que uma criança se afogara naquele lago anos antes. Ela não sabia bem se acreditava, mas o lago certamente era fundo. Fundo o bastante para submergir carrinhos de mercado... ou algo maior.

Não era mais.

Quando ela chegou à pequena clareira, perdeu o ar. Minha nossa. O lago não passava de uma poça agora. Você podia planejar por mil anos, mas sempre há coisas que não se pode prever. Embora, para ser sincera, ter largado o carro ali não fora um plano. Havia sido um ato de desespero.

Ela gostaria de poder dizer que não teve a intenção de matá-lo. Mas não seria verdade. Assim que pegou a faca de cozinha, sabia o que precisava fazer. Sobreviver. No passado, ela não acreditava ser capaz de tal violência. Mas havia feito muitas coisas nos últimos três anos que achou que jamais faria. Ninguém sabe, até ser pressionado, quais são seus verdadeiros limites. A que ponto chegamos por quem amamos. Os maiores atos de crueldade nascem dos maiores amores. Não era assim aquela citação famosa? Talvez Fran estivesse inventando. Ultimamente não tinha mais certeza.

Mas de uma coisa ela tinha certeza. O homem que invadira a casa delas naquela noite fora para *matá-las*, e provavelmente tinha seus motivos também. Bons motivos. Motivos que ele poderia usar para justificar suas ações. Mas ele fora descuidado, e Fran estava pronta, esperando. O estranho era que, quando ela enfiava a faca na carne dele, não parecera errado nem estranho, nem tão horrível. Parecera necessário. Então ela o esfaqueara mais algumas vezes. Para ter certeza.

Uma vez que ele estava morto, a praticidade tomara conta. Ela tinha enfiado o homem no porta-malas do carro velho, tirado Alice da cama (graças a Deus ela não havia acordado durante a confusão) e explicado que tinham que ir embora. Dirigiram para o sul, evitando as estradas principais sempre que possível, e deram entrada num hotel por perto. Fran tinha sido forçada a deixar Alice sozinha por algumas horas enquanto resolvia as coisas. Um risco *imenso*. Um que ela se recusava a correr de novo. Mas tinha visto uma chance de matar dois coelhos com uma cajadada só. Livrar-se do corpo *e* do maldito carro. Conhecia o lugar perfeito. Onde nunca os encontrariam. Pelo menos era o que ela achara.

Ela encarou o carro, o porta-malas despontando da água suja. Ela ficara impressionada com o fato de ele ter encontrado o carro. Agora que estava ali, porém, fazia mais sentido. Alguém ia acabar encontrando aquilo mais cedo ou mais tarde. Ainda assim, a chance de *ele* o ter encontrado *por acaso* era remota. Poucas pessoas visitavam aquele lugar, ou sequer sabiam de sua existência. Alguém devia ter avisado que o carro estava ali. Mas quem?

Uma preocupação para depois. Nesse momento, ela precisava se certificar de que ninguém mais encontraria o carro ou, mais importante, o que havia dentro dele. Ela engoliu em seco. Provavelmente não restava muita coisa. Ela se lembrava de ter tirado e queimado as roupas do homem. Um choque de realidade repentino e horrendo. Fran tinha tido dificuldade para tirar os membros endurecidos do moletom sujo e da calça jeans. A cueca estava ligeiramente manchada, e ela sentira uma vergonha absurda, como se tirar as roupas dele fosse uma ofensa maior que tirar sua vida. A visão de sua pele, pálida e lisa, grudenta de sangue coagulado, quase a fizera vomitar. Ela conseguira se segurar e verificara os bolsos. Sem carteira ou identificação. Chaves de carro (embora não houvesse nenhum carro estacionado perto da casa delas), que ela jogara no lago. Mas Fran estivera com pressa e em pânico. Desesperada para sair de perto do corpo, do lago, das consequências de suas ações.

Ela não tinha limpado o carro. Só enfiara as coisas no porta-luvas sem verificar se havia algo incriminador que poderia levá-los até ela e Alice.

Isso precisava ser corrigido.

Ela rasgou as camisetas. Então tirou rapidamente os tênis e a calça, pegou a gasolina e entrou na água parada.

O frio a fez ficar sem ar. A lama grudenta prendia seus dedos dos pés. Fran fez uma careta e trincou os dentes. Precisava fazer aquilo rápido. Chegou ao carro. Puxou a porta de trás. A porta resistiu por causa da água. Ela conseguiu forçar e enfiou alguns trapos no banco de trás, que estava quase seco. Devia funcionar. Ela molhou os trapos e o banco com a gasolina. Seria o bastante? Não. Ela precisava se certificar de que o conteúdo do porta-malas também pegaria fogo. Então deu a volta até a traseira do carro. Preparou-se para o que veria e abriu o porta-malas.

Foi então que ela ouviu um movimento na água às suas costas. Virou-se um segundo tarde demais, e algo pesado colidiu com seu crânio. Sua cabeça explodiu, seus joelhos falharam e o galão de gasolina escapou de suas mãos. Atordoada, ela afundou na água, que de repente batia no peito. Fran tentou recuperar o fôlego e se debateu, agitando os braços sem forças.

Um vulto se erguia atrás dela. Logo as mãos dele estavam no seu pescoço, forçando-a para baixo, para dentro da água gelada. Ela tentou resistir. Agarrou as mãos dele, mas eram muito fortes. Ela se debateu. Chutou e sentiu o calcanhar acertar em cheio entre as pernas dele. A pressão no pescoço se afrouxou. Fran ergueu a cabeça da água, respirando o ar precioso.

Ele lhe deu um soco na cara. Ela afundou de novo, o estrangulamento mais forte. Ela lutou, arranhando as mãos dele, mas sua força estava se esvaindo. Precisava de ar. Seus pulmões estavam prestes a explodir. Ela sentiu os lábios se abrirem, o cérebro desesperado e dividido. *Não abra a boca. Mas preciso respirar. Aguenta mais um pouco.* Ela não morreria naquela poça nojenta e fedorenta. Não podia morrer. Alice estava esperando, e Fran tinha que voltar porque...

Algo estalou. Uma dor aguda no pescoço. Uma tontura repentina. Seus pulmões não estavam mais ardendo porque ela já não sentia mais o corpo. Seus membros flutuavam, inúteis. Ela não conseguia lutar. Não conseguia resistir. Sua boca se abriu. E seu último pensamento, enquanto a água a invadia, foi... *Alice odeia quebra-cabeças...*

CAPÍTULO 26

Gabe tinha tentado fazer Jenny mudar de ideia. Ele praticamente havia decorado o *Grande livro de nomes de menina*. Mas ela estava decidida: "Quero que ela se chame Isabella."

E eles fizeram um acordo. Se o bebê fosse menina, ela escolheria. Menino, a decisão seria de Gabe. Ele considerara aquilo um pouco sexista, mas também sabia que era melhor não discutir com uma grávida.

Quanto mais ele tentava persuadi-la, mais Jenny se recusava. Ele sempre amara isso nela. A teimosia. Sua recusa em ceder só para agradar outra pessoa. Mas naquele momento ele desejara que ela fosse mais maleável.

"A maioria das esposas não escolheria um nome que o marido não gostasse", ele havia argumentado.

"A maioria das esposas não tem um marido tão babaca. E qual é o seu problema com Isabella, afinal?"

Ele não conseguira responder. Não conseguira explicar. Certamente não conseguira persuadir Jenny a mudar de ideia, então tentara persuadir a si mesmo de que era apenas um nome. Um nome bonito. E seria a Isabella *deles*. A filha deles. Uma pessoa totalmente nova.

Claro que assim que ela nascera, tudo fora esquecido, tudo exceto como ela era linda e bagunceira, como tudo era incrível e cansativo agora que aquela pessoinha tinha dominado a vida deles.

Mas Gabe ainda assim decidira chamá-la de Izzy.

E os pesadelos voltaram.

Ele dizia a si mesmo que era só o estresse da paternidade. Que era natural; sua cabeça estava uma bagunça. Ele se acostumaria. As coisas entrariam nos eixos.

Ele tentava não prestar atenção à voz insistente que dizia que dar à sua linda menininha o nome de Isabella era um mau agouro. Uma maldição.

Ele se pôs de pé tão rápido que a xícara virou, derramando café no pires. Como ele tinha esquecido que dia era? *Dia de visita.* Como não ouvira o alarme do celular? *Merda, merda, merda.* Ele pegou as coisas e enfiou tudo de volta na bolsa. Tinha que ir embora agora.

Gabe foi correndo para a van e pegou as chaves. Então franziu a testa. A porta lateral estava aberta, só uma fresta. Será que ele tinha se esquecido de fechar ou alguém a havia arrombado? Ele puxou a porta e entrou na van.

Havia um homem lá dentro. Sentado tranquilamente na cama apertada. O mais estranho era que Gabe o reconhecia. Era o jovem policial que ele tinha visto na cafeteria. O guarda de trânsito sozinho.

A incongruência, a total estranheza, o confundiu por um momento.

— Desculpa, mas o quê...?

O homem se levantou e lhe deu um soco na cara. Foi tão repentino, tão inesperado, que Gabe nem teve a chance de erguer o braço para se defender. Sua cabeça bateu na lateral da van. Suas pernas tremeram. Antes que ele conseguisse se recuperar, o homem lhe deu outro soco, no pescoço. Gabe perdeu o fôlego e engasgou tentando respirar, a garganta ardendo como se alguém tivesse enfiado carvões em brasa lá dentro.

O homem pegou a bolsa de Gabe.

Não!, ele tentou gritar, mas tudo que saiu foi um gorgolejo engasgado.

Gabe estendeu a mão para segurar a bolsa e conseguiu pegar a alça. O homem tentou dar outro soco, mas Gabe desviou. Continuou agarrando a alça com força enquanto o homem puxava a bolsa. Eles ficaram naquele cabo de guerra por um tempo, Gabe de algum modo encontrando forças no desespero.

O homem ergueu o braço e deu um soco forte na lateral da sua barriga. Uma dor ardente. Gabe instintivamente apertou a barriga, e acabou largando a bolsa. O homem a puxou, abriu a porta com um safanão e então pulou para fora. Gabe tentou ir atrás, mas a dor o impediu. Ele caiu no chão. Pela porta aberta, viu o homem se afastando como se nada tivesse acontecido.

Ele tentou se apoiar na maçaneta para se levantar mas errou, caindo da van no asfalto áspero. Gabe gritou e apertou a lateral da barriga, de onde algo quente e úmido saía. O homem era apenas uma silhueta a essa altura. *Ele não podia deixá-lo ir.* A bolsa continha tudo. Seu laptop, a Bíblia, o caderno, o elástico de cabelo. Era tudo que ele tinha.

Gabe tentou se arrastar pelo chão, mas sua energia parecia vazar dele. Ele se virou de barriga para cima, fazendo muito esforço para respirar. O ar estava pesado, com cheiro de gás de escapamento e gasolina. O céu era claro demais. Ele fechou os olhos. Ao longe, ouviu gritos. Então, mais perto, uma voz:

— Ah, meu Deus, o que houve?

Ele não conseguia responder. A escuridão era tranquilizante. Como um bálsamo. Não haveria mais dor ali.

Mas a voz insistiu.

— Abra os olhos. Olhe para mim. Estou chamando uma ambulância, mas você precisa ficar acordado.

Ele abriu os olhos. Um rosto se erguia acima dele. Familiar. Bonito, mas cansado. A garçonete gentil.

— Eu... — Ele afastou a mão da barriga e encarou, confuso, o líquido vermelho pingando dos dedos. — Acho que fui esfaqueado.

Capítulo 27

Alice esperou. Tentou não aparentar que estava esperando. Ou que estava preocupada. Ou com medo. Mas na verdade estava sentindo tudo isso e muito mais.

A essa altura Fran já deveria ter voltado. Ela disse que não levaria mais que uma hora, uma hora e meia, no máximo. Isso já fazia duas horas. Elas já tinham feito todos os quebra-cabeças (para ser sincera, eram bem ruins) da senhorinha e se esforçavam para travar alguma conversa. Fran dissera a ela o que falar, mas ainda assim era difícil lembrar as coisas, tentar não falar nada de errado, tipo como às vezes ela se esquecia de chamar Fran de mãe. Ela ficava bem irritada com isso.

Também havia algo na velha que assustava Alice. Ela sorria demais. Alice não gostava disso, e não era só porque os dentes dela eram muito amarelos. E ela era tão irrequieta. Suas mãos tremiam quando ela tentava encaixar as peças do quebra-cabeça. Tinha um cheiro esquisito, azedo, também.

Além disso, seus tremores estavam deixando Alice nervosa. Ela ficava perguntando se Alice queria alguma coisa para beber ou para comer, embora seu copo ainda estivesse pela metade e ela já tivesse se forçado a engolir três biscoitos velhos. Depois de um tempo, só para fazer a mulher ficar quieta, Alice disse que sim, adoraria mais suco. Isso pareceu deixar a velha feliz, então Alice aproveitou a chance.

— Posso usar o banheiro, por favor?
— Ah, é claro. É lá em cima, primeira porta à esquerda.
— Obrigada.

Alice pegou a mochila e subiu as escadas até um corredor estreito. A porta do banheiro estava aberta, mas ela não precisava ir de verdade; só queria sair de perto da velha por um tempo. O banheiro parecia velho de qualquer forma, de um verde horroroso, com tapetes felpudos todos manchados no chão.

Havia mais três portas. A mais próxima estava entreaberta. Alice deu uma espiada. Obviamente era o quarto da velha. Muitos móveis escuros, uma cama de casal com um edredom de matelassê. Na mesinha de cabeceira havia dois porta-retratos prateados. Alice hesitou. Não era uma criança fuxiqueira. Mas estar ali, naquela casa, a deixara curiosa.

Ela atravessou o carpete pé ante pé e pegou a primeira foto. Quatro pessoas num penhasco iluminado pelo sol. Dava para reconhecer a velha, mais jovem e mais feliz, e Fran, parecendo muito nova. Não muito mais velha que Alice. Havia outras duas meninas na foto. As irmãs de Fran. Alice nunca pensara que Fran tinha uma família. Sempre foram só as duas. A segunda foto era da velha com um homem. Ele era careca e tinha um sorriso largo e olhos azuis cheios de ruga. Parecia bonzinho, pensou ela. Gentil.

Ela colocou a foto de volta no lugar. Ouviu o barulho de copos na cozinha. A mesinha de cabeceira tinha duas gavetas. Ela abriu a primeira. Lenços dobrados, um pote de Vick Vaporub e, logo embaixo dos lenços, o que pareciam ser recortes de jornal. Alice os pegou. Ela lia bem, embora as letras pequenas fossem difíceis. Mas conseguia entender as manchetes.

MORADOR MORTO EM ASSALTO VIOLENTO

HORROR NO SUBÚRBIO

Ela reconheceu a casa nas fotos. E o homem que estava na foto ao lado da cama. Bonzinho, pensou ela. Mas morto.

Ela encarou os jornais. Então enfiou tudo de volta na gaveta e fechou. Saiu devagarzinho do quarto e começou a descer as escadas. Na metade, parou. Conseguia ouvir a velhinha falando na cozinha. Por um momento sentiu o coração ficar mais leve. Fran. Ela tinha voltado. Alice tentou espiar sem ser vista. Mas a velha estava sozinha, segurando um copo com um líquido vermelho numa das mãos e o telefone na outra.

— Sim. Ela está aqui. Não, não acho que a mãe vá voltar. Acho que se meteu em alguma confusão.

Uma pausa.

— Uns oito anos. Podem vir logo? Obrigada, seu delegado.

Polícia. A velha idiota tinha chamado a polícia. Alice precisava fugir. Agora. Desceu as escadas correndo e foi direto para a porta da frente. Trancada. Porcaria.

Às suas costas, ouviu um grito:

— Alice!

A velha estava na porta da cozinha. Alice olhou de um lado para outro, desesperada, então viu as chaves na mesa do corredor. Agarrou o chaveiro e enfiou na fechadura.

— Pode parar!

— Não! Você chamou a polícia.

A velha se moveu mais rápido que Alice esperava e agarrou o braço dela.

— Escuta...

— Me solta!

Alice puxou o braço e conseguiu soltá-lo.

— Volta aqui!

A menina abriu a porta e tropeçou para fora. A velha gritou atrás dela:

— Sua mãe não vai voltar! Ela a deixou aqui. Você vai ver só.

Alice não esperou para ver. Lágrimas embaçavam seus olhos. Ela não tinha ideia de para onde ir. Mas fez o que tinha sido treinada para fazer.

Ela correu.

CAPÍTULO 28

— Sete pontos. Nenhum órgão foi atingido. Você teve sorte, foi só um arranhão.

Gabe encarou a médica. Magra, ruiva, com um sotaque nortista forte. Era difícil dizer se ela estava brincando ou não.

— Hum, obrigado? — murmurou ele.

— Se sua amiga não o tivesse encontrado, você poderia ter morrido.

— Por causa de um arranhão?

— O choque e a perda de sangue na sua idade muitas vezes causam paradas cardíacas.

— Ah, obrigado... de novo.

Ela assentiu, séria, satisfeita por ele ter entendido a magnitude de sua experiência de quase morte.

— Preciso ficar no hospital? — perguntou Gabe.

A médica olhou de volta para a prancheta, obviamente considerando se "quase morte" merecia mesmo ocupar o leito por uma noite.

— Vou receitar uns antibióticos e você pode ir para casa — respondeu ela por fim, e saiu apressada.

Ele se recostou no travesseiro do hospital. Compaixão, pensou ele, como tudo o mais no sistema público de saúde, estava em falta.

Sua barriga latejava e repuxava por causa dos pontos. Sorte. Ele teve sorte, lembrou-se. Na verdade, a médica tinha razão: se a garçonete loura não estivesse saindo do carro quando ele caiu da van, ele poderia ter ficado ali por minutos vitais, perdendo sangue. Mas ela o tinha visto, feito um torniquete com o cachecol e ligado para a emergência. Então havia falado com ele, tentando mantê-lo consciente, até que a ambulância chegasse. O nome dela era Katie, dissera. Nome bonito.

Gabe devia sua vida a ela. Na verdade, estava começando a pensar nela como uma espécie de anjo da guarda, aparecendo quando ele mais precisava. Talvez fossem os analgésicos.

Ele fechou os olhos e, dessa vez, viu o homem de novo, enfiando a faca na sua barriga e se afastando calmamente com sua bolsa. O policial da cafeteria. Não podia ser uma coincidência. Ou havia uma "falha na Matrix" ou ele estivera seguindo Gabe, à espera de uma oportunidade. Mas por quê? A voz do Samaritano ecoou na sua mente: *Esqueça que viu essas palavras... você não quer chegar nem perto dessa merda.*

Será que aquilo estava ligado ao As Outras Pessoas? Será que Gabe tinha se deparado com algo importante? Algo que explicasse o ataque? Seu laptop velho certamente não era o motivo, mas e o site? Ou seria o que estava no caderno e na Bíblia? Os códigos?

Parecia improvável, mas as últimas quarenta e oito horas tinham sido um mergulho de cabeça em águas turbulentas. O carro, Harry, as fotos. Não era exatamente sua rotina usual. E a pior parte — fora quase morrer — era que ele não tinha mais nada do que havia recuperado. O mapa, o caderno, o elástico de cabelo, a Bíblia. Tudo perdido.

— Sr. Forman?

Ele abriu os olhos ao ouvir a voz tensa da médica. Ela não estava sozinha. Outra mulher estava atrás dela, parada ao lado da cama. Quarenta e tantos anos, baixinha, cabelo louro curto, uma expressão cansada. Um rosto que dizia: *Sério? Você acha que vou acreditar nisso?*

Gabe conhecia aquela expressão muito bem. Ele a vira muitas vezes durante a investigação do assassinato da família.

Se não fossem os pontos e as drogas, tinha certeza de que sentiria um aperto no estômago.

— Gabriel — cumprimentou a detetive Maddock com um leve sorriso. — No que você se meteu agora?

Capítulo 29

Katie limpou mesas, recolheu xícaras sujas, encheu xícaras limpas, sorriu, pegou dinheiro e deu troco. Pelo menos foi isso que seu corpo fez. Sua mente estava distante. Ficava voltando para a visão do homem magro no chão, com sangue escuro escorrendo da barriga. Seus olhos aterrorizados. Déjà-vu. Aquilo a fazia se lembrar demais do pai. Só que o homem magro estava vivo. Ainda.

Quando as pessoas falam de morte, muitas vezes falam de paz e aceitação. Não era isso que ela tinha visto nos olhos do pai. Era terror, choque e total descrença de que a vida, aquela coisa que todos tomamos como certa, que nos iludimos ao imaginar como sendo constante e fixa, podia ser arrancada assim, de repente.

Tentamos não pensar na morte. E se pensamos, a consideramos distante e abstrata. Nunca achamos que ela vai nos pegar de surpresa em nossa garagem numa tarde de fim de primavera. Assim como nos convencemos de que a tragédia nunca vai nos atingir, porque somos de alguma forma especiais e imunes. O pior só acontece com outras pessoas.

Ela esfregou com força uma mancha grudenta numa mesa, então desistiu e tapou a mancha com um cardápio. Continuava se perguntando como o homem magro estava. *Gabe*. Ele tinha dito seu nome enquanto os dois esperavam a ambulância. Ela podia ligar para o hospital, pensou. Só para saber se ele estava bem. Deu uma olhada no relógio. Só faltava uma hora para o final do turno. A agitação da tarde tinha passado. Ethan (ela tinha *quase* certeza de que era Ethan o nome) estava ocupado no balcão, conversando com uma cliente bonita.

Ela enfiou o pano no bolso do avental e foi depressa para a sala dos funcionários pegar seu celular no armário. Hospitais, pensou. Achava que o mais próximo era o Newton. Procurou o telefone no Google e ligou.

— Hospital Newton.

— Ah, olá. Estou ligando só para verificar como está um paciente que deu entrada hoje à tarde. Esfaqueado.

— Nome?

— Gabe.

— Sobrenome?

— Ah. Perdão, não sei.

— Sinto muito, mas não posso dar informações sobre pacientes sem mais detalhes.

— Eu só queria saber se ele está bem.

Uma pausa.

— Acho que não recebemos nenhuma vítima fatal.

— Certo. Ótimo. Obrigada.

Ela desligou e mordeu o lábio. Não tinha como entrar em contato com ele. Não sabia seu sobrenome. Nem o telefone. Nem... Espera. Ela tinha *sim* o telefone dele. Estava no panfleto de pessoa desaparecida que ele havia entregado um tempão atrás. Com a foto da filhinha dele. VOCÊ ME VIU? Ela tinha certeza de que estava em casa em algum lugar; se sentira mal em jogar fora. Só precisava encontrar. Bem, não *precisava*. Ela poderia deixar para lá. Ele não estava morto. Era só isso que queria saber, na verdade.

Mas não conseguia ignorar a pontada de inquietude. A preocupação fazia doer a boca do estômago. Ela não acreditava em premonições nem em nenhuma besteira do tipo. Na manhã em que chegara à casa dos pais e encontrara o pai morto e esmagado, não tinha sentido nem uma gota de premonição, nem um tremor, nem uma nuvem negra no céu. Nada. Ainda assim, naquele momento, não conseguia se livrar da sensação de que algo ruim estava prestes a acontecer, ou talvez já estivesse acontecendo. Uma semente de desconforto havia sido plantada, e ela sentia suas raízes se espalhando.

Katie ligou para a irmã.

— Alô?

— Oi, Lou. Só queria saber se está tudo bem.

— Por quê?

— Só... sei lá.

Um suspiro.

— As crianças estão bem, estão vendo *Scooby-Doo*. Estou fazendo peixe empanado e batatas para o jantar, como você mandou.

— Certo. Ótimo. Obrigada. A gente se vê mais tarde.

Ela desligou, então cedeu à paranoia e ligou para a mãe. O telefone tocou por tanto tempo que achou que cairia na secretária eletrônica. Talvez ela ainda estivesse na cama, ou já estivesse bêbada. Então um clique, e ela ouviu a voz irritada da mãe:

— Cadê você? Faz horas que estou ligando.

Ela franziu a testa.

— Mãe? É a Katie.

— Katie?

— Quem você achou que era?

Uma pausa.

— Ela está aí? É por isso que você está ligando?

— Quem está aqui? Eu estou no trabalho. Está tudo bem aí?

— Não, é claro que não está. Ela acha que pode simplesmente aparecer aqui depois de todos esses anos... — A mãe se interrompeu. — Espera. A polícia chegou. Ainda bem.

— A polícia? Por quê?

— Ela não voltou, então liguei.

— *Ela quem*, mãe?

— Sua *irmã*. Fran. Tenho que ir.

Um clique abrupto e a ligação terminou. Katie encarou o telefone.

Fran? Fran tinha voltado? Impossível. Certamente a mãe seria a última pessoa que ela procuraria. As duas sempre tiveram uma relação difícil, mesmo antes da morte do pai. Depois disso, nenhuma das duas sentira a necessidade de manter a aparência de civilidade. Não era de surpreender que Fran quisera fugir, cortar os laços completamente. Ela partira no dia do funeral do pai.

Mas não antes de contar a Katie o que havia feito.

Katie tentou ser racional. Não dava para confiar em tudo que a mãe dizia quando estava bêbada. Ela ficava paranoica, violenta. Já tinha ligado para a polícia antes, convencida de que os vizinhos a estavam espionando, ou que alguém queria invadir a casa, ou que um homem a observava. Nunca dava em nada. Mas ela não tinha parecido *tão* bêbada ao telefone hoje. Parecera nervosa. E por que ela inventaria uma história sobre Fran?

Katie guardou o celular na bolsa. Não podia esperar até o fim do turno. Precisava saber o que estava acontecendo. *Agora*. Vestiu o casaco, pegou a bolsa e saiu apressada da sala dos funcionários.

A fila estava aumentando. A menina bonita agora estava acompanhada de um jovem bem-apessoado.

— Onde você se enfiou? — reclamou Ethan.

— Desculpa. Tenho que ir. Emergência familiar.

— *Agora?* Você vai me deixar sozinho aqui?

— Só por uma hora. Você vai conseguir.

— Eu devia receber a mais.

— Ah, acho que o dinheiro que você rouba das gorjetas quando acha que ninguém está olhando é mais que o suficiente.

Katie deu um sorriso simpático para o rapaz e então saiu, tentando ignorar a sensação de que já era tarde demais.

CAPÍTULO 30

"Me conte sobre a última vez que viu sua filha, sr. Forman."

"Já falei. Foi num carro velho indo para o norte na M1, entre as entradas 19 e 21."

"Nós dois sabemos que isso não é possível, sr. Forman."

"Sabemos?"

"O senhor ligou para casa às 18h13. Diz que viu sua filha dez minutos antes disso. Mas nós sabemos que sua esposa e sua filha já estavam mortas a essa altura."

"Não."

Ele balançara a cabeça. O esforço a fez latejar. Uma dor de cabeça constante havia dias. Pressão. Cada vez maior. Por que eles não ouviam? Eles tinham entendido tudo errado. Tudo errado.

"Sr. Forman. Nós entendemos como isso é difícil."

"Não, não entendem. Vocês ficam falando que minha esposa e minha filha estão mortas, mas eu vi. Minha filha ainda está por aí, em algum lugar. Houve algum erro."

"Não houve erro algum, sr. Forman. Agora, o senhor pode dizer onde estava entre as 16h e 18h do dia 11 de abril?"

Silêncio.

"O senhor não foi para o trabalho nesse dia, então onde estava? Nós podemos rastrear seu celular, então é melhor dizer logo. Onde o senhor estava quando sua esposa e sua filha foram assassinadas?"

* * *

A detetive Maddock o encarou com os olhos claros e analíticos. Não era uma mulher feia, mas havia algo na cor insípida dos seus olhos, no cabelo platinado e na pele pálida que lhe davam uma aparência fria. Como um anjo de pedra, pensou. Sem maciez ou calor. Seria um clichê dizer que era por causa do trabalho, mas Gabe suspeitava que sua frieza tinha mais a ver com sua personalidade do que com a profissão. Ele apostava que ela cumprimentava até a própria mãe com um aperto de mão firme.

— Então — disse ela. — Eu estava torcendo para que você tivesse pegado essa sua van, subido numa barca e ido para algum lugar ensolarado.

— Ou seja, desistido?

— Seguido em frente.

— Eu sigo em frente todos os dias.

Ela o encarou de cima a baixo.

— E como está se saindo, Gabriel?

Ele se remexeu.

— Achava que uma facada não estivesse no seu nível. Ou você foi tirada da Homicídios?

— Não, mas existem algumas pessoas que gosto de acompanhar. Quando seu nome apareceu no sistema, fui avisada e decidi fazer uma visita.

— Nossa, obrigado.

— Por nada. — Ela pegou um caderno. — O que aconteceu exatamente?

Ele pegou o copo de água na mesa ao lado da cama e bebeu um gole. Sua garganta havia ficado seca de repente.

— Eu fui atacado.

— Dentro da sua van?

— Sim.

— E o criminoso fugiu com a sua bolsa, que continha seu laptop, correto?

— Correto.

— Pode descrever o criminoso para mim?

— Uns vinte e tantos anos. Baixo e forte. Vestido de policial.

— Você está dizendo que foi esfaqueado por um *policial*?

— Não. Estou dizendo que ele estava *vestido* com um *uniforme* de policial.

— Não parece um assalto comum.

— Não acho que seja.

— Como assim?

— Eu vi o cara na cafeteria, antes do ataque.

Mais anotações.

— Certo, posso perguntar aos funcionários. Talvez se lembrem dele.

— E as câmeras de segurança?

— Estamos investigando, mas, se o ataque foi planejado, o criminoso provavelmente sabe como evitar as câmeras. — Um olhar questionador. — Você acha que ele o atacou de propósito? Por quê?

Gabe a encarou. Por causa do que ele havia encontrado. Porque ele estava perto demais da verdade. De Izzy. E ele tinha certeza de que, se falasse isso, então a detetive Maddock fecharia o seu caderninho e daria o fora. Por outro lado, o que ele tinha a perder?

— Eu encontrei algo. Uma prova de que Izzy está viva.

O caderno continuou aberto… por enquanto. Mas ele sentia o esforço que Maddock estava fazendo para não revirar os olhos.

— Que prova?

— O carro.

— Você achou o carro? Onde?

— Submerso num lago.

— Por que não ligou para a polícia?

— Vocês nunca acreditaram em mim.

— Isso não é verdade. Nós acreditamos que houvesse um carro. Até havia testemunhas que confirmaram a existência de um veículo com as características descritas por você dirigindo de forma imprudente na M1 naquela noite.

— Então por que o motorista não se apresentou?

— Talvez estivesse bêbado. Talvez não tivesse seguro ou devesse impostos. Pode haver muitas razões. Mas a questão é que é impossível que você tenha visto a Izzy. Era só outra menina que se parecia com ela.

— Então por que se livrar do carro?

— Quem sabe? Podia ser roubado.

Ele sentiu uma onda de frustração, como antes. Uma sensação de impotência, como uma criança tentando dizer aos adultos que fadas existem.

— Tinha algumas coisas no carro. Um elástico de cabelo igual ao de Izzy. Uma Bíblia com umas passagens estranhas sublinhadas. E um caderno. Com uma coisa escrita. "As Outras Pessoas."

Ela ficou alerta.

— "As Outras Pessoas"?

— Já ouviu falar?

Ela continuou a observá-lo intensamente.

— Esses itens... — começou, devagar. — Imagino que estivessem na bolsa que foi roubada.

— Sim.

— Entendo.

— Não, você não entende. Foi por isso que fui atacado. Eles querem destruir as provas.

Um suspiro profundo, exalando um aroma leve de menta e o fedor de ceticismo.

— O quê? — acusou Gabe. — Você acha que estou inventando? Que eu me ataquei?

Ela não respondeu, e, de repente, ele teve certeza de que era *exatamente* isso que ela pensava.

Ele se largou nos travesseiros.

— Pelo amor de Deus.

— Ok — disse ela. — Me diga onde está o carro, e aí pelo menos posso pedir que alguém o retire do lago.

Ele hesitou. Se contasse onde o carro estava, o corpo seria encontrado, e aí a polícia ia querer saber por que ele não mencionara o pequeno detalhe do cadáver apodrecido antes.

— Não lembro.

— Não lembra?

— Não. Não exatamente.

— Você por milagre encontrou o carro que estava procurando havia três anos e não se lembra exatamente onde ele está?

Gabe não respondeu. Dessa vez o caderninho foi fechado. A detetive balançou a cabeça.

— Descanse, sr. Forman. Acabamos por aqui.

Não. Gabe estava perto. Muito perto de fazê-la acreditar nele. Mas não tinha mais nada... As fotos! As fotos estavam na sua carteira, não na bolsa do computador. Ele ainda tinha as fotos.

— *Espere!*

O casaco estava pendurado em uma das cadeiras plásticas. Ele passou as pernas para fora da cama e se esticou para pegá-lo, sentindo uma pontada quente de dor na lateral do corpo.

— Há mais uma coisa. Eu tenho isso aqui.

Ele tirou as fotos da carteira e as enfiou na mão da detetive, que recuou um pouco.

— Onde você arrumou isso?

Gabe hesitou. Embora tivesse quase certeza de que Harry era um mentiroso filho da puta, não queria entregá-lo para a polícia. Pelo menos por ora.

— Não posso contar.

Ela comprimiu os lábios.

— Tem muitas coisas que você não pode me contar.

— Olha… Alguém me deu essas fotos. Acho que a pessoa queria me convencer de que Jenny e Izzy estavam mortas, mas ela está errada. Por causa do arranhão.

A detetive estreitou os olhos, observando a fotografia.

— Não vejo nenhum arranhão.

— Exatamente. Naquela manhã, nosso gato arranhou Izzy. Mas não tem arranhão nenhum na foto.

— Deve ter sido outro dia. Você provavelmente se confundiu.

— Não, não me confundi. Estou cansado de ser chamado de mentiroso.

— Ninguém está chamando você de mentiroso. Ao contrário do que você pensa, não sou sua inimiga.

— Você achava que eu era o assassino.

— Na verdade, eu nunca acreditei nisso. Não fazia sentido. Ir para casa, assassinar sua esposa e filha, se limpar, voltar pela rodovia e ligar do posto de serviço, milagrosamente evitando todas as câmeras de segurança? Improvável. Sem contar a ligação anônima.

Gabe também havia pensado nisso. A ligação avisando sobre um arrombamento na casa de Gabe logo antes dos assassinatos. Não viera dos vizinhos. A polícia chegou à conclusão de que devia ter sido só um transeunte preocupado. Mas por que não se apresentar?

— E eu achando que era minha cara de honesto.

— Nunca confie numa cara de honesto. — Uma pausa. — É claro que, se você tivesse nos contado desde o início onde estava, teria facilitado bastante a nossa vida.

— Para vocês me julgarem por isso também?

— Você foi julgado e sentenciado pela corte.

— Por favor — pediu ele. — Pode só fazer algumas perguntas sobre as fotografias, verificar com o necrotério e tal? Quer dizer, Harry foi o único a identificar os corpos. Só temos a palavra dele.

— E você acha que ele mentiu?

— Talvez. Ou talvez ele tenha... se confundido.

— Você está sugerindo que seu sogro identificou incorretamente os corpos da sua esposa e da sua filha?

— Não, só o de Izzy.

— Você percebe como isso parece loucura?

— Sim, totalmente.

Maddock pegou as fotos de novo e analisou a de Izzy mais de perto. Ele esperou, o coração disparado. Por fim ela se virou para ele.

— Certo. Vou pedir para alguém dar uma olhada. Mas, antes, onde está o carro?

— Eu...

— Não tente me enganar.

Ele considerou as opções. Podia mentir. Dizer que havia encontrado por acaso. Que não tinha aberto o porta-malas.

— Barton Marsh, depois da saída 14. Pegue o retorno logo depois de uma fazenda. Seguindo a trilha até o lago.

Ela anotou tudo.

— Imagino que você não queira me contar como encontrou?

— Não.

— Tudo bem.

Ela guardou o caderno no bolso e estava prestes a guardar também as fotos.

— Espere.

— O quê?

Gabe hesitou.

— As fotos. São tudo que tenho. As únicas provas.

— E você acha que eu sou o tipo de policial que perde provas assim?

— Não, mas...

O "mas" permaneceu no ar, reverberando com desconfiança.

— Você vai ter que confiar em alguém em algum momento.

Ele considerou, então assentiu.

— Tudo bem.

Ela guardou as fotos no bolso e disse:

— Obrigada. Agora, se eu fizer isso por você, você faria uma coisa por mim?

— O quê?

— Pense no que eu falei antes. Sestas. Margaritas. Pôr do sol.

— Vou pensar.
— Que bom. Todo mundo merece uma segunda chance.
— Até eu.
— Especialmente você.

CAPÍTULO 31

Uma viatura estava estacionada na frente da casa da mãe dela.

Katie parou logo atrás, puxou o freio de mão e saltou. Seu coração parecia brigar com os pulmões por espaço. Ela não conseguia evitar. O carro de polícia na frente da casa. Trazia lembranças demais.

Por mais que a mãe fosse difícil, por mais que a relação das duas fosse complicada, Katie ainda se preocupava, ainda se importava. Só quem perde um dos pais entende a magnitude da presença deles na sua vida. Tantas vezes, depois da morte do pai, ela pegara o telefone para ligar para ele e parara no meio do gesto, lembrando que ele não iria mais atender com seu animado "Oi, querida". Não era uma ausência temporária. Ele se fora. Para sempre. Essa constatação a derrubava toda vez.

Não é a mesma coisa, ela tentava dizer a si mesma ao subir a entrada. Não era a mesma coisa. Ainda assim, a apreensão que começara na cafeteria se multiplicara por dez. Ela tocou a campainha. Alguns segundos depois a porta abriu.

Sua mãe estava ali. Parecia magra, nervosa e mais velha que nunca. Ela encarou Katie com desconfiança.

— Por que você está aqui? Ela ligou? Você a viu?

— Mãe. Calma. Eu fiquei preocupada com você, então saí do trabalho e vim direto para cá.

A mãe a olhou de cara feia, então deu as costas abruptamente.

— É melhor você entrar — falou, seguindo pelo corredor.

Enquanto lutava contra a irritação que perturbava seu já frágil humor, Katie a seguiu até a pequena cozinha bege. Um policial jovem de rosto corado e cabelo louro estava sentado sem jeito à mesa, com uma caneca de chá. Uma garrafa de vinho tinto e uma taça estavam diante da outra cadeira.

Só uma coisinha para acalmar meus nervos, provavelmente sua mãe dissera ao rapaz. Katie já tinha ouvido aquela desculpa. Já tinha ouvido todas as desculpas.

— Essa é a Katie, uma das minhas outras filhas — disse a mãe ao se largar na cadeira e beber um gole do vinho.

O policial se levantou e estendeu a mão.

— Oficial Manford.

Katie o cumprimentou.

— Você pode me dizer o que está havendo?

— É o que estamos tentando descobrir.

Katie quis dizer que a única coisa que a mãe desejava descobrir era como acabar com aquela porcaria de vinho, mas mordeu a língua.

— Minha mãe ligou para vocês?

— Sim, a sra. Wilson disse que havia uma pessoa desaparecida.

Katie franziu a testa.

— Quem?

— Sua irmã, Francesca...

— Minha irmã se mudou para longe faz anos.

— Ela veio aqui — disse a mãe. — Hoje.

Katie a encarou.

— Tem certeza?

— É claro que tenho. Apareceu aqui do nada, depois sumiu de novo.

Katie tentou digerir aquilo. Fran. Ali. Depois de tanto tempo.

— Você tem certeza de que era Fran?

— Eu conheço a minha própria filha.

— Mas ela sumiu?

— Sumiu.

— Bem, ainda assim, acho que não dá para dizer que ela desapareceu se foi embora por vontade própria...

— Eu não estou dizendo que *ela* desapareceu. Não estou nem aí se ela nunca mais aparecer. Ela sempre foi problemática. Você não lembra, era pequena demais...

— *Mãe* — interrompeu Katie. — Se você não quer declarar Fran como desaparecida, então por que ligou para a polícia?

— Por causa da menina.

— Que menina?

— Alice. A garota que a Fran deixou aqui.

— Quem é Alice?

— A filha da Fran. Minha neta mais velha.

Neta? Katie abriu a boca, então fechou. Ia dizer que Fran não tinha filhos, mas como poderia saber? Não via a irmã fazia quase dez anos. Ela podia ter uma prole. Sobrinhos que Katie nunca conhecera.

— Bem, onde está a menina agora?

— *Desaparecida.* É isso que estou tentando dizer. Ela fugiu. Está por aí em algum lugar, sozinha... — O rosto da sua mãe se suavizou, e, por um segundo, Katie quase reconheceu a mãe que ela costumava ser. — Temos que encontrá-la. Antes que algo horrível aconteça.

Capítulo 32

Estava escurecendo, o céu coberto de nuvens carregadas, quando Gabe saiu andando — devagar, dolorido e confuso — do hospital. Seu bolso estava cheio de analgésicos e um panfleto que explicava o que ele deveria fazer se o ferimento sangrasse, inflamasse ou infeccionasse. Surpreendentemente, não era "ignorar e seguir em frente".

Ele pedira um táxi para levá-lo de volta ao posto, onde a van tinha ficado. Uma mensagem informou que o carro estava a caminho. Gabe ficou parado na porta do hospital, tremendo, encarando todos os carros que passavam.

Alguns fumantes se apertavam nas suas camisolas e chinelos, um deles segurava um suporte para soro. Algumas pessoas poderiam julgar o fato de que eles estavam doentes e ainda assim permaneciam dispostos a ficar parados no frio só para conseguir sua dose de nicotina. Mas Gabe os compreendia.

Todos temos vícios. Coisas que valorizamos mais que a própria vida. Coisas que sabemos que provavelmente vão nos matar. De certa forma, elas tornam a vida mais simples. Você sabe o que vai acontecer. Não é pego de surpresa. Como disse Bill Hicks: "As pessoas que morrem sem motivo é que são o problema."

Uma buzina soou. Gabe ergueu os olhos. Um Toyota branco com um adesivo torto dizendo "Ace Cabs" na lateral tinha encostado na área de embarque. Ele se arrastou até lá. O motorista era um asiático careca com um cavanhaque.

— É para o Gabriel? — perguntou Gabe.

— Aham.

Ele entrou no carro, fazendo uma careta de dor.

— Posto Newton Green, certo?
— Isso, obrigado.
Ele se ajeitou no assento e colocou o cinto desajeitadamente.
— Acidente?
— Perdão?
— Aqui a gente pega muita gente que sofreu acidente na rodovia. É o hospital mais próximo, né?
— Acho que sim.
— O que houve?
— Só um susto.
— É? Outro dia a gente pegou um senhorzinho que teve um ataque cardíaco ao volante...

Gabe se recostou e ignorou o motorista. Estava cansado e com frio; ossos quebradiços envoltos numa pele fina como papel. Sentia que, se passassem por cima de um buraco, seu corpo iria se desfazer. Ele se perguntava se tinha feito a coisa certa ao contar sobre o carro, ao mostrar as fotos para Maddock. Estava preocupado que o Samaritano se irritasse. Por outro lado, isso não lhe dizia respeito. Gabe bocejou. Doeu. A rodovia passava num borrão de escuridão e luzes.

— Onde você quer ficar, amigo?

O táxi entrou no estacionamento do posto. Gabe tinha caído no sono por alguns minutos. O motorista não parecia ter notado ou se importado. Gabe piscou.

— Hum, pode seguir até o fim e parar ao lado daquela van da Volks?
— Claro.

O táxi seguiu devagar até onde a van continuava estacionada. Gabe sentiu um pânico momentâneo. Onde estavam as chaves? Ele procurou nos bolsos e as encontrou no direito, onde nunca as colocava.

— Obrigado. Quanto fica?
— Dezoito e quarenta.

Ele sentiu o mesmo pânico sobre a carteira, que encontrou no outro bolso, onde normalmente ele colocava as chaves.

Gabe tirou uma nota de vinte amassada e entregou para o motorista.

— Pode ficar com o troco.

Ele não podia se dar ao luxo de ser generoso assim, mas estava cansado demais para se importar.

— Valeu, cara.

Gabe saiu do táxi, apertando a barriga, e olhou em volta, nervoso. Quando o táxi foi embora, parte dele queria gritar e pedir ao motorista que voltasse. Que não o deixasse ali sozinho. Era bobagem, ele sabia. O estacionamento estava cheio. Veículos iam e vinham. As pessoas entravam e saíam do posto. Uma mulher magra com um labrador marrom passeava por uma faixa estreita de grama, cantarolando:

— Pipi e popô, vamos, Bourbon. Pipi e popô.

Coisas normais de postos. Só que nada parecia normal. Tudo parecia mais sombrio, mais assustador, mais suspeito. Ele nunca havia pensado no perigo de dormir na van antes. Já tinha ouvido falar de pessoas que foram atacadas e roubadas, mas sempre achou que, sendo um homem de um metro e oitenta, estava seguro. Agora, o repuxar dos pontos na sua barriga o relembrava de que também estava vulnerável.

— Boa menina, Bourbon!

O cachorro estava cagando. A mulher parecia extremamente animada, e não era provável que fosse atacá-lo com um saco de cocô. Ele só precisava dormir. Estava cansado e tenso. E aquele não havia sido um ataque aleatório, ele se lembrou. O homem já tinha conseguido o que queria. Gabe não achava que ele fosse voltar.

Ele destrancou a porta da van, entrou e quase imitou o cachorro quando uma voz disse:

— Você tem que arrumar essas trancas, cara.

O Samaritano bebericou o café amargo que Gabe esquentara no fogãozinho.

— Como você entrou aqui?

— Já falei, você precisa de trancas melhores.

— Você me deu um susto da porra.

O Samaritano deu de ombros.

Outra coisa ocorreu a Gabe.

— Como você sabia onde me encontrar?

— Tenho meu jeito.

Isso lá era verdade, pensou Gabe.

— Ouvi dizer que algum idiota foi esfaqueado no Newton Green. Homem branco, quarenta e poucos anos.

— E você supôs que era eu?

— Alguém ia tentar matar você mais cedo ou mais tarde... O que houve?

Gabe contou.

— Acho que ele queria as coisas que a gente encontrou no carro.

O Samaritano ouviu, as pernas compridas cruzadas, o rosto impassível. Quando Gabe terminou, ele ficou em silêncio por um tempo.

— Certo — disse ele por fim. — Vamos fazer o seguinte.

— Vamos?

— Você não quer minha ajuda?

Gabe sempre sentia que, ao aceitar a ajuda do Samaritano, estava fazendo vários pequenos pactos com o diabo. Mas que escolha tinha?

Ele suspirou.

— Ok.

— Você precisa deixar sua van aqui e ir para um hotel.

— Por quê?

— Porque nessa van você é alvo fácil.

— Mas o cara conseguiu o que queria.

— E você deu uma bela olhada na cara dele.

— Você acha que ele vai voltar?

O Samaritano o encarou com aqueles olhos impenetráveis.

— Eu voltaria.

— Certo.

— Você pode pegar o meu carro.

— Tem certeza?

— É temporário. Fique de cabeça baixa e espere eu entrar em contato.

— E você?

— Eu vou ficar na sua van. Se o cara voltar, vou estar esperando por ele, e vamos ter uma conversinha. Entendeu?

Gabe assentiu devagar.

— Está bem.

— Não se preocupe. Ele não vai incomodar você de novo.

O Samaritano se recostou e sorriu. A estranha pedra brilhante no seu dente reluziu. Gabe tentou conter um calafrio.

Ele achava melhor não pensar muito no que havia por trás daquele sorriso. Assim como tentava não se perguntar quem era aquele homem de verdade, por que queria ajudar Gabe ou o que poderia pedir em troca um dia.

Algumas pessoas me chamam de Samaritano.

Às vezes Gabe se perguntava do que mais o chamavam.

CAPÍTULO 33

Alice estava sentada num balanço num parquinho malcuidado, indo para a frente e para trás devagar. Estava escurecendo. As crianças menores tinham ido embora para casa com os pais, para jantar, tomar banho e dormir. Um grupo de adolescentes permanecia ali, empurrando uns aos outros no gira-gira, rápido demais.

Alice mantinha a cabeça baixa, balançando calmamente. Ninguém prestava muita atenção numa criança num parquinho, e ela parecia grande o bastante para voltar para casa sozinha. Era isso que Fran sempre lhe dissera. Esconda-se à vista. Fique num parquinho, ou numa praça, perto de uma escola. Perto de outras famílias e pais. Em lugares onde as pessoas esperam ver crianças, em meio a outras crianças. Se alguém perguntar onde está sua mãe, aponte para alguém ao longe ou diga que ela já está voltando. Tenha paciência e espere até que eu ligue.

Espere até que eu ligue.

Essa era outra coisa que Fran sempre lhe dissera. Se algo der errado, se eu não responder a suas mensagens, espere eu ligar. Não me ligue. É muito arriscado.

Alice tentara obedecer. Ela tinha esperado e esperado. O celular no colo permanecia apagado e silencioso. Então ela quebrara a regra. Só precisava ouvir a voz de Fran. Mas só ouvira a voz da gravação automática, dizendo que aquele número não estava disponível.

Alice continuava inquieta. O balanço guinchava como um animal agonizante. Ainda dava tempo, ela disse a si mesma. Ainda dava tempo. Mesmo quando uma chuvinha fina começou a cair do céu e quando seus dedos começaram a ficar dormentes de frio. Ainda dava tempo. Era só esperar.

Porque ela não queria pensar no que aconteceria quando a espera chegasse ao fim. No que aconteceria se ela parasse. No que isso significaria. Na última coisa que Fran lhe dissera.

Se eu não ligar, é porque alguma coisa ruim aconteceu. Posso estar machucada, talvez até morta. Então, não me ligue. Ligue para este número. E faça o que a gente combinou. Está bem?

Ela se lembrava de ter assentido, achando que estava concordando com algo que jamais aconteceria. Apesar do que já tinha acontecido antes. Apesar da coisa horrível que elas nunca mencionavam. A coisa horrível de que Alice fingia não se lembrar. Mas às vezes lembrava. Algumas partes. Ela se lembrava do homem. E do sangue. E da mãe — da sua mãe de verdade.

Alice se sentia segura com Fran. Ela a amava, de certa forma. Não tinha mais ninguém. Mas agora Fran tinha sumido, e Alice estava mais assustada do que nunca.

Ela encarou o celular. Só mais um pouquinho, pensou. Só mais um pouquinho.

CAPÍTULO 34

Katie odiava se atrasar para buscar as crianças. Ela prometera que nunca as decepcionaria. Que sempre poderiam contar com ela.

Mesmo antes de ter se tornado alcoólatra de verdade, em várias ocasiões sua mãe chegara com o olhar distante no portão da escola, culpando o trânsito ou algum compromisso. Katie nunca esquecera aquele nervosismo na boca do estômago, a vergonha de ser a última ali, ela e Lou assistindo com inveja aos colegas irem embora com as mães, mães cujos carros provavelmente não tilintavam com garrafas no porta-malas quando faziam uma curva.

Katie podia não ter chegado muito longe na vida, mas de *uma* coisa ela se orgulhava: era uma boa mãe. Sim, cometera erros. Como todos os pais. Mas sempre colocara os filhos em primeiro lugar. Sempre se esforçara ao máximo para lhes dar uma infância feliz e *segura*. Para não deixar a história se repetir.

Mas agora a mãe estava atrapalhando sua vida de novo, interferindo na vida dos seus filhos. Ela tocou a campainha de Lou. Conseguia ouvir a confusão de sempre lá dentro: Mia chorando, Sam gritando "Mamãe chegou!", Gracie cantando alguma música de desenho animado.

A porta se abriu.

— Não achei que você fosse demorar tanto — disse Lou, deixando Katie entrar.

— Desculpa. Surgiu um problema e tive que resolver.

— A mamãe?

Katie hesitou, então respondeu:

— Na verdade, Fran.

Lou a encarou.

— Fran?

Katie contou para a irmã resumidamente o que tinha acontecido na casa da mãe. Lou ergueu ainda mais as sobrancelhas

— Fran tem uma *filha*?

— Bom, foi isso que a mamãe falou.

— Não acredito que ela não contou para a gente. Nunca entendi por que ela foi embora, para começo de conversa. Todas nós amávamos o papai. Não era como se ela o amasse mais.

— Talvez ela tivesse seus motivos.

— Talvez.

Katie massageou as têmporas. Sentia o princípio de uma dor de cabeça.

— Com sorte ela vai aparecer e a polícia vai achar a menina.

Se é que existe alguma menina, pensou.

— De qualquer forma, é melhor eu levar Sam e Gracie para casa.

Elas entraram na área aberta da sala e da cozinha. Sam estava entretido no iPad, Grace e Mia viam TV.

— Oi, pessoal — disse Katie, com a maior animação que conseguiu reunir. — Hora de dar tchau para a tia Lou.

— Vou pegar as coisas deles.

Lou voltou correndo para o corredor. Ela estava mais organizada que o normal, pensou Katie. Também tinha penteado o cabelo e passado maquiagem. Katie se perguntou por quê. Então viu uma jaqueta pendurada nas costas de uma das cadeiras da cozinha.

Lou voltou, segurando as mochilas e os casacos de Sam e Gracie.

— Cadê ele? — perguntou Katie.

— Quem?

Lou era uma péssima mentirosa. Ela seguiu o olhar de Katie e seus ombros caíram, o rosto voltando à expressão chateada de sempre.

— Não estava combinado de eu ficar com as crianças hoje. Já tinha planos. Não podia cancelar. Eu te fiz um favor.

Katie abriu a boca para reclamar, mas sabia que daquela vez estava errada.

— Você deveria ter me falado — respondeu. — Eu prefiro saber.

— Saber o quê?

Elas se viraram. Steve estava parado na porta, sem camisa, a pele brilhando com gotas d'água do banho. Ele era baixo e forte, tinha a cabeça raspada e tatuagens num dos braços. Como sempre, ele estava sendo superficialmente agradável, mas havia algo nele de que Katie não gostava. Talvez por saber que Lou normalmente escolhia os babacas, e estava sempre esperando o pior dele.

— Oi, Steve — respondeu ela, com o tom de voz neutro.

— Tudo bem, Katie. — Ele sorriu, e Katie teve certeza de que ele estava se divertindo com o desconforto dela ao vê-lo ali sem camisa. Steve estendeu a peça de roupa para Lou. — Faz um favor para mim e coloca isso para lavar junto com a jaqueta?

— Sem problema.

Lou pegou a camisa e a jaqueta na cadeira. Uma jaqueta de policial com faixas fluorescentes.

— Saiu do trabalho agora? — perguntou Katie.

— É, fiz umas horas extras. Mas agora vou ter alguns dias de folga. — Sem tirar os olhos dela, Steve estendeu a mão e apertou a bunda de Lou. — Estou planejando aproveitar bem.

Katie deu um sorriso tenso.

— Que ótimo. Bem, melhor a gente ir. Vamos, Sam, Gracie. Temos que ir para casa, está ficando tarde.

Ela ajeitou as crianças no carro, distraindo-as com perguntas sobre o dia, amigos, deveres de casa, o que tinham comido no almoço. Tudo isso recebia as mesmas respostas: "Legal." "Normal." "Não lembro." "Esqueci." "A gente pode ver TV quando chegar em casa?" "Tô com fome. Tem algum doce?"

Já estavam na metade da rua principal quando Gracie perguntou:

— Por que você se atrasou, mamãe?

Katie sorriu para ela pelo retrovisor.

— Foi só o trânsito, querida.

Quando chegaram, ela deixou os dois na sala e foi preparar um lanche para comerem antes de dormir. Enquanto servia o leite e pegava alguns biscoitos, ela pensou na mãe de novo.

"Ela veio aqui. Hoje."

Era verdade que a mãe já tinha inventado alguns dramas antes. Levada à histeria pelo álcool e pela paranoia. Mas algo no episódio daquela tarde estava perturbando Katie. Ela parecera ter tanta certeza. Mas era tão implausível. Por que Fran voltaria depois de tanto tempo? Será que a irmã realmente tinha uma filha? Era óbvio o que o jovem policial que atendera ao chamado pensava.

— Vou abrir um chamado — dissera ele enquanto Katie o acompanhava até a porta. — Ver se temos algum aviso sobre uma menina encontrada sozinha. Por via das dúvidas, né?

Por via das dúvidas. Katie entendeu o que ele quis dizer. Eu acho que sua mãe é doida, mas vou fazer umas perguntas por aí para aliviar minha consciência.

Ela havia assentido.

— Eu entendo. Obrigada.

— E se sua irmã entrar em contato, por favor, nos avise.

— Claro.

Ela observara enquanto ele entrava no carro e ia embora. Da cozinha, ouvira o tilintar da garrafa de vinho.

Não podia culpá-lo. Parte dela também queria rejeitar a coisa toda como invenção da mente bêbada da mãe. Mas não conseguia. E isso levantava algumas questões: se Fran tinha voltado, por que procurara a mãe delas? As duas nunca foram próximas. E se ela tinha uma filha, por que diabos deixara a menina lá e desaparecera? E *onde* a menina estava?

Ela arrumou o lanche numa bandeja e foi para a sala. Gracie estava vidrada na *Peppa Pig* e Sam, esparramado no sofá, vendo *Homem-Aranha* no iPad. Katie parou à porta por um momento, relaxando ao vê-los seguros e contentes no seu casulo.

O celular tocou. Ela voltou para a cozinha, pousou a bandeja na mesa e atendeu.

— Alô?

Não houve resposta, mas Katie ouvia uma respiração.

— Alô?

— Você é a Katie?

Uma voz de criança, hesitante, nervosa.

— Sim. Quem está falando?

Outra pausa.

— Meu nome é Alice. Fran me disse para ligar se eu tivesse algum problema.

Alice.

— Onde Fran está? — perguntou Katie.

— Não sei. Você pode me ajudar, por favor?

Katie ponderou. Deu uma olhada em Sam e Gracie. Quentinhos e seguros em sua casa aconchegante. Não podia deixá-los ali sozinhos. Então pensou: e se *eles* estivessem perdidos, sozinhos e assustados, no escuro? Ela gostaria que alguém os ajudasse.

Temos que encontrá-la. Antes que algo horrível aconteça.

— Posso. Me diga onde você está.

CAPÍTULO 35

Um corredor de hotel. Gabe atravessou-o aos tropeços, encarando as portas numeradas. Parecia tão estranho quanto uma nave alienígena. Conferiu o cartão em suas mãos: 421. Ele estreitou os olhos para as indicações nas paredes. Direita, depois esquerda, depois esquerda de novo, e ele chegou em frente à porta com o número certo.

Por um momento, não soube o que fazer com aquele pedaço de plástico. Então lhe ocorreu. Ele o passou na fenda na maçaneta. Um clique. Empurrou a porta e entrou.

Gabe apertou o interruptor. Nada. Tentou de novo, confuso. Então se lembrou. O cartão. Ele tinha que colocar o cartão no suporte ao lado da porta. Fez isso, e o quarto foi inundado de luz.

Olhou em volta. Para a maioria das pessoas, o quarto provavelmente pareceria pequeno, simples. Para Gabe, era imenso. Havia muito tempo que não dormia num quarto de verdade. Um quarto com cama de casal, mesa, banheiro. O contraste o atingiu como um soco. Ele morava há tanto tempo na van apertada que esquecera como era viver como uma pessoa normal. O espaço parecia extravagante. Assim como o preço. Ele tinha uma poupança com o dinheiro da venda da casa, e seus gastos eram mínimos. Mas não poderia bancar aquilo por mais do que algumas noites.

Ele largou a bolsa na cama e pegou os analgésicos. Foi até o banheiro e encheu um copo de plástico com água para tomá-los. Evitou se olhar no espelho. Gabe nunca gostara de espelho, e sabia o que este lhe mostraria. Um homem magro e pálido, de cabelo grisalho, com rugas demais para a idade. Com o rosto marcado por arrependimentos e esperanças perdidas.

Nós falamos sobre a vida como se fosse uma espécie de elixir mágico, pensou. Mas a vida é uma viagem demorada por uma estrada que leva à morte. Não importa quantos desvios você pegue, mais cedo ou mais tarde todos chegaremos ao mesmo destino. A única diferença é a duração da jornada. Gabe encostou a mão no ferimento na barriga. Naquela noite, ele quase pegara a via expressa.

Fechou a porta do banheiro e voltou para o quarto. Sentou-se na cama, perdido. O que fazer? Folheou sem muita atenção o livreto falando sobre os serviços do hotel. Televisão, wi-fi grátis, bar/restaurante e algo grudento entre as últimas páginas. Ele largou o livreto rapidamente.

Foram necessárias várias tentativas até que ele conseguisse sintonizar em alguns canais embaçados na televisão. Desistiu e vasculhou o quarto. Deu uma olhada no armário — alguns cabides antifurto e alguns travesseiros extras. Abriu as gavetas ao lado da cama. Vazias, com a exceção de uma pequena Bíblia. Gabe encarou o livro, pensando na outra Bíblia. Nas passagens sublinhadas. *Olho por olho. As Outras Pessoas.* Fechou a gaveta com força.

Era para ele estar exausto. E uma cama de casal era um luxo raro. Mas já tinha passado do ponto da exaustão. Estava alerta, tenso.

Pensou nos serviços do hotel. *Bar/restaurante.* Provavelmente não deveria beber depois de ter perdido tanto sangue e tomado os analgésicos. Mas estava ilhado num hotel estranho, sem propósito, sem comida e sem nada melhor para fazer.

Gabe pegou o cartão do quarto, o celular e desceu para o bar.

Ele pediu uma taça de vinho tinto e sentou-se a uma mesa num canto silencioso. Dos alto-falantes, Neil Diamond cantava "Sweet Caroline". Isso depois de Phil Collins ter cantado que ela era uma "*easy lover*", após Lionel Richie dizer *hello*. Gabe tinha certeza de que em algum momento Robbie Williams declararia seu amor por anjos. O que era um tanto irônico numa playlist obviamente vinda do inferno. Música de bar, ele pensou: música para gente bêbada, incapaz de fugir dela.

Tomou um gole do vinho. Estava meio amargo. Não tinha certeza se isso era indicativo da qualidade da bebida ou só do fato de que ele não bebia vinho havia muito tempo. Ele e Jenny costumavam abrir uma garrafa — ou duas — à noite. Sentavam no balcão da cozinha e conversavam sobre o dia entre as taças. Isso no início. Em seguida, ele acabara bebendo sozinho, com seu jantar requentado, depois que Izzy já tinha ido para cama e Jenny se deitara com um livro.

Ainda assim, ele realmente gostaria que Jenny estivesse ali. O pensamento entrou na sua mente de repente, como um gato de rua. E uma vez aconchegado ali, recusou-se a sair. Gabe se lembrou dos braços dela em volta dele, o cheiro cítrico dos seus cabelos. O hálito quente no seu rosto quando ela lhe dizia que ia ficar tudo bem.

Fazia muito tempo que Gabe não era reconfortado por alguém. Tocado por alguém. Ele tentava não pensar muito nisso, mas às vezes era impossível. Gostaria de ser parte de um casal de novo. Ter um corpo feminino ao seu lado à noite. Compartilhar sorrisos, beijos, piadas internas. Mesmo que, por bastante tempo, a comunicação entre ele e Jenny estivesse reduzida a silêncios frios. Ele sentia falta até disso.

Você não *precisa* de outra pessoa para ter uma vida completa. Mas a vida, como um quebra-cabeças com peças faltando, é difícil de se completar sozinho. E assim terminava a sessão de filosofia bêbada da noite. O celular de Gabe começou a tocar.

— Alô?

— Gabriel?

Uma voz de mulher. Só uma pessoa o chamava de Gabriel.

— Detetive Maddock?

— Pode falar? É um momento ruim?

— Sim. Quer dizer, não, eu posso falar.

— Onde você está?

— Num hotel.

— Não vai passar a noite na van hoje?

— Hoje não.

— Certo. Qual hotel?

— Hum, o Holiday Inn da saída 18. No bar.

— Ok. Chego aí em meia hora.

— Por quê? Quer dizer, eu não esperava notícias suas tão cedo.

— Houve um avanço.

— Que tipo de avanço?

— Explico melhor quando chegar.

— Não pode explicar pelo telefone?

— Não. — Uma pausa. — Você precisa ver isso.

CAPÍTULO 36

Katie estacionou perto do parque. Estava se sentindo nervosa e culpada. Nunca havia deixado Sam e Gracie sozinhos em casa antes. Jesus. Poderia ser denunciada para a polícia. Ela tinha trancado a porta, mas deixara uma chave com Sam. Na voz mais séria possível, dissera a ele para não abrir a porta para ninguém a não ser ela. Não levaria mais que meia hora.

Ele revirara os olhos.

— Eu não sou idiota.

— Eu sei. Você é bem crescido, e é por isso que estou confiando em você para isso.

— Onde você vai, mamãe? — perguntara Gracie, parada na porta da sala.

— Tenho que ajudar uma garotinha que está em perigo.

— Por quê?

— Ela é prima de vocês e está perdida, então vou trazê-la para cá.

— A gente tem outra prima? Qual o nome dela?

— Alice. E quando eu voltar vou fazer chocolate quente para todo mundo. Combinado?

— Oba! Chocolate quente!

O parque ficava a dez minutos de carro. Katie conhecia bem o lugar. Tinha brincado lá na infância e até levara as crianças uma ou duas vezes. Mas essa noite o parque parecia menor e em pior estado do que ela se lembrava. A rua parecia estreita demais, escura demais. Vários postes estavam apagados.

Ainda assim, a menina tinha sido esperta. A escola ficava logo adiante, e os pais muitas vezes levavam as crianças naquele parque para fazê-las gastar energia antes de ir para casa. É claro que às 19h30 todas as outras crianças já tinham ido embora — de volta para casas confortáveis e bonitas com famílias que as amavam. Ou pelo menos era isso que Katie gostava de imaginar. Talvez algumas fossem para casas em que os pais brigavam o tempo todo e jogavam coisas nas paredes, ou casas em que o papai estava ocupado e a mamãe não se importava, e elas precisavam se virar sozinhas. Era fácil imaginar que outras pessoas viviam em contos de fada, mas a verdade era que as portas bonitas, os vasos de flores e os gramados bem aparados não contavam a história toda.

Katie trancou o carro e olhou em volta. Nenhum sinal da menina; até as casas ao longo da rua pareciam silenciosas e vazias, só pequenos feixes de luz vazando pelas frestas das cortinas fechadas. Ela tremeu.

O que você está fazendo aqui, Katie? Devia estar em casa, com seus filhos. Deixe a polícia lidar com isso.

Ela fechou o casaco e ignorou aqueles pensamentos. Seja lá o que estivesse acontecendo, aquela menina estava em perigo, e, caso seus filhos estivessem sozinhos e com medo, Katie gostaria que alguém os ajudasse também. Era algo que o pai dela sempre dizia: *Se não for você, então quem?*

Katie entrou no parque e seguiu pela trilha que passava pelo pequeno lago. O parquinho ficava à esquerda. Parecia deserto. Ela pegou o celular e ligou para o número mais recente. Ao longe, ouviu o som de outro celular tocando. Esperou até que uma figura surgiu das sombras embaixo do trepa-trepa.

— Alice?

A menina parou, hesitante. Era bem magra e usava jeans, botas e um casaco escuro com capuz. Numa das mãos, segurava uma mochila cor-de-rosa decorada com flores roxas. Katie sentiu um aperto no coração. Alice parecia tão nova, tão vulnerável.

— Você é a Katie?

Ela assentiu.

— Sim, eu sou sua... — Ela hesitou. "Tia" parecia tão estranho quando tinham acabado de se conhecer. — Sou irmã da sua mãe.

A menina olhou para baixo, o rosto se escondendo ainda mais nas sombras.

— Fra... A minha mãe falou que, se alguma coisa acontecesse, eu devia ligar para você. Que você faria a coisa certa.

— Onde está a sua mãe, Alice?

— Eu... não sei.

— Ela está com algum tipo de problema?

Alice assentiu, então deu um pulo quando os arbustos à direita balançaram. Katie pulou também, tentando enxergar na escuridão. O nervosismo da menina era contagioso. Devia ser só um pássaro, ou o vento. Ainda assim, Katie se deu conta de que não queria continuar naquele parque deserto.

— Vamos — disse. — Está ficando tarde.

Alice atravessou o parquinho devagar, segurando a mochila como um escudo, os ombrinhos caídos. Ela parou a uma distância curta de Katie. Quando crianças estão assustadas, Katie pensou, elas se enrolam como porcos-espinhos, com os espinhos eriçados. Mas alguma hora, especialmente se estão cansadas e com fome, acabam relaxando.

— Você já comeu? — perguntou.

Alice balançou a cabeça.

— Você gosta de queijo quente?

Um aceno tímido.

— Meus filhos também.

— Você tem filhos?

— Tenho. Sam tem dez anos e Gracie, cinco. Eles gostam de queijo quente com ketchup. E você?

— Eu gosto de queijo quente... mas não de ketchup.

— Certo, só queijo então.

Katie percebeu os espinhos baixando gradualmente, os ombros da menina relaxando. Ela estendeu a mão. Depois de uma hesitação momentânea, Alice a pegou.

— Vamos para casa.

Alice permaneceu em silêncio a viagem toda, com a mochila no colo. Ela tinha feito um som estranho quando a menina se sentara, como se houvesse pedras ou algo assim dentro. Katie estava curiosa, mas não pressionou. As perguntas poderiam esperar. A polícia poderia esperar. Primeiro, a menina precisava de comida, descanso e uma cama quente.

Katie espiou Alice de novo quando virou na rua de casa. A menina tinha baixado o capuz, mostrando mais o rosto, que era pálido e delicado. Cabelo comprido escuro escorria pelas costas, mas Katie notou que as raízes eram mais claras. Quase louras. Tinta? *Por que alguém pintaria o cabelo de uma criança?*

Como se sentisse que estava sendo observada, Alice voltou os olhos para ela.

— Que foi?

— Nada — respondeu Katie, em um tom alegre. — Chegamos.

— Essa é a sua casa?

— Sim — respondeu Katie, de repente se dando conta de como era pequeno seu sobradinho, com seus vasos pendurados e plantas baratas.

— É bonita — disse Alice. — Um lar de verdade.

O sofrimento na voz dela fez Katie sentir um aperto no coração outra vez. Mas o que diabos sua irmã estava pensando? No que havia se metido? Katie não tinha sido próxima de Fran, mesmo antes de ela ir embora. As duas eram muito diferentes. Fran sempre fora tensa, impulsiva, contestadora. Parecida com a mãe, na verdade. Mas Katie não acreditava que ela abandonaria a filha assim, a não ser que tivesse um motivo muito bom, ou a não ser... que algo terrível tivesse acontecido.

— Certo. — Ela puxou o freio de mão. — Vamos arrumar alguma coisa para você comer.

Elas subiram os degraus até a porta. Katie inseriu a chave na fechadura e entrou.

— Voltamos! — gritou, levando Alice até a cozinha.

Sam e Gracie vieram correndo da sala, a curiosidade ganhando da televisão e do iPad.

— Esses são Sam e Gracie — apresentou Katie. — E essa é a Alice, sua prima.

— A gente não sabia que tinha outra prima — comentou Sam.

— A mãe da Alice mora longe — explicou Katie.

— Na Austrália? — perguntou Gracie. — Jonas foi morar na Austrália com a família, e é longe.

Katie sorriu para Alice.

— Jonas era da turma de Gracie no ano passado — explicou.

— Na Austrália existem umas aranhas do tamanho de um prato — disse Sam. — Mas elas não fazem mal. Já as pequenas podem até matar.

— Sam... — avisou Katie, mas Alice só sorriu.

— Viúvas-negras — disse Alice. — Elas ficam embaixo da tampa do vaso.

— Eca — comentou Gracie.

Sam sorriu, olhando para Alice com respeito.

— Você gosta do Homem-Aranha?

Alice deu de ombros.

— Acho que prefiro a Mulher-Maravilha.

— Eu gosto da Peppa Pig — informou Gracie.

— Peppa Pig é para meninas — retrucou Sam, superior. — Homem-Aranha é para meninos.

— Meninos e meninas podem gostar dos dois — comentou Alice.

Sam pensou nisso.

— Acho que sim. Quer ver meu jogo do Homem-Aranha?

— Quero.

— Boa ideia — disse Katie. — Por que vocês não ficam na sala enquanto eu preparo alguma coisa para a Alice comer? Já passou da hora de dormir, e ela ainda não comeu nada. Alice, pode deixar o casaco e a mochila na entrada...

— Não... obrigada.

— Perdão?

— Eu... eu prefiro ficar com a mochila.

Alice apertou-a junto ao peito.

— O que tem aí? — perguntou Gracie.

— Só... pedrinhas. Eu coleciono.

— Eu coleciono cards de Lego — disse Sam.

— Tudo bem — disse Katie devagar. A mochila florida claramente era um objeto de apego para ela. — Não tem problema. Só o casaco, então. Sam, pode mostrar para ela?

Sam levou a menina para a entrada, Gracie saltitando atrás. Katie pegou algumas fatias de pão e queijo e tentou ignorar a sensação estranha na boca do estômago. A sensação de que havia algo de muito errado ali. Alice estava nervosa e assustada, mas não nervosa e assustada *o suficiente*. Ela não parecia surpresa com o desaparecimento repentino da mãe. Nem tinha perguntado quando ela voltaria.

A minha mãe falou que, se alguma coisa acontecesse, eu devia ligar para você.

Por quê? O que Fran achava que podia acontecer? Por que tinha pintado o cabelo da menina? E ainda havia outra questão: Alice falara "Fran" em vez de "mãe", tanto ao celular quanto no parque, antes de se corrigir.

Katie deu uma olhada para a sala, de onde ouvia Gracie falar cheia de animação. Crianças são tão mais abertas, pensou Katie. Abertas a mudanças, a novas pessoas. E por isso são tão vulneráveis. É claro que Alice também era só uma criança, mas havia algo nela que deixava Katie nervosa. Uma sensação de que a presença dela era um risco a todos eles.

Ela esperava ter tomado a decisão certa.

Ela esperava não ter convidado um estranho ao seu ninho.

CAPÍTULO 37

Maddock entrou no bar, a bolsa pendurada no ombro, focada em algo no celular. Ela não ergueu os olhos ao se sentar à mesa de Gabe. Ele esperou. Lembrava-se dessas demonstrações de poder nos interrogatórios feitos pela polícia. A intenção era fazê-lo suar; perguntar-se o que eles sabiam; perguntar-se, mesmo sendo inocente, se era possível que encontrassem *alguma coisa* que o implicasse.

Depois de alguns segundos, Maddock pendurou a bolsa nas costas da cadeira, baixou o celular e o encarou. Ela não sorriu. Mas também, nunca sorria.

— Obrigada por me esperar.

Como se ele tivesse opção.

— Sem problema.

— Você está com uma cara péssima.

— Ser esfaqueado faz isso com a pessoa.

— Verdade.

— Por que você veio, além de me fazer companhia, é claro?

— Essa não é uma visita estritamente oficial.

— Ah.

— Então, em primeiro lugar, vou perguntar de novo, não oficialmente: onde você conseguiu aquelas fotos?

Gabe a encarou.

— Por quê? Você descobriu alguma coisa?

— Onde você conseguiu as fotos, Gabriel?

Ele se recostou e cruzou os braços. Sua barriga latejava.

A detetive o encarou.

— Está bem. Você sabe como são meus dias, em geral? Moleques esfaqueando outros moleques porque usaram o tênis errado na rua errada. Violência doméstica, em alguns casos contra mulheres que visitamos várias e várias vezes, mas que nunca fazem queixa até ser tarde demais e precisarmos lidar com um homicídio. Drogados, alcoólatras, pessoas com doenças mentais que deveriam estar em instituições recebendo o tratamento adequado, não vagando nas ruas sem tomar seus remédios, até que escalpelam alguém e acabam numa cela.

— Parece divertido.

— É uma maravilha. Mas aí, de vez em quando, surge um caso que o faz lembrar por que você entrou na polícia. Um que realmente o desafia. Um que fica se revirando no fundo da sua mente, que o mantém acordado à noite.

— Como o meu.

— Eu queria mesmo encontrar o culpado. Alguma coisa sempre pareceu errada. Eu nunca achei que tivesse sido um assalto.

— E por isso achou que eu estivesse relacionado com o caso.

— Em nove a cada dez casos, é alguém que a vítima conhecia. Mas eu nunca gostei daquela ligação anônima. Sempre me perguntei se havia um cúmplice. Talvez alguém que tenha se arrependido.

Ele tentou segurar a sensação familiar de raiva, trincando os dentes para se impedir de dizer algo de que se arrependeria.

— E daí?

— E daí que tenho um amigo que trabalha no necrotério. Eu estava passando por lá no caminho para casa, então perguntei se poderia ver os arquivos do caso da sua filha e da sua esposa, inclusive as fotos *post-mortem*.

Ela enfiou a mão na bolsa e tirou uma pasta de plástico grossa, pousou-a na mesa e então estendeu a palma acima.

— Antes que a gente continue, nesta conversa *não oficial*, quero fazer mais algumas perguntas.

— Está bem.

— Quantas fotografias da sua filha você diria que havia na sua casa?

— Talvez meia dúzia, mas as que estavam na parede eram antigas. A gente sempre falava em pendurar novas, as crianças crescem tão rápido, mas...

Ele parou de falar. Não o fizeram porque não parecera importante ou urgente.

— Você tem alguma fotografia mais recente de Izzy?
— Sim. No celular.
— Posso ver a última?

Gabe pegou o aparelho e abriu a imagem. Seu coração se partia um pouco toda vez que fazia isso. Era Izzy no parque perto da casa deles. Estava chupando um picolé e sorrindo para a câmera, os olhos fechadinhos.

Eles não saíam muito, só os dois, mas Jenny havia pegado um resfriado pesado, então ele se oferecera para levar Izzy para passear um pouco e deixá-la descansar. Tinha sido um dia quente, apesar da estação, céu azul, sol dourado. Izzy estava animada e conversadeira.

"*Papai, me empurra no balanço. Papai, olha só, vou descer o escorrega. Papai, olha só como eu pulo alto no trampolim.*"

Depois, os dois deram comida aos patos e se sentaram do lado de fora de uma pequena cafeteria, Izzy com um picolé de laranja grudento que deixara manchas no vestido cor-de-rosa. Tinha sido um daqueles breves momentos isolados de perfeição. Algumas preciosas horas em que tudo no seu mundo estava no lugar. Ele percebera que estava feliz.

Então acabara. Ele prometera a Izzy que fariam aquilo de novo. Mas é claro que nunca fizeram. Porque outras coisas — coisas bobas e sem importância — atrapalharam.

— Quando essa foto foi tirada? — perguntou Maddock.
— Hum, aqui está a data. — Ele lhe mostrou a tela do celular.

Ela estreitou os olhos.

— Vários meses antes dos assassinatos.
— Sim. Jenny estava ocupada. Nós dois estávamos.

Ele franziu a testa. Quanto os dois tinham parado de documentar cada momento da vida de Izzy? Quando sua família se tornara tão fragmentada?

— A foto usada pelos jornais era a da escola?
— Sim, do ano anterior.

Maddock tamborilou na mesa.

— Seu sogro fez a identificação formal. De quem foi essa decisão?
— De ninguém, na verdade. Era para eu fazer, mas então eu passei mal e desmaiei...
— Então você não viu a sua filha depois que ela morreu?
— Não.

Maddock mordeu o lábio. Obviamente tomou uma decisão.

— Certo. Essas são as fotos que você me deu.

Ela abriu a pasta e colocou as imagens de Jenny e Izzy na mesa, afastadas uma da outra. Então aguardou um momento enquanto Gabe olhava as imagens.

— Essa — Maddock tirou outra fotografia da pasta e pôs ao lado da foto de Jenny — é a foto da sua esposa que peguei no necrotério.

Gabe encarou a fotografia. Era idêntica à que Harry lhe dera. Ele não sentiu um aperto no coração. Ele já esperava por isso. Às vezes você simplesmente sabe. Jenny estava morta. Ele sentia o vazio que ela deixara.

Ele assentiu.

— Certo. São iguais.

Maddock enfiou a mão na pasta de novo.

— Essa é a segunda foto que consegui no necrotério.

Gabe ficou tenso. Era o momento da verdade.

— Essa é a menina que foi encontrada morta na sua casa. A menina que seu sogro identificou como sendo sua filha.

Ela pousou a fotografia na mesa ao lado da foto de Izzy.

O mundo de Gabe pareceu se expandir, contrair e despedaçar, tudo ao mesmo tempo. O rosto da menina era branco e delicado, cabelo louro penteado para trás da testa alta. Ela era tão parecida, até familiar, mas...

— Essa não é a Izzy.

— Não. Eu também verifiquei de novo o relatório do necrotério.

Ela suspirou e mostrou a imagem de um documento escaneado no celular. Uma frase havia sido circulada em vermelho: *Dente decíduo frontal faltando. Sugere trauma.*

Gabe encarou a detetive.

— Trauma?

— O dente foi arrancado. Foi encontrado na cena do crime.

A importância daquilo era clara.

— Izzy já tinha perdido esse dente de leite. Eu falei isso quando dei minha declaração.

Ela assentiu.

— Eu entendo como essa confusão aconteceu, mas ainda assim... Alguém devia ter percebido. — Ela se interrompeu. — Porra, *eu* devia ter percebido.

Um sorriso se abriu no rosto de Gabe. Ele não conseguiu segurar. Queria rir. Chorar. Pular. O tempo todo, ele sabia, mas não *sabia*. Não havia provas. Agora, ali estava. Prova.

— Sinto muito — disse ele. — Eu sei que é errado. Outra garotinha morreu, mas...

— Eu compreendo. Não é a *sua* garotinha. Não peça desculpas. Eu é que deveria pedir perdão. Você tinha razão. Sua filha não morreu naquela noite. Ela talvez ainda esteja viva. — Maddock se inclinou para a frente. — É por isso que, se você tiver qualquer informação que possa nos ajudar a encontrá-la, preciso que conte.

Gabe ficou dividido. Não devia nada a Harry, mas foda-se, Harry ainda devia uma explicação a *ele*. Queria olhar o sogro nos olhos e chamá-lo de mentiroso.

— Não, na verdade não.

— Certo — disse ela, num tom que deixava claro que não acreditava nisso.
— Há outra coisa que você precisa saber. Nós encontramos o carro.

Ele esperou, tentando parecer menos culpado do que se sentia.

— Sei.

— Tinha um corpo no porta-malas. Já em estado avançado de decomposição.

Ele se esforçou para parecer chocado.

— Meu Deus.

— É, e não é só isso.

— Não?

— Encontramos outra vítima por perto. Uma mulher.

Dessa vez a surpresa foi genuína.

— *Uma mulher?*

— Ainda não sabemos quem é. Nem sabemos se ela vai recuperar a consciência.

— Ela está viva?

Maddock fez uma expressão estranha.

— Se é que dá para dizer isso.

A mente dele estava tentando processar essa nova informação. Uma mulher. Mas quem seria?

— Gabriel, mais alguém sabia que o carro estava lá?

O Samaritano. Trabalho noturno.

Ele negou com um gesto de cabeça.

— Acho que não.

— Mas não tem certeza.

— Não.

— E você não chegou a abrir o porta-malas quando encontrou o carro.
— Não.
— Ótimo. Use essa história.
— *História?* Você acha que eu tive alguma coisa a ver com isso?
— Não, não acho. Mas se prepare para responder a muitas perguntas. Você vai ficar em evidência de novo, ok?
— Ok.
— E arrume um bom advogado.

CAPÍTULO 38

Por incrível que pareça, as crianças foram para a cama sem muitas reclamações, até Sam, que gostava de estender a rotina da hora de dormir o máximo possível. Ficarem acordadas uma hora a mais, além de toda a animação inesperada da noite, devia tê-las deixado cansadas. Para ser honesta, Alice parecia que poderia ter caído de cara no queijo quente. Ela bocejava a cada mordida e tinha olheiras embaixo dos olhos azuis. Katie se perguntou quando tinha sido a última vez que ela dormira ou comera bem.

Katie tinha encontrado uns pijamas antigos de Sam para ela usar, e depois de algum tempo localizou o colchão inflável no armário embaixo das escadas, enterrado sob várias caixas de tralhas. Ela encheu o colchão no quarto de Gracie, que ficou mais que contente com sua primeira festa do pijama.

Quarenta minutos depois, quando Katie foi verificar, estavam todos dormindo: Gracie de lado, apertando a Peppa Pig com um braço, o outro esticado por cima das cobertas; Sam na sua posição de estrela-do-mar de sempre, braços e pernas espalhados na cama, profundamente adormecido.

Só Alice não parecia relaxada, mesmo dormindo. Os joelhos estavam juntos do peito e, em vez de um bichinho de pelúcia, ela ainda abraçava a estranha mochila, como um escudo contra monstros invisíveis.

Katie ficou observando a menina por um momento, então fechou a porta do quarto e desceu pé ante pé para a cozinha. Pensou em fazer uma xícara de chá, então mudou de ideia e foi para a geladeira. Pegou uma garrafa de vinho branco três quartos cheia.

Ela não era muito de beber. O horário de trabalho tornava isso praticamente impossível, a não ser que começasse a beber de manhã. Além do mais, quando se tem um alcoólatra na família, o apelo de uma taça de vinho gelada diminui, porque está misturada a lembranças de gritos, coisas sendo quebradas, lágrimas e brigas.

Ainda assim, naquele momento, ela precisava de algo para entorpecer aquele nervoso no estômago. Katie serviu uma taça cheia e bebeu um gole, fazendo uma careta com o gosto amargo. Então se sentou no balcão e pegou o celular.

Não quisera insistir muito com Alice sobre o que havia acontecido ou onde Fran estava. A pobre criança claramente estava exausta e traumatizada. Mas Katie pediu o telefone da irmã. Alice concordou, relutante. Era um número diferente do que Katie tinha, mas o resultado foi o mesmo. Sua ligação recebeu uma mensagem automática: "O número que você ligou está fora de área ou desligado."

O que está havendo, Fran? Por que você voltou e onde está agora?

Qualquer que fosse a razão, devia ser desesperadora, para deixar Alice com a mãe delas. Por que não procurara Katie? Na verdade, ela sabia o motivo. Era porque tentaria convencer Fran a não fazer seja lá o que fosse fazer. Diria para procurar a polícia.

Esse era o seu papel. A filha boa, a filha confiável. A que ninguém achava que poderia perder. Fran não procurava Katie quando precisava de ajuda, mas certamente a usaria numa emergência. Como último recurso. A boa e velha, honesta Katie. A que sempre juntava os cacos, não importava que isso cortasse seus dedos.

Ela apoiou a cabeça nas mãos. Estava cansada. Sentia o peso da responsabilidade, dos eventos do dia, nas suas costas. Amanhã ela convenceria Alice de que precisavam falar com a polícia. Mas o que isso significaria para a menina? Serviço social. Orfanatos. Katie queria mesmo abandoná-la a serviço do Estado? Era só uma criança. Uma criança perdida e confusa. Katie era sua tia. Era da família, e tinha o dever de cuidar dela. Era isso que mães faziam. *Meu Deus, que confusão.*

Ela se levantou e jogou o resto do vinho na pia. Não estava ajudando em nada. Nunca ajudava. *Problemas flutuam*, pensou. Atravessou o corredor e quase caiu ao tropeçar em algo ao lado da escada.

— Merda.

Era uma das caixas que ficava dentro do armário. Ela devia ter esquecido ali depois de pegar o colchão inflável. Tinha batido o dedinho. Realmente precisava jogar algumas coisas fora. A casa era muito pequena, e eles guardavam tralhas demais. Fotos antigas, cartões, panfletos. Mas Katie tinha dificuldade para jogar coisas fora. Sabia como era fácil perdê-las. Vida, família, amor. Era tudo muito frágil. Talvez fosse por isso que ela guardasse aquelas fotos desbotadas e desenhos rabiscados em pedaços de papel amassados.

Ela se abaixou para empurrar a caixa num canto, mas algo no topo chamou sua atenção. Um desenho de Gracie. Uma família de bonecos de palitinho, com cabelos de cores estranhas, membros distorcidos e uma imensa casa gótica atrás, completa com nuvens de tempestade, arco-íris e aranhas. Meio fofo, meio pesadelo de Tim Burton.

Ela sorriu e ia guardá-lo de volta na caixa quando percebeu que o desenho tinha sido feito no verso de outra coisa. Ela virou o papel. O rosto de uma menininha sorria para ela.

VOCÊ ME VIU?

O panfleto. Ela pretendia procurá-lo, mas, com tudo o mais que havia acontecido, esquecera totalmente. Sentiu-se meio culpada de ter deixado Gracie desenhar no verso do papel, mas pelo menos tinha o telefone. Podia ligar no dia seguinte e descobrir como o homem magro — Gabe — estava. Afinal, ele não dispunha de mais ninguém para cuidar dele.

Ela podia reclamar da família às vezes, mas pelo menos tinha uma: seus preciosos filhos. Não podia imaginar a dor dele de ter perdido tudo — esposa, filha — de um jeito tão horrível.

Katie encarou a imagem. Izzy. Uma menininha tão linda... Cabelo louro. Olhos azuis. Sorriso banguela. Linda e estranhamente *familiar*. Havia algo nos seus olhos, no sorriso. Katie de repente teve a forte sensação de que já a tinha visto antes. É claro que já tinha visto o *panfleto*. Devia ser isso. Mas ainda assim, havia alguma outra coisa...

Ela ouviu um rangido na escada às suas costas e se virou. Alice estava parada no último degrau, o cabelo comprido e escuro emoldurando o rosto, os olhos assustados bem abertos, uma assombração de filme de terror japonês usando pijamas da Marvel.

— Alice! Que susto!

— Desculpa.

— Não, tudo bem. — Kate enfiou o papel no bolso do casaco e tentou forçar um sorriso. — Qual o problema? Não conseguiu dormir?

— Preciso falar uma coisa com você.

— Tudo bem. Vamos para a cozinha. Quer um pouco de leite?
— Não, obrigada.

Alice se sentou à mesa, ainda segurando a mochila, que tilintava sem parar. Por algum motivo — era bobagem, Katie sabia —, aquele barulho a irritava. *Clic-clac. Clic-clac.*

— Você está preocupada com a sua mãe? — perguntou Katie.

Um aceno.

— Bem, olha, amanhã a gente liga para a polícia...
— *Não!* — O grito de Alice foi angustiado.
— Mas eles podem ajudar.
— Não. — Alice balançou a cabeça. — Você não pode ligar para a polícia.

Katie a encarou, sem entender.

— Por que não?
— Fran disse que ela seria presa. Eu ficaria em perigo.
— Alice, por que você às vezes fala "Fran" em vez de "mãe"?
— Eu... — Ela olhou para baixo, com cara de culpada, pega na mentira. Então suspirou. — Porque ela não é a minha mãe de verdade.

Aí estava. De alguma forma, Katie percebera que havia algo de errado, muito errado, nessa história.

— Onde está sua mãe de verdade?
— Ela morreu.
— Sinto muito. Você foi adotada?
— Não.
— Então por que Fran está cuidando de você?

Alice mordeu o lábio. Katie teve a impressão de que fazia muito tempo que alguém não arrancava a verdade da menina; era como tirar um estilhaço de vidro de um ferimento.

— Uma coisa ruim aconteceu. Minha mãe morreu. Emily também. Fran me salvou.

Katie estava mais confusa do que nunca.

— Quem é Emily?
— A filha da Fran.
— Espera. Fran tinha uma filha que *morreu*?

Alice assentiu.

— É por isso que Fran precisa me manter em segurança. Ela não aguentaria me perder também.

Jesus. Katie tentou processar a informação. A filha de Fran estava *morta*? Então quem era essa menina? Onde estava a família dela? Será que ela tinha pai? Será que ele sabia onde ela estava, ou estava por aí, procurando por ela?

Foi então que a ficha caiu. A ideia a atingiu com uma força imensa.

A sensação de familiaridade. Os olhos, o sorriso.

Uma coisa ruim aconteceu. Minha mãe morreu.

A respiração de Katie estava presa na garganta. Meu Deus. Seria possível?

Ela tirou o panfleto do bolso.

VOCÊ ME VIU?

Katie olhou da foto para Alice. É claro que ela estava mais velha, o cabelo tinha sido pintado, seus dentes permanentes haviam nascido.

Mas não restava dúvida.

— O que é isso? — perguntou Alice.

Katie estendeu a mão e segurou a da menina.

— Querida, eu acho... que é você.

CAPÍTULO 39

Izzy adorava os filmes da franquia *Toy Story*. Gabe os achava terrivelmente tristes. O fim da infância. O medo de se tornar velho e indesejado. A certeza de que a vida segue em frente sem você.

Gabe se pegara refletindo sobre isso alguns meses antes do aniversário de quatro anos de Izzy. Jenny tinha lhe dado a tarefa de se livrar de alguns dos brinquedos velhos da filha, antes que a casa se enchesse dos novos.

"*É isso ou comprar uma casa maior.*"

Os dois sabiam que aquela não era uma possibilidade, não com a fragilidade nas entrelinhas do relacionamento. E Jenny tinha razão. A casa estava soterrada em plástico.

Ele encontrara Buzz sob uma pilha de aquisições mais recentes dentro da caixa de brinquedos de Izzy. Encarara o sorriso plástico: ao infinito e além, ou ao brechó beneficente? Gabe colocara o boneco de lado — *não conseguia, simplesmente não conseguia* — e começara e reunir alguns dos brinquedos mais antigos: imitações baratas da Barbie, um carrinho de bebê de brinquedo, bichos de pelúcia gastos e bobagens de plástico compradas para o Natal ou para o aniversário com que ela nunca tinha brincado. Ele dividira os brinquedos em dois sacos: um para doação, outro para o lixão. Quando terminara, já estava tarde demais para levá-los a qualquer lugar, então Gabe deixara os sacos na garagem e imediatamente se esquecera da existência deles.

Izzy não sentira falta dos brinquedos. Tinha vários novos troços de plástico que Gabe passara horas montando e dias tropeçando. Até que, algumas semanas depois, o tempo ficara surpreendentemente quente. Gabe abrira a garagem para pegar o cortador de grama, Izzy nos seus calcanhares. Seu rostinho ficou pálido.

— Papai, por que os meus brinquedos estão aqui? Você vai jogar fora?

— Bom, você não brinca com eles faz muito tempo.

— Mas eu quero brincar com eles *agora*.

Ela começara a revirar os sacos, determinada. Gabe tentara controlar a irritação.

— Izzy... Você está cheia de brinquedos novos lindos. Não temos espaço para tudo isso. Vou levar alguns dos velhos para doar. Sabe, que nem no *Toy Story*, quando Andy dá os brinquedos antigos dele para a menininha.

— E os outros?

Ele hesitara.

— Bom, eles vão para o lixão.

Izzy arregalara os olhos, horrorizada.

— Mas aí eles vão ser queimados.

Merda. Por que ele tinha mencionado *Toy Story*?

— Izzy, eles estão quebrados, com peças faltando...

— Mas a gente não pode deixar eles serem queimados só porque estão quebrados. O Woody estava quebrado e foi consertado.

Gabe tinha suspirado.

— Izzy, algumas coisas não têm conserto.

— Por quê? Por que a gente não pode salvar todos eles?

Então ela caíra no choro. Uma daquelas tempestades violentas e repentinas de emoção que se formam e explodem do nada. Gabe se ajoelhara e a abraçara enquanto ela soluçava, as lágrimas quentes molhando sua camiseta.

Gabe sentira sua dor. *Por que a gente não pode salvar todos eles?* Porque não podemos. Porque a vida não é justa. Porque temos que escolher, e às vezes essas escolhas são difíceis. Às vezes nem temos escolha. Nem tudo pode ser consertado com agulha e linha e cola, e nem todos nós vamos terminar nossos dias numa varanda ensolarada.

Gabe não falara nada disso. Só limpara o rosto da filha e perguntara:

— Quer tomar um sorvete?

Depois do que acontecera, em meio àquele abismo profundo de dor e escuridão, Gabe se vira com a tarefa de esvaziar o quarto de Izzy. Mas não conseguira. Ele se arrastara pelo quarto como uma criança perdida, incapaz de se desfazer das coisas dela, incapaz de se livrar de um prendedor de cabelo sequer. Por fim, tinha ligado para uma empresa de mudança e tudo — cada brinquedo, roupa e móvel — fora levado para um depósito.

Aqui. Ele estava num corredor com portas de garagem anônimas, iluminado por refletores de segurança. Número 327. Ele não voltava àquele lugar, uma construção industrial perto de Nottingham, havia quase dois anos. Muitas vezes pensara em esvaziar o depósito, doar seu conteúdo, cancelar o débito automático. Mas a lembrança do rosto de Izzy naquela tarde na garagem sempre o impedia.

"*Você vai jogar fora?*"

Se abrisse mão daquilo, seria o começo do fim. Ele a estaria deixando partir, abandonando a boia salva-vidas feita de esperança que o impedira de se afogar nos últimos três anos. Estaria admitindo que ela não ia voltar. Fim.

Gabe se aproximou do teclado ao lado da porta e digitou o código. O aniversário de Izzy. Afastou-se enquanto a porta abria e a luz automática piscava até acender.

Ele se preparou, mas a dor o atingiu mesmo assim, com força o suficiente para que ele recuasse. Tudo ali. A vida de Izzy. Os móveis do seu quarto, seus brinquedos, suas fotos, a casa de bonecas, a bicicleta. Tudo cuidadosamente empilhado naquele depósito frio e escuro, o contraste chocante das cores vivas com o cimento cinza. Brinquedos precisam que alguém brinque com eles, pensou. Woody tinha razão.

Ele entrou, tocou a cabeceira da cama, o patinete cor-de-rosa da Barbie, como se os objetos pudessem transmitir suas memórias para ele. Gabe percebia que estava tendo cada vez mais dificuldade de visualizar Izzy brincando ou dormindo. Ela estava desaparecendo, sumindo no passado. E ele não podia chamá-la ou correr atrás dela, porque estava preso no presente, e não é possível voltar atrás, só seguir em frente.

— Gabe?

Ele se virou. Harry estava na entrada, o cabelo branco brilhando na luz. Ele se apoiava na bengala, parecendo mais magro e mais corcunda que nunca.

Gabe deu um pequeno sorriso.

— Pode entrar. Sinta-se em casa.

Ele observou Harry dar um passo à frente, incerto. Então Gabe apertou o botão na parede. A porta automática baixou devagar, trancando os dois lá dentro.

— Mas que...? — Harry estreitou os olhos para ele. — O que diabos está acontecendo, Gabe? Que lugar é esse?

— É tudo que me restou dela.

Ele viu Harry franzir a testa e olhar em volta, absorvendo tudo aquilo. Observou cada pequeno movimento: o pomo de adão subindo e descendo, o tique acima do olho esquerdo, a mão trêmula.

— Você disse que era urgente. Que tinha algo que eu precisava ver.

Gabe assentiu.

— Sim. Eu queria que você visse isso. Queria que entendesse que nunca perdi a esperança. Que mantive tudo isso aqui porque queria estar pronto para receber a minha garotinha quando ela voltasse para casa.

— É por isso que você me arrastou até aqui no meio da noite? Pelo amor de Deus! — Harry suspirou, mas pareceu forçado. — Não sei o que mais posso fazer para ajudá-lo, Gabe.

— Pode me contar a verdade.

— Já contei.

— Não. Você mentiu. Desde o começo. Desde o dia em que identificou o corpo errado como sendo da minha filha. Aqueles comprimidos que Evelyn me deu funcionaram perfeitamente, não? Ou ela colocou alguma coisa no meu café antes de sairmos do hotel? Umas gotinhas de colírio, talvez? Quer dizer, foi arriscado, mas vocês conseguiram. Só preciso saber por quê.

O rosto de Harry recuperou parte da superioridade tranquila que lhe era comum.

— Eu sinto muito pelo que você sofreu. De verdade. Mas dessa vez você enlouqueceu. — Ele balançou a cabeça. — Abra a porta ou vou chamar a polícia.

— Pode chamar. Acho que vão querer falar com você sobre como falsificou a foto do necrotério e identificou erroneamente uma criança. A polícia *sabe*, Harry. Mas eu queria conversar com você primeiro.

Harry hesitou, o celular erguido na mão manchada pela idade. Gabe aguardou, sem saber se ele ia tentar enfrentá-lo. Então viu os ombros de Harry caírem em derrota. O velho se abaixou e se sentou na beirada da cama de Izzy.

Ele não parecia só velho, pensou Gabe, parecia doente. De repente conseguiu imaginar Harry dali a alguns anos, sentando-se numa cama de hospital daquele mesmo jeito, tubos presos aos braços, pernas brancas e magras por baixo da camisola fina. Antes o mestre daquele domínio, agora à mercê de médicos que haviam brincado de boneca enquanto ele brandia seu bisturi. A morte pode ser indiscriminadora, mas o tempo é impiedoso.

— Eu sempre achei que falsificar a foto era ir longe demais — disse Harry. — Mas guardei por via das dúvidas. Quando você me falou que tinha encontrado o carro, não tive escolha. Precisei usá-la, para convencê-lo a esquecer isso.

— Quase funcionou.

— É, quase.

— Foi o gato.

— Como assim?

— Naquela manhã, o gato arranhou o queixo de Izzy. Eu coloquei um curativo. Na foto não havia arranhão. Tinha que ter sido tirada depois.

Harry balançou a cabeça.

— Talvez seja melhor assim. Você não faz ideia de como tem sido difícil para mim, guardar segredo, esse tempo todo.

— *Difícil para você?* — repetiu Gabe, incrédulo. — Você tentou me convencer de que a minha filha estava morta. Você permitiu que eu me torturasse buscando por ela. Deixou outra criança ser enterrada em seu lugar. Como... Como pôde?

— "Esta consciência que faz de todos nós covardes." — A expressão de Harry ficou mais intensa. — Quando você tem um filho, é capaz de fazer qualquer coisa por ele. *Qualquer coisa.* Jenny era nossa única filha, nosso mundo. Izzy era nosso universo.

— Sei, por isso que vocês vinham visitá-las tanto.

— Evelyn nunca gostou de você.

— Não diga.

— Isso causava problemas entre ela e Jenny. Quando a verdade veio à tona... todos os segredos que *você* escondia, Gabe... percebi que Evelyn tinha razão. Você não merecia Jenny ou Izzy.

Gabe cerrou os punhos.

— Uma coisa não tem nada a ver com a outra.

— Tem *certeza*?

— Eu... — Ele se interrompeu.

Harry deu um sorriso desagradável.

— Você nunca se perguntou "Por que eu? Por que a minha família? Por que isso aconteceu"?

É claro que sim. Ele tinha se perguntado se merecia aquilo. Carma, *kismet*, destino.

Ou outra coisa.

Nós dividimos a dor... com aqueles que merecem.

A boca de Gabe ficou seca.

— Não foi um ataque aleatório, foi?

Harry olhou para Gabe como se ele fosse uma criança lenta finalmente somando dois e dois. Harry balançou a cabeça.

— Não. Foi por causa do que *você* fez. Com *ela*. A outra menina. A menina cujo nome você deu à sua própria filha, como uma piada doentia.

Gabe o encarou. Horror subia pela sua garganta.

— Isabella.

Ela dorme. A menina pálida no quarto branco. Ela não ouve as máquinas que apitam e zumbem ao seu redor. Ela não sente o toque da mão de Miriam nem percebe quando a enfermeira deixa o quarto. A menina pálida não ouve nem vê nem sente nada.

Mas ela sonha.

Ela caminha pela praia. O sol dourado toca sua pele de alabastro, e seu cabelo claro tem mechas quase brancas. Agora a esfera amarelo-manteiga está se pondo, derretendo lentamente no mar. Há uma brisa suave, que cria ondas leves na água, formando cristas espumosas.

Isabella ama a praia. Mas não deveria estar aqui. Deveria estar na aula de violino. Toda quarta-feira depois do jantar. Segunda ela tem aula de canto, e sexta, de piano. A mãe diz que ela tem um talento especial para a música; que está ajudando a menina a alcançar seu potencial. Mas às vezes Isabella sente como se a mãe estivesse tirando cada gota de alegria daquilo que ela ama, como um limão num espremedor.

Pelo menos as aulas de violino são fora de casa, no pátio à beira-mar da casa do professor. Ela toca melhor lá. Esse é o único motivo pelo qual a mãe concordou. Miriam, a governanta, deixa Isabella lá e a busca depois da aula. Sim, eles têm uma governanta. E uma faxineira e um jardineiro. Isabella sabe que é privilegiada.

O pai dela ganhara muito dinheiro e, quando ele morreu, na época que ela ainda era bebê, a mãe ficou com tudo. Elas moram numa casa grande, com jardins enormes, e a mãe gosta de pensar que está dando à filha única tudo que ela poderia querer, exceto, é claro, a única coisa que qualquer menina de catorze anos realmente quer: liberdade.

Isabella entende por que a mãe se preocupa. O pai morrera de repente. A mãe tem medo de perdê-la também. Então tenta construir muralhas em torno da filha. Para mantê-la em segurança. São lindas muralhas, mas não deixa de ser uma prisão.

Então, às vezes, Isabella procura pequenos momentos de fuga, como este.

O sr. Webster, seu professor de violino, está de férias por três semanas. Ela não contou à mãe. Depois da escola, deixa Miriam trazê-la para a casinha do professor como de costume. Então ela vem para a praia.

Isabella nunca se sente sozinha na praia. Mesmo conforme o verão vai embora, o lugar está sempre cheio de vida. Pessoas passeiam com seus cachorros, famílias fazem piqueniques, casais caminham de mãos dadas. E a praia. Tão viva, com as ondas batendo, as pedrinhas inquietas e as gaivotas barulhentas.

Embora a praia seja rochosa na maior parte, tem areia bem na beirada da água. Isabella gosta de tirar os sapatos e as meias e andar pela orla, deixando as ondas molharem seus pés, sentindo a areia puxar seus dedos.

Ela não pode trazer uma toalha, então só fica sentada no calçadão, esperando os pés secarem. Às vezes ela escreve notas musicais no caderninho que guarda no estojo do violino, melodias inspiradas pela natureza. Por fim, ela caminha pela praia e pega pedrinhas e conchas bonitas. Precisa ter cuidado ao esconder essas coisas quando chega em casa, para a mãe não perceber onde esteve.

Às sete da noite, Isabella sabe que seu tempo vai acabar. Ela olha para cima. Consegue ver sua casa ao longe, no topo dos penhascos. Sabe que a mãe vai estar sentada sozinha na imensa sala de estar, esperando por ela. Isabella suspira e se arrasta de volta pela praia, aproveitando seus últimos momentos de liberdade. As gaivotas gritam adeus. As ondas sussurram até logo. Sssssh. Sssssh. Ela vê algo branco brilhando entre as pedrinhas marrons. Uma concha. Ela se abaixa e pega.

É linda, rosa e branca. É raro encontrar uma tão grande e inteira. Isabella vira a concha para se certificar de que está vazia. Satisfeita, guarda seu tesouro no bolso do casaco. Dá uma olhada no relógio. Dez para as sete. Precisa se apressar.

Isabella sobe os degraus até o calçadão correndo. Há carros estacionados dos dois lados. Os últimos visitantes do dia, talvez tomando um café ou comendo peixe com fritas num dos cafés que pontilham o outro lado da rua.

Ela pega a concha do bolso, querendo admirá-la uma última vez. Lembra-se de algo que Miriam falou: "Se você colocar uma concha no ouvido, sempre vai ouvir o mar."

Miriam é cheia de ditados engraçados assim. Às vezes ela é um pouco séria demais, mas Isabella sabe que tem outro lado nela. Quando Isabella era pequena, Miriam cozinhava guloseimas com ela, criando pequenos bolinhos de fada e imensos pães de ló. Sempre que a mãe estava cansada demais, era Miriam quem brincava de esconde-esconde nos jardins ou lia para ela em tardes chuvosas. Agora que está mais velha, às vezes Miriam lhe empresta os livros de suspense que tem no quarto (em vez das obras de alta literatura que a mãe preferiria que ela lesse). É o segredinho das duas.

    Isabella sorri. Ela levanta a concha e começa a atravessar a rua. O mar ruge em seu ouvido. Talvez seja por isso que ela não escuta o ronco do motor.

CAPÍTULO 40

1996

Tudo tinha acontecido tão rápido. É isso que as pessoas sempre dizem, não? *Ah, meu Deus, tudo aconteceu tão rápido.* Mas não era verdade. Não para ele. Ele se lembrava de cada segundo agonizante, de cada som, de cada minúsculo detalhe. Os momentos finais dela eternamente gravados na sua memória em vidro e osso e sangue.

Nem era para ele estar dirigindo. O carro não era dele. Mas ele estava mais sóbrio que o resto do grupo: Mitch, Jase e Kev. Chamá-los de "amigos" era exagero. Na verdade, eram só os garotos com quem ele tinha crescido. Moravam no mesmo condomínio, estudavam na mesma escola. Unidos pelo acaso e pelo código postal.

Naquela noite específica, estavam largados num banco no gramado surrado atrás do posto de gasolina. Dale, o gerente, sabia que eles ainda não tinham dezoito anos, mas estava mais que disposto a vender bebida barata para eles. Ali, a rua se curvava na direção oposta do calçadão, com sua sequência de lanchonetes de frutos do mar, fliperamas, cafés ruins e lojas de lembrancinhas baratas. Quase dava para ver o mar e o píer.

Eles fumaram e beberam cidra, e, embora Gabe soubesse que deveria voltar para casa e começar o trabalho da faculdade, estava sentindo uma onda agradável. E fome.

Como se lesse seu pensamento, Jase dissera de repente:
— Porra, estou morrendo de fome.
— Eu também — concordara Kev, com a voz arrastada.

Mitch balançara as chaves do carro.

— Vamos para o píer, comer umas batatas, ver se tem alguma gata no fliperama.

Eram uns dois quilômetros do condomínio até a praia, dava para ir andando, mas Mitch tinha um velho Fiesta que dirigia para todo lado. Era o único deles que possuía carro. O tio comprara barato de um cara qualquer que conhecera no pub, e Mitch tinha instalado um rádio, luzes de neon e várias outras merdas que basicamente gritavam "Me parem!" para qualquer viatura policial.

— Vamos.

Mitch pulara do banco e imediatamente caíra de cara no chão. Jase e Kev gargalharam como hienas bêbadas. Mitch rolara e limpara o queixo. Vira o sangue nos dedos e rira também.

— Cara, eu estou tãaaaao bêbado.

— Não é melhor a gente ir andando? — sugerira Gabe, sentindo o efeito do álcool diminuir.

— Claro que não, porra — cuspira Kev.

Mitch tinha se sentado e parecera reconsiderar. Por um minuto, Gabe pensara que ele concordaria, e se Mitch concordasse o restante iria atrás, como cordeirinhos fumados.

Em vez disso, ele jogara as chaves para Gabe. Milagrosamente ele conseguira pegá-las.

— Eu não tenho carteira.

— E daí? Você não sabe dirigir?

Gabe sabia. Mitch tinha ensinado o básico a ele.

— Ga-be! Ga-be! — começara a cantar Kev, enquanto Jase sorria como um doido.

Gabe quisera recusar. O efeito da maconha e do álcool começara a passar, mas ele ainda estava acima do limite. Porém, se *ele* não dirigisse, Mitch pegaria o volante, e ele estava bem pior que Gabe.

Não é problema seu. Sai daí. Vai para casa.

Mas ele não podia fazer isso. Porque dizer "não" não tinha a ver apenas com dirigir o carro. Se ele fosse embora, aquele seria o momento em que Gabe os decepcionaria. O momento em que Gabe se tornaria um *viadinho*. O momento em que Gabe deixaria de fazer parte do grupo.

Gabe pegara as chaves, caminhara para o carro e entrara. Jase e Kev se enfiaram no banco de trás. Mitch viera aos tropeços e se jogara no assento do carona. Quando Gabe dera a partida, Mitch se inclinara e aumentara o volume do rádio que ele mesmo tinha instalado, os fios saindo para todos os lados. Prodigy retumbara pelos alto-falantes, fazendo o carro inteiro balançar.

— Isso aí! — gritara Kev.

Gabe tirara o Fiesta do estacionamento do posto devagar e saíra para a estrada. Ele mudara de marcha, passando para a terceira meio sem jeito.

— Cara, você dirige que nem a minha vó — reclamara Jase.

Gabe tinha feito uma cara feia, corando. Na verdade, pensara, se arrastar pela rua a vinte quilômetros por hora provavelmente era mais suspeito que acelerar. Ele pisara no acelerador e passara a quarta, chegando a quarenta, quarenta e cinco quilômetros por hora, então chegara a cinquenta quando entraram na estrada do penhasco. Apesar dos seus temores iniciais, a sensação era boa.

Ele seguira pela praia, as luzes brilhantes do píer se aproximando. À esquerda, o sol mergulhava no oceano, cobrindo o céu de cor-de-rosa e laranja. À direita, fileiras de pousadinhas simples, um borrão de pisca-piscas, letreiros neons e lustres de plástico. Prodigy gritava sobre começar incêndios. Ele pisara no acelerador um pouco mais quando o refrão começou...

E lá estava ela.

Num segundo o caminho estava livre; no seguinte, a menina estava parada no meio da rua.

Cabelo louro, quase branco, pele pálida. Não mais de catorze anos. Usando um vestido de verão amarelo simples e sandálias. Ela se virara. Seus olhos azuis se arregalaram, a boca se abrira num pequeno "ah" surpreso, como se chocada pela repentinidade e finalidade daquele encontro.

Gabe vira tudo aquilo, embora o momento só tivesse durado uma fração de segundo. Então ela sumira, voando pelos ares, por cima do para-brisa, como se uma rajada de vento abrupta a tivesse carregado. O impacto o lançara para a frente, o cinto de segurança o puxara para trás, machucando seu peito e ombro. A cabeça batera no apoio ao voltar.

Ele ouvira o grito dos freios embora não se lembrasse de ter pisado no pedal, sentindo o volante lutar contra o aperto de suas mãos, o carro girando, cantando pneu e por fim parando.

Eu bati nela. Eu matei ela. Eu bati nela. Eu matei ela. Merda, merda, merda.

Gabe percebera vagamente que as pessoas gritavam ao redor; as portas do carro se abriram, Kev e Jase saíram aos tropeços. Sentira alguém — Mitch — segurar seu braço. Ele permanecera encolhido, congelado ao volante, o coração tentando escapar do peito machucado, a respiração saindo em arfadas estranhas e curtas. Mitch se virara e saíra correndo, atravessando a rua e sumindo pelas ruas secundárias.

Gabe erguera os olhos para o retrovisor. A menina estava caída na estrada, vários metros atrás do carro. Imóvel, o corpo estranhamente retorcido.

Ele ouvia gritos. As pessoas saíam dos cafés e dos bares, atraídas pelo som dos freios, da comoção. Um homem grandalhão, que ele reconhecera como sendo o dono da sorveteria, pegara um celular tijolão e estava gritando para chamar uma ambulância.

Durante um momento, ninguém olhara para ele. Todos os olhares horrorizados estavam concentrados na menina.

Vai. Foge.

Gabe dera uma olhada para o píer. Ele conseguiria. Ainda conseguiria fugir. Arrancara as mãos do volante e meio caíra, meio tropeçara para fora do carro. Dera um passo à frente... então se virara e fora mancando até a menina.

Ela estava caída na rua em ângulos estranhos. Seus olhos estavam entreabertos, mas o rosto era uma máscara de sangue, e uma mancha escura se espalhara por baixo do cabelo louro-claro. Numa das mãos ela segurava uma concha, surpreendentemente intacta.

Gabe se ajoelhara ao lado dela. Sentira o cheiro de borracha, sal e algo mais sombrio e cruel. Segurara a mão da menina. As unhas estavam quebradas, os dedos, ralados.

Os olhos dela giraram na direção dele.

— A ambulância está vindo — dissera ele, sem saber se isso era realmente verdade. — Vai ficar tudo bem.

Embora ele já soubesse que não. Os ângulos estranhos dos seus membros. O sangue borbulhando no canto da boca. Lágrimas arderam no fundo dos olhos de Gabe.

— Desculpa.

A menina movera os lábios. Gabe se aproximara mais. A respiração dela era quente e metálica.

— Escuta...

Ela exalara a palavra com gotículas de sangue. E, embora fosse impossível, porque ela devia estar sentindo uma dor terrível e talvez até morrendo, parecera que a menina estava tentando sorrir.

— Consigo ouvir o mar.

CAPÍTULO 41

— Foi um acidente.

— Você estava bêbado.

— Eu tinha dezessete anos. Cometi um erro. Paguei o preço.

— Uma sentença suspensa, uma multa — bufou Harry.

— Foi um acidente. Ela atravessou sem olhar. Além disso, você sabe que não era isso que eu queria dizer.

— Talvez não tenha sido o suficiente.

Gabe balançou a cabeça.

— Faz mais de vinte anos. Por quê? Depois de tanto tempo?

— Não sei.

— *O que* você sabe?

— Só o que a mulher me contou.

— Que mulher?

— A mulher que está com Izzy.

Gabe não conseguiu se segurar. Apesar do repuxar dolorido dos pontos na sua barriga, ele pulou da cadeira e levantou Harry pelas lapelas, batendo o velho na parede de cimento.

— Qual é o nome dela? Onde ela está? Onde está a minha filha?

Harry era quase da altura de Gabe, que não era nenhum Adônis, mas ele sentia a fragilidade do homem ao segurá-lo. Músculos atrofiados sob as roupas de qualidade. O cheiro amargo de medo misturado à cara loção pós-barba. Sentiu uma pontada de culpa, mas era bem pequena.

— Não sei o nome dela. Não sei onde Izzy está.
— Mentiroso.
— É verdade.
— Izzy está em perigo?
— Não. Não é assim.
— Então como é? Me diga!

O rosto de Harry ficou pálido, a respiração rasa. Gabe soltou o homem, que se afundou na cama outra vez. Com um suspiro como o estertor da morte, ele disse:

— Depois da sua ligação naquela noite... Evelyn ficou histérica. Eu a convenci a tomar um remédio e tentar dormir. Eu mesmo não dormi muito. Acordei cedo e desci. Havia um envelope marrom no capacho. Sem selo mas com algo grande dentro. Quando abri, encontrei um celular e um bilhete: "Sua neta está viva. Pegue esse telefone e vá para o parque. Espere no banco perto do parquinho. Não entre em contato com a polícia."

— E você simplesmente obedeceu?

— Achei que tinha acabado de perder minha filha *e* minha neta. Agora alguém estava me oferecendo esperança, por mais louco que parecesse. — Ele olhou para Gabe com os olhos injetados. — O que mais eu poderia fazer?

Gabe engoliu em seco.

— Pode continuar.

— Então, sim, eu fui para o parque. Sabe qual é?

Gabe sabia. Eles levavam Izzy lá nas raras visitas a "vovó e vovô".

— Eu me sentei no banco e esperei. Passado algum tempo, o celular começou a tocar e eu atendi. Uma voz de mulher disse: "Olhe para os balanços." Eu me virei. E lá estava ela, *Izzy*, com uma mulher no parquinho. Ela me falou que, se eu quisesse ver Izzy de novo, precisava fazer exatamente o que ela dissesse. Ela falou que ligaria de novo dali a uma hora com instruções.

— E você deixou as duas irem embora?

— Como eu poderia persegui-las? Com quase oitenta anos. E estava em choque. Izzy estava viva. Era impossível, um milagre.

— Então *o que* você fez?

— Voltei para casa e contei para Evelyn. Achei que ela fosse dizer que eu estava louco ou exigiria que procurássemos a polícia, mas não. Ela segurou minha mão e disse: "Temos que fazer o que ela mandar. Qualquer coisa para recuperar nossa neta."

— Tipo me drogar, me impedir de ver o corpo, mentir na identificação?

— A mulher disse que a única forma de proteger Izzy era nos certificarmos de que todos acreditassem que ela estava morta.

Gabe o encarou. Os fatos se encaixaram num estalo doentio.

— Era filha *dela*, não era? A menina que morreu? A menina que você identificou?

Harry fez que sim, o rosto neutro.

— Por que diabo ela não procurou a polícia?

— Não podia. Disse que havia cometido um erro e se envolvido com algo fora do seu controle. Ela tentara salvar Jenny e Izzy, e isso tinha custado a vida da filha dela.

Gabe tentou imaginar quão apavorada uma pessoa precisaria estar para abandonar o corpo da própria filha e deixá-la ser enterrada com o nome de outra pessoa. Muito apavorada, ou ser algum tipo de psicopata.

— Como foi que ela encontrou você?

— Imagino que Izzy tenha contado onde nós moramos.

Talvez porque a mulher tenha dito a Izzy que ia levá-la de volta para a família, pensou Gabe. Ele tentou controlar a raiva.

— O que mais essa mulher falou?

— Que o que aconteceu foi uma vingança por algo terrível que você havia feito. Ela disse que as pessoas responsáveis nunca parariam de procurá-la se soubessem que Izzy ainda estava viva. Porque eles sempre pagam suas dívidas.

— Ela disse quem eram "eles"?

— Chamou de "as outras pessoas".

Gabe sentiu um arrepio frio na espinha.

— E você acreditou nela?

— Não sei bem no que acreditamos. Só queríamos nossa neta de volta. A mulher prometeu que, se fizéssemos isso, quando fosse seguro, ela traria Izzy e nós poderíamos ir para algum lugar seguro. Só nós três.

— Só vocês *três*?

— É o que Jenny ia querer.

— Como diabos você sabe o que Jenny ia querer?

— Eu sei que ela queria o divórcio. Ela contou para Evelyn.

Gabe o encarou, chocado. Divórcio. A palavra tinha pairado no ar entre eles algumas vezes, quase dita, mas sem nunca ganhar forma, por medo de que, caso se materializasse, se tornasse realidade.

Ele sabia que tinham chegado perto. Estava ficando cada vez mais difícil esconder de Jenny suas ausências às segundas-feiras. A agência era flexível com horários. Era uma indústria criativa e ninguém se importava que Gabe trabalhasse remotamente alguns dias por semana. Mas ainda assim houve vezes em que Jenny o flagrara, ligando para o escritório e descobrindo que teoricamente ele estava trabalhando de casa.

"Você está tendo um caso?", perguntara ela diretamente uma noite.

Ele negara furiosa e decididamente, e — *graças a Deus* — ela vira a verdade em seus olhos. Mas sabia que ele estava mentindo sobre *alguma coisa*. No fim das contas, não fazia diferença se era ou não um caso. Era sua falta de honestidade, a falta de confiança, que estava criando um abismo insuperável entre os dois.

Mas ele não tinha ideia de que Jenny contara a Evelyn, uma mulher que certa vez havia descrito como "tão maternal quanto a Malévola".

Gabe balançou a cabeça.

— Ela nunca me disse nada.

— Ela queria sair de perto de você — rosnou Harry. — Se tivesse feito isso antes, talvez ainda estivesse viva.

Gabe queria argumentar, negar, mas não podia. Era verdade. Se ao menos ela tivesse ido embora. Se ao menos o odiasse mais.

— Então por que Izzy não está com vocês agora?

Harry comprimiu os lábios.

— Deixe-me adivinhar — continuou Gabe, amargurado. — Nunca era seguro. Era sempre na semana que vem, no mês que vem, no ano que vem.

— Foi culpa *sua*. Você não desistia. Não parava de procurar, remexer nas coisas, atrás da porcaria do carro. Você estragou tudo.

— Por que diabos vocês não ligaram para a polícia?

— Ficamos com medo. Pensamos que, se fizéssemos isso, nunca veríamos Izzy de novo.

— Como você sabe que ela ainda está viva? Essa mulher, essa mulher *sem nome*, poderia estar mentindo o tempo todo.

Harry hesitou. Seus olhos passearam pelo depósito como se buscassem um lugar seguro para pousar.

— A cada três meses recebíamos uma foto ou um vídeo. Então sabíamos que Izzy estava em segurança.

— Você ainda tem o telefone que ela deu?

— Tenho.

— Quero ver.

— As imagens eram criptografadas. Só podiam ser vistas durante vinte e quatro horas, depois eram deletadas.

— Então ligue para a mulher — disse Gabe. — Diga que precisa encontrá-la.

— Não vai funcionar.

— Invente alguma história para convencê-la. Você é bom nisso.

— Tentei ligar para ela depois que recebi sua mensagem. Ninguém atende.

— Tente de novo.

— Você não entende. O número está indisponível. Mesmo se eu quisesse, não tenho como ajudá-lo. Ela sumiu.

Sumiu. Com Izzy. Gabe queria socar a parede de tanta frustração. Então ele se lembrou do que a detetive Maddock dissera:

Encontramos o carro. Encontramos outra vítima por perto. Uma mulher.

— Harry, quando eu contei a você que havia encontrado o carro, você avisou à mulher?

Ele teve a decência de parecer envergonhado.

— Sim.

— Meu Deus!

— O quê? — Harry olhou para ele de um jeito estranho.

— Tinha um corpo no porta-malas. Já bastante decomposto, devia estar lá havia algum tempo. Quando a polícia tirou o carro do lago hoje, encontraram uma mulher por perto, quase morta.

Gabe viu a compreensão nos olhos pálidos de Harry.

— Você acha que é a mulher que levou Izzy?

— Acho que, depois que você contou a ela sobre o carro, ela voltou lá, talvez para destruir as provas.

— Mas então, se era ela...

— Onde está a minha filha, porra?

CAPÍTULO 42

Enquanto o *Titanic* afundava, a banda continuou a tocar. Todo mundo já ouviu essa história. Mas com frequência Katie se perguntava por quê. Negação, senso de dever ou simplesmente necessidade de se concentrar em algo familiar e reconfortante quando tudo estava perdido? Quando o pior já tinha acontecido?

Ela se sentia como um dos músicos do *Titanic* naquela manhã. Cantando enquanto Roma queimava. Fazendo todas as coisas normais quando tudo estava longe da normalidade.

Katie serviu o cereal, encheu as tigelas de leite, passou manteiga nas torradas e serviu o suco de laranja. Ela fez uma xícara de chá, então deixou Sam e Gracie na frente da televisão enquanto procurava na secadora os casacos e as meias da escola desaparecidos. Tudo isso tentando ignorar a voz na sua mente que não parava de gritar: *Iceberg! Iceberg!*

você me viu? *Acho que é você.*

Alice (ela não estava pronta para ser chamada de Izzy) ainda estava na cama. Já passava das onze da noite quando Katie a colocara para dormir de novo. A menina assimilara a revelação com calma. Uma calma desconcertante. Apesar dos esforços de Katie para tirar mais informações dela, Alice dizia não se lembrar de nada da noite em que a mãe morrera. Só que havia sido ruim. Fran a salvara. Ela repetia isso como um mantra, como se tivesse decorado. Mas Katie não estava tão certa disso.

É verdade que a maioria das crianças, quando chega aos oito ou nove anos, esquece eventos dos seus primeiros anos. *Amnésia infantil.* Algo relacionado ao crescimento rápido do cérebro e à criação de novas conexões neurais.

Mas se Katie estava certa e Alice era quem ela pensava ser, teria cinco anos na época do assassinato da mãe. Grande o bastante para ter *alguma* memória, mesmo que seu cérebro tivesse feito o trabalho de apagar algumas coisas traumáticas para protegê-la.

Lembranças não evaporam. Estão mais para chaves perdidas. Você pode tê-las guardado em algum lugar ou jogado no fundo de um poço porque não queria abrir determinada porta nunca mais, mas elas continuam em algum lugar. Você só precisa dar um jeito de recuperá-las.

Seu primeiro instinto fora ligar para Gabe. Ele merecia saber que a filha estava viva. Que tinha razão, esse tempo todo. E se Alice visse o pai, talvez algumas memórias da sua vida de antes voltassem.

Mas então Katie reconsiderou. Talvez Gabe ainda estivesse no hospital, e Alice precisava descansar, ter tempo para se acostumar com a ideia. Se Gabe insistisse em vê-la imediatamente (o que sem dúvida aconteceria), poderia ser demais. Para os dois. Além disso, Katie queria ter *certeza*. Não queria criar esperanças no pobre coitado só para destruí-las em seguida.

Depois de colocar Alice para dormir, ela passara horas na internet atrás de informações sobre o crime. Três anos antes (então a idade da menina estava correta). Noticiado por todos os jornais na época. Ninguém havia sido capturado e não parecia haver motivo, não depois que Gabe fora absolvido. Nada fora roubado. Não havia sinais de arrombamento. Como se o assassino tivesse sido convidado a entrar.

E talvez tivesse sido mesmo, pensou Katie. *Afinal, quem ficaria com medo de uma mulher com uma criança?*

Ela sentiu uma nuvem gelada invadindo-a e envolvendo seu coração. O que estava sugerindo? Que Fran tinha participado de alguma forma. Mas e a *filha* dela? Se Alice dissera a verdade, a menina tinha sido morta também. Katie se recusava a acreditar que Fran deixaria a própria filha ser ferida. Então, qual a explicação? Fran só estava no lugar errado, na hora errada? Ou a resposta residia entre os dois extremos? Ela era cúmplice? Estava envolvida numa situação que saiu do controle? Em que a única opção era pegar uma das crianças e fugir? Mas fugir de quem?

Katie pensou no cartão-postal de novo.

Fiz isso pelo papai.

Ela pegou a xícara de chá e tomou um gole. Como era de esperar, já tinha esfriado. Às vezes, parecia que sua vida inteira podia ser medida em xícaras de chá não bebidas. Ela estava prestes a jogar o chá na pia e fazer um novo quando a campainha tocou.

Katie pulou. Meu Deus, seus nervos estavam à flor da pele naquela manhã. Ela saiu para o corredor. Pelo vidro no topo da porta, viu o que parecia ser uma jaqueta policial fluorescente.

Fran. Será que a encontraram?

Abriu a porta.

— Tudo certo, Katie?

Ela demorou um momento para reconhecê-lo. Só havia encontrado o namorado da irmã algumas vezes e, embora soubesse no que ele trabalhava, nunca o tinha visto de uniforme.

— Steve? O que você está fazendo aqui?

— Não acordei você, acordei?

Ele sorriu. Katie sentiu o impulso de fechar o roupão um pouco mais.

— Na verdade, eu estava tomando café.

— Certo. Posso entrar?

Ela hesitou. Gracie e Sam ainda estavam parados na frente da TV. Alice estava dormindo no andar de cima. Mas se ela descesse...

— É importante.

Com relutância, ela assentiu.

— Tudo bem.

Katie o acompanhou até a cozinha, embora algo a incomodasse. Como Steve sabia o endereço dela? Verdade, ele era policial, mas havia algo estranho.

Ela fechou a porta da cozinha e se virou para encará-lo, forçando um sorriso.

— Então, o que houve?

Ele olhou em volta.

— Não vai me oferecer um chá?

Ela lutou contra o instinto de ser educada.

— Tenho que levar as crianças para a escola. Você disse que era importante.

A expressão dele fechou na mesma hora. Ela pensou em Lou, nas suas escolhas ruins, em como um uniforme não era indicador de caráter.

— É sobre sua irmã, Fran.

Katie ficou tensa.

— O que você sabe sobre a minha irmã?

— Sei que ela se meteu em problemas e vai envolver você também.

— Não vejo minha irmã faz nove anos.

— Cadê a menina, Katie?

Uma dose de medo a percorreu. Como foi que ele sabia sobre Alice? O que estava acontecendo?

— Como assim?

— Se estiver escondendo a menina, está obstruindo a justiça.

Ela tentou manter a voz firme.

— Achei que você trabalhava no departamento de trânsito, não no de pessoas desaparecidas.

— Eu sei que ela está aqui. É só me entregar a menina que vai ficar tudo bem.

De repente, ela entendeu o que a estava incomodando. Ontem, Steve dissera que tinha dois dias de folga. Mas ali estava ele, de uniforme.

Iceberg, Iceberg.

— Mas você está trabalhando hoje?

Ele suspirou e ergueu as mãos.

— Você tem razão. Não é assunto da polícia. Pode chamar de cobrança de dívidas. Sua irmã está devendo, e é hora de pagar.

— Quero que você vá embora, por favor.

— Tudo bem.

Ele sorriu. E deu um soco na cara de Katie.

Seu nariz explodiu com um barulho agonizante. Ela tentou gritar, mas a garganta estava cheia de sangue. Katie engasgou e tropeçou para trás. Steve a segurou antes que caísse no chão, empurrando-a contra a pia.

— Não é nada pessoal. Só estou fazendo uma hora extra.

— Para... quem? — ela forçou as palavras.

— Ah, acho que você sabe.

Ele sussurrou o nome na sua orelha, os lábios dele tocando sua pele. Suas entranhas foram tomadas pelo terror.

— Mas... e... Lou?

Um bufo irônico.

— A vadia gorda da sua irmã? Era trabalho, não lazer. Só para ficar de olho.

Ele agarrou o pescoço dela com as mãos e apertou. Katie tentou gritar, respirar, mas o nariz estava quebrado e a garganta, quase bloqueada. Vindo da sala, ela ouvia baixinho o tema de *Scooby Doo*. *Meu Deus, e se as crianças entrarem? E se ele machucar meus filhos?*

Ela tentou arranhar o rosto dele. Steve apertou sua garganta com mais força. Katie chutou e se debateu, tentando se soltar, mas ele era forte demais.

Steve aproximou o rosto do dela.

— Preferia que tivesse sido você. Se eu tivesse mais tempo, a gente poderia se divertir bastante.

Pelo canto do olho, ela viu um movimento. A porta abriu. Alice entrou na cozinha. *Não*, pensou Katie. *Não. Não entre aqui. Vá embora. Corra. Pegue Gracie e Sam e fujam.*

Mas Alice não fugiu. Ela se aproximou e girou algo por cima da cabeça. Um chocalhar, um baque pesado, e a pressão na garganta de Katie sumiu. Ela respirou fundo. Steve tropeçou para o lado, caindo em cima da mesa e das cadeiras.

Antes que ele se recuperasse, Alice ergueu a mochila e girou de novo. Ela atingiu o crânio dele com um *crec* satisfatório. Dessa vez ele desabou no chão, apagado.

Jesus. Alice tinha acabado de agredir um policial.

Um policial que estava tentando matá-la.

Se não estivesse com tanto medo e tanta dor, Katie teria rido da insanidade daquilo tudo. Arfou mais algumas vezes, o ar arranhando na garganta. Alice ficou parada, ainda segurando a mochila, como se estivesse tentando decidir se deveria bater mais uma vez. Katie forçou as pernas trêmulas a caminhar até ela e envolveu seus ombrinhos com o braço.

— O que tem aí? — perguntou ela com a voz arranhada. — Tijolos?

Alice balançou a cabeça.

— Pedrinhas.

É claro.

— Mãe?! O que houve?

Ela se virou. Sam estava na porta com Gracie. Os dois a encaravam horrorizados. Gracie começou a chorar.

— Mamãe! Você se machucou!

Katie correu até eles e abraçou os dois.

— Está tudo bem, tudo bem.

— Por que o tio Steve está no chão?

Ela deu uma olhada em Steve. O golpe o nocauteara, mas ela não via sangue. Por um lado, provavelmente era melhor assim: matar um policial seria um problema bem maior. Por outro lado, ele ia acordar.

A gente poderia se divertir bastante.

— Vou explicar depois. Agora, preciso que vocês calcem os sapatos e vistam os casacos. Temos que ir. *Agora.*

CAPÍTULO 43

— Quero que você visite Isabella.

Assim começara sua verdadeira sentença.

No que se tratava do julgamento, a idade e os bons antecedentes de Gabe tinham pesado a seu favor. As testemunhas confirmaram que a menina não olhou antes de atravessar na frente do carro. Ele não conseguiria parar a tempo. Enquanto os outros meninos fugiram da cena, Gabe ficara segurando a mão da menina até a ambulância chegar. Em meio ao choque e à confusão, as pessoas não perceberam que ele era o motorista. Porém, provavelmente estava acima do limite de velocidade, embriagado e, embora a menina tivesse sobrevivido, por pouco, seu advogado avisara que havia poucas chances de evitar algum tempo de prisão...

Se não fosse pela carta.

Charlotte Harris, a mãe da menina — cujo nome ele agora sabia que era Isabella —, tinha escrito ao juiz. Ele não chegara a ver o conteúdo da carta, mas depois descobrira que Charlotte era influente. Ela pedira leniência.

E pedira para conhecê-lo.

Eles se sentaram na imensa sala de estar. Janelas com varandas e grandes portas duplas davam vista para os penhascos cinzentos. O gramado exuberante se estendia como um carpete verde até a piscina brilhante. Ao redor dos dois, porcelana, mármore e cristal reluziam.

Lindo. Ainda assim... Gabe tivera dificuldade de imaginar uma adolescente, com toda a falta de jeito, vivacidade e bagunça, morando ali. O espaço imenso parecia vazio. Ele se perguntara se em algum momento tinha sido cheio de vida.

Charlotte Harris servira água em copos de cristal. Como a casa, ela era elegante e séria; cabelo louro-claro, vestido imaculado cor de creme, pérolas brilhantes.

— As visitas se darão toda segunda-feira às duas da tarde em ponto. Por exatamente uma hora. Onde quer que esteja, o que quer que esteja fazendo.

— Por... por que segunda?

Charlotte havia encarado Gabriel com frieza.

— Isabella nasceu às duas horas de uma segunda-feira. — Ela deixara aquela ideia pesar nos seus ombros antes de continuar. — Você não pode discordar deste dia ou deste horário. Vai continuar visitando Isabella sem falta até o dia em que ela se recuperar.

Gabe a encarara. Isabella estava num estado vegetativo permanente. Ninguém sabia quando ou se ela recobraria a consciência, quanto mais se ela se recuperaria.

— Mas e se... — Ele engolira em seco. — E se ela não se recuperar?

Charlotte sorrira, e Gabe sentira o ódio emanando de cada poro da mulher.

— Então você vai visitá-la sem falta até o dia em que um de vocês dois morrer. Compreende?

Ele compreendeu.

Toda segunda-feira Gabe se sentava ao lado de Isabella, enquanto as máquinas zumbiam e apitavam ao redor. Conversava com ela, lia para ela; às vezes segurava sua mão macia e fria.

Isabella dormia. Uma menina pálida num quarto branco.

Ele continuou visitando enquanto estudava na escola politécnica local, escolhida por ser perto o bastante do hospital para que ele fosse a pé.

Ele continuou visitando depois de terminar os estudos, trabalhando à noite num pub e fazendo serviços como freelancer para uma agência de publicidade para manter os dias livres. Quando a agência lhe oferecera uma vaga fixa de redator, ele negociara um corte no salário já baixo em troca das tardes de segunda-feira livres, mentindo sobre precisar visitar a mãe no hospital, embora sua mãe já tivesse morrido àquela altura.

Ele continuou visitando quando a mãe de Isabella a transferira do hospital para um anexo construído especialmente para ela na casa remota dos penhascos, pegando dois ônibus e andando um quilômetro do ponto de ônibus até lá.

Ele continuou visitando depois de ter sido contratado por uma agência de primeira linha a quilômetros de distância, em Nottingham, negociando dois dias de trabalho remoto por semana para poder dirigir as quatro horas indo e voltando de Sussex.

Ele continuou visitando depois de conhecer Jenny. A vontade de contar a ela, de dividir tudo com a mulher que amava, era imensa, mas ele não conseguira. Não aguentaria ver a decepção nos olhos dela.

Ele continuou visitando quando deveria estar passando férias com a esposa e a filha, inventando desculpas cada vez mais elaboradas para evitar passar mais de uma semana fora. Tinha comprado passagens de volta para casa mais cedo, perdido trens de propósito, fingido doenças e até inventado o funeral de um velho amigo. Tudo para manter sua promessa.

Ele a visitara enquanto Jenny estava em trabalho de parto.

Ele a visitara durante a primeira apresentação de Natal da escola de Izzy e durante seu terceiro aniversário.

Ele a visitara enquanto a esposa era morta e sua filha, sequestrada — a terrível ironia daquilo só o atingindo mais tarde.

Ele a visitara depois, lutando contra a multidão de repórteres e fotógrafos do lado de fora da casa, perseguindo-o com acusações e histórias sobre o antigo crime.

Homem suspeito dos assassinatos da esposa e da filha deixou menina em coma.
Pai cuja família foi assassinada visita adolescente que quase matou.
A primeira vítima.

Ah, sim. Gabe compreendia.

Ele compreendia que Charlotte o fizera mais prisioneiro do que se estivesse atrás das grades. Preso à Isabella pela vida inteira.

— É por isso que nada faz sentido. Charlotte queria que eu pagasse. Mas não assim.

Ele se virou para o Samaritano. Os dois estavam no viaduto acima da rodovia, os carros estacionados ali perto. O policial não havia voltado à van de Gabe na noite anterior. Gabe achou que o Samaritano soou meio decepcionado ao dizer isto.

— Você destruiu a vida da filha dela — argumentou. — Ela tinha uma boa razão para querer destruir a sua vida.

O vento lançou gotas de chuva gelada no rosto deles. Gabe ergueu a gola do casaco até o queixo. O Samaritano se apoiou na grade, sua jaqueta e camiseta pretas de sempre, parecendo nem notar o clima. Lá embaixo, na rodovia, o tráfego matinal seguia rápido e constante. Como um rio, nunca parava, não totalmente. Sempre havia mais carros, mais jornadas.

— Charlotte não está por trás disso — retrucou Gabe com firmeza. — Ela não contatou As Outras Pessoas.

— Como você pode ter tanta certeza?

— Para começar, Charlotte odiava tecnologia. Miriam uma vez me disse que ela nem tinha celular. Não fazia ideia do que era o Google, que dirá a dark web.

— Talvez ela tenha arrumado alguém para ajudá-la.

Gabe fez que não com a cabeça.

— Não. Era uma reclusa, sem família ou amigos.

— As pessoas podem surpreendê-lo — disse o Samaritano. — Em geral, negativamente. E Charlotte Harris parece complicada.

— Ah, era mesmo.

Charlotte Harris era refinada por fora, mas cheia de veneno por dentro. E Gabe tinha certeza de que ela sentiria uma grande alegria ao ver seu tormento depois de perder a esposa e a filha.

Mas ela não teve essa oportunidade.

O Samaritano o encarou.

— *Era?*

Gabe deu um sorriso triste.

— Charlotte Harris está morta. Ela morreu um ano antes de Izzy nascer.

CAPÍTULO 44

Eles se sentaram a uma mesa grudenta de uma cafeteria na rodovia. O lugar fedia a comida velha, e as luzes fluorescentes deixavam todo mundo com cara de zumbi. Uma jovem servia os clientes atrás do balcão. Katie meio que esperava ver uma versão paralela de si mesma aparecer e começar a empilhar as xícaras.

Estavam algumas saídas ao sul de Newton Green. Katie não quis arriscar voltar ao seu local de trabalho. Para começar, Steve sabia onde era. Poderia ir atrás dela. Antes, isso pareceria paranoia, mas não mais.

A cafeteria estava um terço cheia, as outras mesas ocupadas por uma mistura de viajantes: alguns trabalhadores jovens devorando fatias de bacon e olhando os celulares; alguns aposentados conversando e tomando chá; uma jovem mãe com um bebê na cadeirinha.

Os clientes entravam e saíam dali com mais regularidade que numa cafeteria no centro da cidade. Um fluxo constante de estranhos. Era com isso que Katie contava. Algum lugar seguro, anônimo, cheio. Assim ela teria algum tempo para pensar. Recalibrar.

Ela comprara livros de passatempos e canetinhas coloridas na loja, além de analgésico e curativos para o nariz inchado. Então comprou milk-shakes e bolo de chocolate e sentou as crianças a uma mesa no canto.

Por enquanto, elas pareciam ter aceitado a situação. Crianças eram assim mesmo. Conseguiam se adaptar, lidar com o momento atual. É claro que fizeram perguntas, que Katie tinha tentado contornar o melhor que pôde.

Por que a gente fugiu? O que aconteceu com o tio Steve? Ele não é policial? A gente vai para a prisão?

Ela dissera que Steve era mau, embora usasse roupa de policial. Eles precisavam fugir até a polícia boa resolver as coisas.

— Tipo o Exterminador do Futuro? — perguntara Sam. — Ele fingiu ser um policial, mas não era. Ele fingiu ser a mãe do John Connor também, e enfiou um espeto no olho do pai dele.

— Mais ou menos isso — respondera Katie, e então mandara ele não falar de espetos enfiados no olho na frente da irmã (e depois ficara se perguntando na casa de que amigo ele havia assistido a *Exterminador do Futuro 2*).

Enquanto comiam bolo e bebiam o milk-shake, ela mandou uma mensagem para a escola avisando que Sam e Gracie estavam doentes e faltariam à aula. Depois mandou uma mensagem para Louise.

"Tudo bem aí?"

"Não, Steve terminou comigo ontem."

"Que bom. Steve é perigoso. Ele apareceu lá em casa hoje de manhã e me atacou."

"Está de sacanagem?"

"Não."

"Mas como assim?"

"Você está em casa?"

"Na casa da Lucy."

Lucy era a amiga mais antiga de Lou. Esperta e maternal, era o completo oposto de Lou. Katie sentiu uma onda de alívio.

"Pode dormir aí hoje?"

"Acho que sim."

"Steve sabe onde Lucy mora?"

"Não."

"Se ele ligar, não atenda. Não diga onde está."

"Você está me deixando assustada."

"Que bom. Promete que não vai falar com ele?"

"Prometo."

Katie torcia para que a irmã mantivesse a promessa. Bebeu um gole de café. Alice estava ajudando Gracie a colorir um trio de princesas da Disney. Sam rabiscava super-heróis enquanto comia um pedaço do bolo com os dedos, quase nada chegando à boca.

Apesar do que dissera às crianças, não sabia se deveria ligar para a polícia "boa". E se não acreditassem nela? Independentemente de no que mais ele estivesse metido, Steve ainda era policial. Seria a palavra dele contra a dela.

Não podia ir para casa. Não podia ligar para a mãe. De repente Katie se deu conta de que não tinha mais ninguém a quem recorrer. Não tinha amigos, nem conhecidos. Estava sempre tão ocupada trabalhando, cuidando das crianças, se virando, que não sobrava tempo para manter relacionamentos.

Além disso, ela não sabia lidar com emergências. Era uma criatura de hábitos. Não havia estabelecido um protocolo para situações de pânico. Fran, sim. Fran sempre fora a rebelde. A que se metia em problemas. Cabeça-dura, impulsiva. A que tivera mais problemas com a mãe, provavelmente por serem muito parecidas. As duas sempre acreditavam que estavam certas, perdiam a cabeça com facilidade e tinham dificuldade para perdoar. Katie ainda se lembrava das brigas, dos gritos e das portas batidas. O pai tentando fazer as pazes entre a filha favorita e a esposa.

Mas Katie também se lembrava de Fran a defendendo quando a mãe bebia demais. E uma vez, quando uns meninos mais velhos a cercaram para atormentá-la na volta da escola, Fran tinha aparecido com um bastão de hóquei, atacando os meninos com tal ferocidade que Katie teve que implorar para que ela parasse.

Cadê você, Fran? Como você sairia dessa confusão?

— Mãe?

Ela ergueu os olhos. Sam se remexia na cadeira.

— Preciso ir no banheiro.

— Tudo bem. — Katie olhou para Alice e Gracie. — Pode ir sozinho?

Ele revirou os olhos.

— É claro que sim, eu tenho dez anos.

— Bom, seja rápido, e não fale com...

— Estranhos, eu sei.

Ele se levantou da mesa. Katie sentiu uma onda de ansiedade. Os banheiros ficavam logo no fim do corredor, mas e se alguém o pegasse? De repente, tudo e todos ao redor pareciam suspeitos, ameaçadores. Outras pessoas, pensou ela. Estavam por toda parte. E você nunca sabia quais eram perigosas.

Ela percebeu que Alice a observava com atenção.

— A gente vai fugir de novo? — perguntou a menina.

— O quê? Não. Só estamos decidindo o próximo passo.

— Era isso que Fran costumava dizer.
— Certo. E o que mais Fran dizia?
— Que a gente só tinha que se afastar o suficiente e aí ia ficar tudo bem.
— E era verdade?
— Por um tempo, sim. — Alice olhou para Gracie, que ainda estava atenta a Rapunzel, Jasmine e Bela, e baixou a voz. — Então um homem mau veio.

Katie ficou tensa.

— Quando foi isso?
— Faz muito tempo. Fran achou que eu estava dormindo, mas eu acordei. Ele entrou na casa de noite. Os dois brigaram, e a Fran se livrou dele.
— Como assim?

A voz da menina baixou ainda mais.

— Eu desci escondida e vi quando ela colocou o homem no porta-malas do carro. O carro velho que ela deixava escondido na garagem.

Katie engoliu em seco.

— E aí?
— Eu voltei para a cama e fingi que estava dormindo. Fran veio e disse que a gente tinha que ir embora. A gente foi de carro até um hotel, bem longe. Fran saiu e ficou fora um tempo. No dia seguinte, o carro tinha sumido.

Katie se lembrou dos meninos e do bastão de hóquei. Em até onde Fran iria para proteger quem amava.

Mas ela não era Fran. *Então, o que Katie faria?*

Então ela soube. Não havia outra opção.

— Chega de fugir. — Ela estendeu o braço e pegou a mão de Alice. — Vamos resolver essa confusão.

Ela pegou o celular.

CAPÍTULO 45

Ele não vinha para esses lados fazia um bom tempo. Todos os quilômetros percorridos, todos os trajetos nos dois sentidos da rodovia, e aquela era a viagem que ele não conseguira se forçar a fazer.

A viagem de volta para casa.

Woodbridge, Nottinghamshire.

Ele e Jenny haviam comprado o vicariato vitoriano caindo aos pedaços num leilão sem visitá-lo. Quando receberam as chaves, ele percebera que não só tinham pagado demais pelo que era basicamente um barraco abandonado, mantido de pé por cupins e cocô de rato, mas que o parco dinheiro que tinham guardado para as reformas não seria suficiente nem para trocar o telhado.

Jenny quisera pedir ajuda aos pais. Gabe dissera que não. A riqueza de Harry e Evelyn sempre fora motivo de briga entre eles. Harry pagara pelo casamento, uma cerimônia extravagante que deixara Gabe meio desconfortável na época. Mas ele levara em conta que Jenny era filha única e que era uma tradição o pai da noiva pagar pelo casamento. Porém não queria que aceitar dinheiro deles se tornasse um hábito. Para Jenny, era fácil demais. Ela estava acostumada a receber tudo que desejava. Gabe não pretendia viver de caridade. Ele trabalhava duro para não dever nada a ninguém.

Essa havia sido a primeira briga de verdade deles, e durara semanas. Por fim, só para acabar com a hostilidade, Gabe cedera, com a condição de que eles pagariam cada centavo de volta.

Eles haviam levado muitos anos para transformar a casa não só num lugar habitável, mas lindo. Um trabalho de amor, e Gabe tinha muito orgulho daquela conquista. As horas que eles passaram juntos cobertos de gesso e tinta. Deitados juntos em frente à lareira de verdade enquanto nevava lá fora, com placas de plástico no lugar de janelas. A casa que Gabe e Jenny construíram.

Era a casa dos sonhos, pelo menos para ele. Tijolos vermelhos cobertos de hera brilhosa, janelas guilhotina, uma entrada para carros de cascalho e jardins dos três lados. Quando Jenny engravidara, a vida parecera completa.

Eles puseram uma cama elástica e um balanço no quintal para Izzy. No verão, enchiam uma piscina de armar, e o escorregador caía direto na água.

Uma casa para a família deles. Uma casa onde Gabe achara que envelheceriam juntos, veriam Izzy crescer, talvez até receberiam seus netos.

E eles haviam sido *felizes* lá. Na maior parte do tempo. Ele se esforçara para acreditar nisso. Deixar de lado o sentimento sombrio de que a casa tinha passado a representar tudo que era tão diferente entre ele e Jenny: o passado, desejos, esperança para o futuro.

Para Gabe, aquele era o ápice das suas conquistas. Para Jenny, era o tipo de casa em que ela crescera, o tipo de casa que ele às vezes achava — irritado — que ela *esperava*.

Jenny era uma pessoa boa, uma mãe incrível, uma santa por aguentá-lo, mas ele nunca conseguira se livrar da sensação de que jamais seria bom o suficiente para ela. Ele sempre seria o menino que vivera em conjuntos habitacionais e que teve sorte. Um dia, sua sorte acabaria.

E ele tinha tido razão.

A casa que ele construíra para a sua família era feita de palha. O tempo todo houvera um grande lobo mau escondido nas sombras, só esperando para destruir tudo com um sopro.

A casa não mudara muito. A entrada de carros fora cimentada, e havia dois Range Rovers estacionados. O jardim em que Izzy amava correr e brincar agora contava com paisagismo profissional e uma jacuzzi num deque de madeira.

A propriedade tinha sido vendida para um casal de quarenta e poucos anos sem filhos. Gabe não compreendia por que duas pessoas precisavam de uma casa de cinco quartos com quintal. Mas todas as famílias haviam desistido quando descobriram o que acontecera ali. Como se a história sombria do lugar pudesse afetá-los. Como se a tragédia fosse contagiosa.

Ele encarou sua antiga casa. Quando a polícia chegara naquela noite, o portão automático da frente e a porta dos fundos estavam abertos. Jenny *sempre* fechava o portão da entrada. Os dois eram cuidadosos, Jenny por ter crescido com pais que se preocupavam em proteger sua fortuna, Gabe por ter vivido num lugar em que as pessoas roubariam a dentadura de dentro da boca da sua avó, então era preciso proteger o pouco que se tinha.

Agora ele se perguntava se alguém havia se certificado de que o portão estaria aberto. Será que tinha sido esse o papel da mulher? Fazer Jenny baixar a guarda, abrir o portão e deixar o verdadeiro assassino entrar? Mas algo dera errado. Jenny morrera, a filha da mulher morrera, e ela precisara fugir, levando Izzy.

A polícia tinha falado com todos da escola de Izzy, outras mães, colegas de trabalho. Todo mundo que ela conhecia. Ou pelo menos todo mundo que achavam que ela conhecia.

A sua esposa poderia ter deixado o assassino entrar?
Ela tinha marcado algo com alguém?
Você sabe o nome dos amigos dela?

E é claro que ele não sabia. Gabe não havia se dado conta de como a esposa se transformara numa estranha até ela falecer. Eles dividiam a casa e a cama, mas em algum momento pararam de dividir a vida. Quando isso havia acontecido?, ele se perguntara. Talvez tenha sido esse o motivo pelo qual a palavra "divórcio" nunca fora dita. Não era necessária. Eles já estavam se afastando, rompendo o casamento sorrateiramente, sumindo tão devagar que nenhum dos dois notou que o outro estava desaparecendo.

O celular dele tocou no bolso.

— Alô?

— Gabriel, aqui é a detetive Maddock.

— Sim? — Ele esperou.

— Só para informar que o seu sogro se apresentou aqui na delegacia, ele está sendo interrogado agora. — Uma pausa. — Também queria avisar que reexaminamos as amostras forenses e de sangue do corpo da menina que foi encontrada na sua casa.

Amostras forenses e de sangue. Que palavras mais frias e clínicas. Ele engoliu em seco. *Não é a Izzy*, lembrou a si mesmo. Mas era a filha de alguém. A menininha de alguém. Que, como Izzy, provavelmente ria de *Peppa Pig*, escrevia cartas para o Papai Noel, abraçava seu ursinho de pelúcia para afastar pesadelos. Ele esperava que a menina estivesse dormindo bem agora. Ele esperava, apesar de nunca ter acreditado muito em Deus ou em religiões, que ela estivesse em algum lugar seguro e confortável.

— Gabriel?

— Oi — respondeu ele com a voz embargada, presa na garganta.

— Confirmamos que não é sua filha, Gabriel.

— Certo.

Ele deveria ter ficado feliz. Deveria ter se sentido vingado. Mas não se sentia assim. Izzy ainda estava perdida, e mesmo na morte aquela outra menininha estava sendo abandonada de novo.

— Tem mais uma coisa — completou Maddock. — A mulher que encontramos...

— Vocês já sabem quem ela é?

Uma pausa mais longa.

— Foi por isso que liguei. — O silêncio ecoou pela linha. — Acabei de falar com o hospital. Ela não recuperou a consciência. Infelizmente morreu faz quinze minutos.

Ele tentou absorver a notícia.

— E o homem no porta-malas?

— A criminalística está trabalhando nisso, mas não temos nada ainda.

— Então não temos como saber o que aconteceu com Izzy?

— Talvez a gente tenha uma pista. O nome Michael Wilson significa alguma coisa para você?

— Não. Por quê?

— Ele foi morto num assalto em casa nove anos atrás. Quando jogamos no nosso banco de dados as amostras coletadas do corpo da menina, o nome dele apareceu.

— É o pai dela?

— Avô, provavelmente. E nossos registros mostram que Michael Wilson tinha três filhas.

Ele tentou compreender o significado daquilo.

— Estamos comparando o DNA dele com a mulher não identificada — continuou Maddock. — Tenho quase certeza de que será compatível.

A mãe da menina, o avô. Mortos. Mas...

— Você disse *três* filhas. E as outras?

— Pode confiar em mim, Gabriel, estamos atrás de todas as pistas.

— Não estão indo rápido o suficiente.

— Se a Izzy estiver por aí...

— *Se?* A Izzy está por aí, e vocês precisam encontrá-la!

— Estamos fazendo todo o possível.

— Sei. E indo atrás de todas as pistas. Estão aprendendo lições valiosas no caminho também?

— Gabriel...

— Eu não preciso de clichês e frases feitas. Preciso que você procure por ela.

— Nossos recursos são limitados.

— Você acha que ela está morta, não acha?

— Não. Eu não disse isso.

— Não precisou dizer.

— Estamos fazendo todo o possível. *Eu* estou fazendo todo o possível. Você tem mais alguma informação que possa nos ajudar?

Ele hesitou.

Até o dia em que um de vocês dois morrer. Compreende?

— Não. Nada.

— Certo. Então nos deixe fazer nosso trabalho.

Ele desligou, resistindo por pouco à tentação de jogar o celular pela janela. Tão perto, pensou ele. Tão perto de encontrar respostas. E ainda assim tão longe. Ele sabia pedaços da história. Fragmentos. Mas só uma pessoa sabia a verdade, e ela não contaria a ninguém. E se a mulher estivera, como dissera Harry, cuidando de Izzy, protegendo Izzy esse tempo todo, quem estava fazendo isso agora? *Quem estava com a sua filha?*

Será que ele aguentaria mais anos sem saber? Pior: será que ele aguentaria saber? Será que ele suportaria o inevitável terror da ligação em que a polícia diria tê-la encontrado, ter encontrado o corpo de Izzy?

Ele abriu a foto da filha no celular. VOCÊ ME VIU? *Sim, querida*, ele pensou. *Eu a vejo o tempo todo. Em cada sonho. Em cada pesadelo. Mas há tanta coisa que eu não vi. Não vi os primeiros dentes permanentes nascerem. Não vi seu cabelo escurecer e engrossar. Não vi você aprendendo a nadar ou parando de falar "malelo" em vez de "amarelo". Você está desaparecendo, sumindo das minhas lembranças, porque as lembranças são tão fortes quanto as pessoas que se agarram a elas. E eu estou cansado. Não sei se vou conseguir me agarrar por mais tempo.*

Ele deixou as lágrimas escorrerem. Elas caíram na tela, borrando a imagem, até ele mal conseguir vê-la. *Desaparecendo, desaparecendo, desapareceu.*

Então o celular vibrou com uma mensagem.

Ela dorme. A menina pálida no quarto branco. Ao redor, máquinas zumbem e chiam e um alarme pisca, vermelho. A janela se abre com um estrondo e uma concha cai no chão, se estilhaçando em pedaços afiados. O ar ressoa com o som desafinado das teclas do piano.

Foi isso que alertou Miriam, antes mesmo do aviso no seu pager. Ela corre para o quarto e vê a cena. Seu coração está disparado, as pernas tremendo por ter subido correndo as escadas da cozinha. Ela encara a bagunça, a concha, a janela aberta. Que diabo está acontecendo?

Então, como sempre, sua natureza prática a domina. Ela para ao lado da menina, verifica a pulsação, os batimentos cardíacos, os fluidos. Acerta as máquinas, pressiona botões, faz ajustes. As máquinas voltam a zumbir calmamente.

Ela suspira de alívio. Está ficando velha demais para isso, pensa. Está na hora de se aposentar. Mas não pode. Tem responsabilidades aqui. Mas às vezes ela se sente muito cansada. Tudo aquilo é pesado demais para aguentar.

Ela toca o papel macio no seu bolso outra vez. Ele lhe deu aquilo quando começou a procurar sua menininha. Ela guardou para se lembrar do quanto ele também perdeu. Às vezes ela se pega olhando o papel e se perguntando se é verdade — se a filha dele realmente está em algum lugar por aí, assim como olha para Isabella e se pergunta se ela ainda está lá dentro, em algum lugar. Duas meninas. Ambas perdidas. Mas enquanto há alguém procurando por você, você nunca está realmente perdida. Só não foi encontrada ainda.

Ela tira uma mecha de cabelo do rosto da menina. Está úmido. Suor? Mas Isabella não sua. Além disso, tem um cheiro. Maresia, ela pensa. O cabelo de Isabella está com cheiro de maresia. Deve ser da janela aberta.

Ela vai fechá-la. Do lado de fora, o céu está pesado e escuro. Uma tempestade se forma no horizonte. Miriam estremece. Ela não é de superstições, mas sabe quando há algo errado. Sente no ar.

Ela se vira. Um movimento nas sombras atrás da porta chama sua atenção. Um vulto surge. Miriam dá um pulo, o coração batendo contra os ossos frágeis do peito.

— Quem é você? — gagueja. — O que você quer?

Ele sorri. Dentes brancos brilham.

— Tenho muitos nomes.

Ele ergue uma arma. Miriam aperta o crucifixo no pescoço.

— Mas algumas pessoas me chamam de Homem de Areia.

Capítulo 46

Um engarrafamento. Justo agora. Gabe teria rido da ironia se não estivesse com vontade de chorar, gritar e socar o para-brisa.

Os carros à sua frente reduziram a velocidade e pararam. Ele viu o velocímetro subir um pouco, passou a quarta marcha, mas imediatamente teve que pisar no freio.

Tamborilou no volante. Mais uma vez o destino parecia conspirar contra ele. Impedindo que chegasse até ela. Déjà-vu. Sempre tarde demais. Sempre fora de alcance.

Achei sua filha. Me encontre na cafeteria. Saída 12.

É claro que a mensagem poderia ser uma piada cruel. Um trote. Mas por quê?

O momento em que o sonho é mais frágil é quando ele está prestes a se realizar. O menor passo em falso e tudo poderia se desintegrar. Ele se sentia em uma corda bamba, acima de um rio cheio de crocodilos famintos, na direção de uma miragem. Arriscando tudo por algo que poderia se transformar em fumaça.

Ele ouviu sirenes, e uma ambulância passou pelo acostamento. Devia haver algum acidente à frente. O trajeto de rotina de alguém de repente interrompido por um lapso de atenção, um cruzamento malfeito, um atraso minúsculo na hora de frear.

O trânsito andou mais alguns metros. Ele sentiu a frustração aumentar. Viu uma placa adiante. A próxima saída. Oitocentos metros. Não era um desvio rápido, mas seria melhor que ficar parado no engarrafamento. Ele tamborilou no volante. Será que conseguiria atravessar as pistas a tempo? Ou deveria esperar na rodovia?

O mesmo dilema que enfrentara três anos antes. Ele não podia tomar a decisão errada agora. O trânsito andou. A saída estava se aproximando. Alguns carros já tinham embicado. Ele estava entrando tarde demais.

Hesitou, então ligou a seta de repente e se enfiou na pista do canto, na frente de um caminhão que meteu a mão na buzina e piscou o farol com raiva. Ele ignorou. A saída estava acabando. Girou o volante para a esquerda, sentiu os pneus da van subindo nos olhos de gato da faixa branca e pegou o desvio.

Torcendo para que, dessa vez, não fosse tarde demais.

CAPÍTULO 47

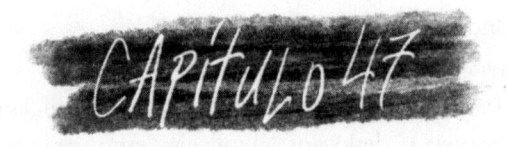

Cadê ele? Os livros de passatempos haviam sido largados; migalhas e copos vazios cobriam a mesa. Katie tinha dado o celular para Sam e Gracie brincarem, para afastar as reclamações de tédio, mas podia sentir que estavam ficando agitados. Alice teoricamente estava focada numa cruzadinha, mas Katie tinha percebido que ela não escrevera uma única letra nos últimos dez minutos.

Ela consultou o relógio de novo. Mais de uma hora desde que enviara a mensagem. Verificara a confirmação de recebimento. Ele não respondera nem tentara ligar, não que ela fosse atender. Algumas conversas precisavam acontecer pessoalmente. Talvez ele não tivesse lido. Talvez tivesse pensado que era uma brincadeira cruel. Talvez ele não estivesse vindo.

O que fazer? Quanto tempo deveria esperar?

Seus olhos passearam pela cafeteria de novo. Ela ficou tensa. Dois homens em jaquetas fluorescentes e uniformes policiais se aproximaram do balcão. Seu coração disparou. Estavam só parando para tomar café ou tinham vindo numa missão oficial?

Ela pulou quando Alice apertou seu braço.

— Eu sei — sussurrou Katie.

Os policiais pareciam estar falando com a menina atrás do balcão. Katie observou quando um se virou e percorreu a cafeteria com os olhos. Será que estava à procura de alguém... à procura *deles*? Katie tinha escolhido uma mesa atrás de um casal e parcialmente escondida por uma pilastra, mas se os policiais começassem a andar pelo estabelecimento, se estivessem em busca de uma mulher fugindo com três crianças, o grupinho deles — de casaco, calças de pijama e botas — seria identificado rapidamente.

Ela assentiu para Alice e então sussurrou:

— Sam, Gracie, vistam os casacos.

— Por quê? Onde a gente tá indo?

— Só estamos *indo*.

Eles enfiaram os braços nas mangas do casaco. Os policiam ainda estavam no balcão. Katie ergueu o dedo aos lábios, eles empurraram as cadeiras e se levantaram.

Os policiais se viraram. Katie ficou paralisada... então viu dois copos grandes de café para viagem. Ela sentiu o coração fraquejar de alívio. Os policiais sorriram, despediram-se da menina do balcão e saíram da cafeteria.

— Tudo bem — disse ela. — Alarme falso.

Ela virou para Alice, mas a menina não estava olhando para ela.

Estava encarando outra figura que se aproximava deles devagar. Uma figura alta e magra, de cabelo escuro bagunçado e rosto cansado. Ele mancava um pouco, apertando a lateral do corpo como se tivesse levado pontos. Seus olhos percorreram a cafeteria e então, como que atraídos por uma força magnética, encontraram Alice.

Choque. Descrença. O homem parou, levou a mão ao rosto, baixou de novo, deu um passo hesitante à frente.

Ele abriu a boca, mas nenhum som saiu. Parecia estar procurando uma palavra, um nome que não pronunciava havia muito tempo. Katie tentou enviar forças a ele.

Mas Alice encontrou primeiro.

— Papai?

CAPÍTULO 48

Tanto tempo. Tantos anos. Tantas vezes ele se permitira imaginar esse momento.

E por uma fração de segundo, ele achou que era tudo um grande engano.

O cabelo dela estava mais escuro e mais comprido do que ele se lembrava. Ela estava mais alta. E magra. Os membros antes gordinhos tinham alongado e afinado. As bochechas já não eram rechonchudas, os olhos mudaram. Ele via um cansaço, uma tristeza neles. Não conseguia conectar aquela garota magrinha, vestida num casaco grande demais, pijamas e botas, com sua filha bochechuda, loura e fofinha.

Então ela falou:

— *Papai?*

Os anos desapareceram. Como uma represa se rompendo. Ele correu e abraçou a filha, ignorando a pontada dolorosa na barriga. Ela ficou tensa por um segundo e então relaxou nos seus braços, o corpo frágil surpreendentemente pesado.

Ele a apertou tanto quanto ousava, com medo de esmagá-la com a força da emoção. Três anos. Três anos procurando um fantasma, e ela tinha sido devolvida para ele. Sua filha. Nos seus braços. Real, palpável. Viva.

— Izzy. — Ele afundou o rosto no cabelo dela, respirando fundo. — Passei tanto tempo procurando você. Senti tanta saudade.

VOCÊ ME VIU? Sim. E agora cá estava ele, nunca mais a largaria, com medo de que ela sumisse de novo, evaporasse.

— Gabe? — disse outra voz baixinho.

Relutante, ele olhou por cima da cabeça de Izzy e percebeu que era a garçonete. *Katie*. Ele mal a reconheceu. Ela estava com o olho roxo e o nariz inchado. Parecia ter sofrido um acidente. Havia mais duas crianças com ela, também com casacos por cima dos pijamas. Como se tivessem saído de casa às pressas. O que ela estava fazendo aqui? Como tinha encontrado Izzy?

— Eu sei que você tem muitas perguntas... — ela começou a dizer, a voz nasalada pelo nariz machucado.

— O que houve?

— Foi o tio Steve — respondeu a menininha. — Ele era namorado da tia Lou, mas ele era mau. E machucou a mamãe.

— É por isso que a gente não pode ir para casa — completou o menino. — Porque ele pode voltar. Estamos fugindo.

Gabe encarou o menino. Seu cérebro parecia estar descendo a uma ladeira. Os pensamentos capotavam sem controle dentro da cabeça.

— Não estou entendendo nada.

— Eu sei — disse Katie. — E prometo que vou contar tudo pra você, *depois*. Neste exato momento, precisamos levar as crianças para algum lugar seguro, onde ninguém nos encontre.

Ele negou com a cabeça.

— Neste exato momento, precisamos ligar para a polícia.

— Não! — gritou Izzy, afastando-se dele.

— Izzy...

— O homem mau vai voltar. Ele vai nos encontrar. — Ela ergueu a voz, em pânico. — Não!

— Tudo bem, tudo bem. — Gabe acalmou a filha. — Não vamos fazer nada que você não queira. — Ele a abraçou de novo. — Eu sou seu papai. Vou cuidar de você agora. Vou protegê-la do homem mau.

Gabe olhou de volta para Katie.

Algum lugar seguro.

Ele considerou a ideia. Então se viu dizendo:

— Conheço um.

CAPÍTULO 49

Gabe seguiu para o sul. Izzy estava ao seu lado, abraçando possessivamente uma mochila pequena, e ele se perguntou o que havia de tão precioso ali dentro. Katie e os filhos cochilavam no banco traseiro, a exaustão e o movimento da van embalando-os.

Qual era a relação de Katie com tudo isso? Uma garçonete de um posto? Ela não poderia ter simplesmente esbarrado com a filha dele. Então como a havia encontrado? Será que estava envolvida de alguma forma? Parecia pouco provável. Por outro lado, seria só uma coincidência que ela trabalhasse na cafeteria em que ele sempre parava? Sempre sorrindo, sempre por perto. Será que ele podia confiar nela? Por outro lado, ela tinha salvado sua vida. E não era ela que estava se arriscando aqui, deixando que um completo estranho a levasse com os filhos sabe-se lá para onde?

Segredos, ele pensou. Não são as grandes mentiras, mas as pequenas, as meias verdades — as que se acumulam, umas sobre as outras, como um iceberg gigante de enganação. Quando isso explodia, aí sim você estava na merda.

Ele se forçou a prestar atenção na estrada. Tinham saído da rodovia fazia alguns quilômetros. Era um dia escuro e úmido, névoa começando a descer dos morros. Quando eles saíram dos subúrbios e pegaram as estradas do interior, parecia quase noite, só o brilho dos olhos de gato e a luz de uma ou outra fazenda para guiá-los.

Gabe não precisava delas. Sabia bem o caminho. Mais alguns quilômetros e eles estaria chegando ao litoral.

— Para onde a gente está indo? — perguntou Izzy.

— Para um lugar onde o homem mau não vai nos encontrar.

Ela mordeu o lábio e apertou mais a mochila. Algo chacoalhou na bolsa.

— A Fran costumava dizer isso. Ela prometeu... mas estava errada.

— Quem é Fran?

— Ela era... Ela cuidava de mim.

A mulher, pensou ele. *A mulher que a levou embora.*

— Ela era legal com você?

— Era, normalmente.

— Normalmente? Ela machucou você?

— Não... Mas ela ficava brava às vezes, e ficava triste.

— Você a amava?

— Acho que sim.

Ele engoliu a amargura.

— Bom, eu não quero deixar de cumprir nenhuma promessa a você, mas vou fazer tudo que puder para cuidar de você e fazê-la feliz. OK?

Ele sentiu os olhos dela nele, procurando a verdade.

— OK.

— Mas ainda vou cobrar seu dever de casa, e nada de namorados até completar trinta anos.

Os lábios dela se moveram um milímetro. Quase, quase um sorriso.

— OK.

Então ela bocejou e fechou os olhos.

Ele a observou por um momento, aproveitando aquela visão, aí se voltou para o celular no apoio no painel. Mexeu na tela e abriu um contato, um com quem não era obrigado a falar havia muito tempo. Então fez a ligação.

Mais uma hora e ele viu a silhueta escura familiar dos penhascos surgirem à frente. Logo as estradas sinuosas que serpenteavam pelo interior de Sussex começariam a ascender, florestas e túneis de árvores sumiriam conforme eles subissem até os penhascos.

Uma parte linda do país. Uma parte rica do país. Muitos londrinos se mudavam para lá quando decidiam que estavam cansados — e ricos o suficiente — da vida na cidade, investindo em casas de fazenda reformadas com hectares de terreno que tentavam impedir que as pessoas atravessassem, convencidos de que levavam uma vida rural porque dirigiam um Range Rover e usavam galochas para ir ao mercado (porque é claro que pagavam outra pessoa para passear com o labrador na lama).

Porém, também era uma área com muitas cidades litorâneas pobres, com altas taxas de desemprego e criminalidade. Onde sempre havia um quê de violência e ressentimento — contra os londrinos ricos, contra os hippies liberais de Brighton e especialmente contra os imigrantes que se instalaram em conjuntos habitacionais de áreas pobres, como aquela em que ele havia crescido.

Mas não era para lá que estavam indo.

Ele saiu da rua principal e entrou numa via particular. A casa surgiu, só os andares superiores à vista acima dos muros altos que a cercavam. Ao longe, em meio à névoa, parecia cinza, quase um castelo de pedra no topo do penhasco. De perto, as paredes eram caiadas de branco, como um farol. Depois dos portões de ferro, uma longa entrada para carros de cascalho atravessava o imenso gramado, e quase todos os cômodos tinham vista para o mar.

Esse era o nome da propriedade: Concha do Mar.

Gabe parou do lado de fora dos portões imponentes. Katie tinha acordado e olhou pela janela.

— O que é isso, um hotel?

— Não.

— Quem mora aqui?

— Uma mulher chamada Charlotte Harris morava aqui com a filha.

— Não mora mais?

— A filha dela foi atropelada por um motorista bêbado quando tinha catorze anos e ficou em estado vegetativo permanente. Ela recebe cuidados especiais de enfermeiras particulares numa ala da casa.

— Minha nossa.

Ele esperou um segundo e então completou:

— O motorista bêbado era eu. Eu a visito toda semana. Faço isso há vinte anos.

Ele saltou do carro e foi até o portão, deixando Katie absorver a informação. Deixando-a ligar os pontos. Depois de um instante, ouviu quando ela saiu do carro atrás dele.

— E a mãe vai deixar a gente ficar aqui?

— Não. — Ele digitou os números no teclado de senha no muro. — Charlotte Harris já morreu.

— Então de quem é esse lugar?

Gabe apertou um botão e os portões começaram a se abrir.

— É meu.

CAPÍTULO 50

Um presente nunca é só um presente. Às vezes é um pedido de desculpas, às vezes um gesto de amor. Às vezes é uma forma de exercer pressão ou de fazer chantagem emocional. Às vezes é uma forma de diminuir a culpa. Às vezes é uma forma de parecer benevolente. Às vezes é uma demonstração de poder ou riqueza.

E às vezes é uma armadilha.

Quando o procurador de Charlotte Harris pedira para marcar uma reunião "assim que possível" numa segunda-feira cinzenta de novembro, Gabe não soubera exatamente o que esperar; ele nem soubera que Charlotte havia estado doente.

Ele nunca a via nas suas visitas a Isabella. Fazia anos que não a encontrava. Ela sempre fora uma mulher fechada e se tornara uma reclusa total. Miriam, a governanta e enfermeira principal, contara que Charlotte só saía do quarto para visitar Isabella. Nem mesmo passeava pelo jardim. Ambas prisioneiras, pensara Gabe, cada uma à sua maneira.

Mas com Charlotte morta, o que aconteceria com Isabella?, ele se perguntara. Quem cuidaria dela, pagaria pelos funcionários, garantiria que o tratamento continuasse?

Então o procurador havia lhe explicado.

Gabe ficara encarando o homenzinho bem-arrumado, sua careca brilhosa e seus óculos redondos, e sentira o queixo cair.

— Tudo?

— Exatamente.

— Não entendi.

O sr. Barrage dera um sorrisinho. Parecia uma caricatura de advogado, Gabe pensara. Só faltava um chapéu-coco e um guarda-chuva.

— A sra. Harris não tem família além da filha, Isabella, que por motivos óbvios não tem condições de administrar a herança. Charlotte queria que a casa e os bens ficassem a cargo de alguém que compreendesse a condição de Isabella e que se certificasse de que ela seguiria recebendo os melhores cuidados possíveis. Essa é uma das condições do testamento. A propriedade não pode ser vendida, mas o senhor e a sua família são bem-vindos para morar nela. A casa é sua, até certo ponto.

Gabe tentara assimilar isso. Charlotte Harris era rica, mas os cuidados com Isabella deviam custar centenas de milhares de libras por mês. Todo o dinheiro teria que ser guardado para se certificar de que o tratamento continuasse. Ele sempre achara que, quando Charlotte morresse, as visitas parariam, ou pelo menos se tornariam menos frequentes. Sua sentença seria revogada. Mas ele devia ter imaginado que ela tomaria providências. Ele só não tinha imaginado *isso*.

— E se eu não aceitar?

— O dinheiro seguirá pagando pelo tratamento de Isabella através de um fundo, e a herança será administrada pelo testamenteiro.

O sr. Barrage abrira um sorriso fino para Gabe. O testamenteiro. O testamenteiro era *ele*. Gabe concordara com isso alguns anos antes. Era impossível dizer não para Charlotte. Mas seria só uma formalidade, dissera ela. Só papelada. Ele não tinha se preocupado muito com isso. Mas agora ele entendia. *Clac*. A porta da gaiola se fechara.

Ele refletira.

— E se eu achasse que o melhor para Isabella fosse interromper o tratamento?

— Então o senhor teria que justificar essa intenção no tribunal. O que seria custoso. E devo chamar a sua atenção à cláusula 11.5 do testamento, que proíbe o uso da herança para "qualquer ação que venha a interromper o tratamento de Isabella ou encurtar sua vida". O senhor precisaria pagar pelo processo.

É claro. Charlotte realmente tinha pensado em tudo.

— E, além disso, há muitas pessoas que dependem do senhor. Os funcionários da casa. Eles estão sob sua responsabilidade. O senhor pode se certificar de que eles continuem tendo empregos e estejam assegurados.

O procurador tirara os óculos redondos e oferecera o que Gabe tinha imaginado ser um sorriso caloroso. Mal ultrapassava o gélido.

Ainda assim, ele tinha razão sobre a equipe. Eram boas pessoas. Especialmente Miriam. Ela cuidara de Isabella a maior parte da vida, primeiro como governanta e, então, como enfermeira, supervisionando o tratamento depois do acidente. Ela merecia tudo isso muito mais que ele.

— E Miriam? Ela trabalhou para Charlotte por anos. Ela que deveria receber essa herança.

— A sra. Warton recebeu sua parte da herança.

— Ela deveria ficar com a casa. Quero dar a casa para ela.

— Temo que não seja possível.

— Mas a casa é minha.

— Até certo ponto. — O procurador pegara o testamento e colocara os óculos de novo. Gabe tivera a impressão de que ele estava se divertindo muitíssimo. — "Concha do Mar não deve ser vendida ou doada pelo beneficiário a qualquer outra pessoa. Caso isso ocorra, este testamento se torna inválido e a propriedade retornará aos cuidados do testamenteiro. Exceções são permitidas apenas nas seguintes circunstâncias: i) Morte do beneficiário. Neste evento, Concha do Mar será passada aos seus herdeiros diretos. ii) Incapacitação por doença ou circunstâncias que tornem o beneficiário incapaz de adequadamente prover sua parte do testamento. Neste evento, Concha do Mar será passada aos seus herdeiros diretos. iii) Se o beneficiário não deixar herdeiros ou seus herdeiros estiverem mortos ou incapacitados por doença ou circunstâncias que os tornem incapazes de adequadamente prover sua parte do testamento, a casa e a propriedade serão administradas por um fundo fiduciário."

Ela o pegara. Mesmo morta, Charlotte Harris não o deixaria escapar. A casa era linda e valia milhões, mas ainda assim Gabe preferiria vê-la cair do penhasco de encontro às rochas e se desfazer no oceano.

Charlotte sabia disso. Sabia que o maior presente que poderia dar a ele seria nunca mais ver aquele lugar. Os cômodos imensos ecoando, o cheiro estéril. Não era um lar. Não era nem um hospital. Era um necrotério. Só que ninguém estava disposto a admitir que a paciente estava morta. Só restava a forma física. Isabella existia, mas não vivia.

E ele era a causa. Ele a colocara ali. Era por isso que ele não podia recusar ou contestar o testamento. Ele nunca abandonaria Isabella. Nunca desistiria dela. Ela era responsabilidade dele. Charlotte soubera disso também.

Mas havia outra coisa, algo que Charlotte não soubera. Jenny estava grávida, de três meses. Um dia Isabella morreria. Era um milagre que não tivesse tido nenhuma infecção até agora. Um dia, ele e Jenny não existiriam mais. Independente de seus sentimentos em relação à casa, ela seria uma herança maravilhosa para o filho deles. Será que ele realmente poderia recusar isso?

Ele baixara a cabeça.

— Está bem. Mas eu tenho uma condição. O cuidado diário com a casa e com Isabella ficará a cargo de Miriam. Ela vai receber um aumento de cinquenta por cento a partir de agora, e ela pode morar na casa o tempo que quiser, sem pagar nada. Vou pagar todas as contas e toda a manutenção, mas não vou morar ali.

O sr. Barrage quase dera de ombros. Quase. Procuradores não dão de ombros, nem riem de piadas, nem usam bermudas ou mascam chicletes.

— Como quiser, sr. Forman. Só preciso que assine aqui e aqui.

Ele estendera uma caneta. Gabe hesitara. Então a pegara e assinara.

Nunca um homem havia se tornado milionário com tanto pesar.

— Você está com uma cara horrível — dissera Jenny quando ele chegara em casa mais tarde, oferecendo uma taça de vinho. — O que houve?

Ele olhara para ela. Olhos verde-claros, cabelo louro ondulado, a barriga levemente estufada embaixo da camiseta larga. O bebê deles. A ideia ainda o deixava sem fôlego.

Ele deveria contar para ela. Ele *tinha* que contar. Não podia esconder algo tão grande.

Mas contar uma parte da história significaria contar tudo. E ele conhecia a esposa. Quando terminasse de xingá-lo de idiota e mentiroso e filho da mãe, ela ia querer ver a casa. Insistiria. E quando pusesse os olhos em Concha do Mar, seria o fim. Ela ia querer morar lá. Finalmente, a casa dos seus sonhos.

Ele conseguia imaginar seus olhos se iluminando. Quase conseguia ouvir ela comentando entusiasmada sobre qual seria o quarto do bebê, onde seria a brinquedoteca, onde colocar a cama elástica e o parquinho — e como uma piscina com borda infinita seria perfeita para aproveitar o pôr do sol. Ah, meu Deus, será que havia espaço suficiente do outro lado da casa para construir um estábulo para um pônei?

O resto se seguiria. Seria melhor transferir Isabella para uma construção separada, fora da casa, em outra parte do terreno. Aquilo era um lar, não um hospital. E Miriam também poderia morar em outro lugar, não? Eles poderiam ajudá-la. Afinal, Charlotte deixara a casa para *ele*. Gabe não queria o melhor para a sua família? Jenny não era insensível, mas era prática, pragmática e, no fim das contas, o fardo da culpa recaía sobre ele, não sobre ela.

Gabe não podia deixar isso acontecer. Então mantivera o documento guardado. Outro segredo. Pesado como uma pedra. Como uma pedra, que aos poucos o fazia afundar e se afogar.

Ele aceitara o vinho e sorrira para a esposa.

— Nada, só trabalho.

CAPÍTULO 51

Luzes fracas brilhavam na ala sul da Concha do Mar. Gabe evitou a entrada principal e guiou o grupo para o lado oposto da casa. As crianças encaravam a construção com olhos arregalados.

— Isso tudo é seu? — perguntou Sam.

— Sim.

— É tipo a casa do Batman — sussurrou ele, impressionado.

— Ou o castelo da Ariel — completou Gracie.

— Você não tem a chave da frente? — perguntou Katie.

— Não quero incomodar Miriam, a enfermeira principal, caso ela esteja na casa. A ala sul é onde a filha de Charlotte é... — Gabe hesitou. Não queria dizer "mantida", mas como mais diria? "Cuidada"? — É onde ela dorme. Vamos entrar pela cozinha da família.

— Tem mais de uma cozinha?

— A ala sul é basicamente uma casa à parte. Tem quartos para as enfermeiras em serviço, uma cozinha, banheiros. Charlotte mandou construir esse anexo quando tirou a filha do hospital, mas nem dá para perceber que foi uma adição posterior.

— Não acredito que o hospital permitiu que a menina fosse tirada de lá. Quer dizer, já li sobre casos em que a Justiça impediu os pais de fazerem isso.

Gabe enfiou a chave na porta lateral e abriu.

— O hospital não podia fazer mais nada por ela. E o dinheiro permite que você faça coisas que a maioria das pessoas não consegue.

Eles entraram, e Gabe acendeu as luzes. Ele ouviu Katie suspirar.

A cozinha era imensa. Eletrodomésticos de aço inoxidável, balcões de granito, piso de azulejos tão brilhantes que refletiam as luzes no teto. Uma geladeira imensa. A ilha no centro da cozinha era, bem, do tamanho da cozinha da maioria das pessoas.

— A cozinha original estava ficando meio velha — explicou Gabe. — Miriam perguntou se poderia reformar.

Katie olhou em volta.

— Miriam tem um gosto refinado.

— Ela trabalha muito, e essa é a casa dela.

— Espera aí. Você não mora aqui?

— Não — respondeu ele, deixando as chaves na imensa ilha.

— Nunca morou?

— Não.

— Há quanto tempo é dono da casa?

— Nove anos.

Ele atravessou a cozinha até a porta que dava em uma pequena passagem que acabava num grande corredor oval. Lá ficavam a sala de estar, a sala de jantar e a escadaria que levava ao segundo andar, onde ficavam a suíte principal e três quartos de hóspedes.

Miriam provavelmente estava trabalhando do outro lado da casa, ou dormindo se não estivesse cobrindo o turno esta noite, nesse caso na ala das enfermeiras, perto de Isabella. Ele não queria acordá-la nem assustá-la, nem que ela chamasse a polícia achando que havia invasores na casa. Pegou o celular e digitou uma mensagem rapidamente:

"Miriam, estou na casa hoje. Explico depois. Gabe."

Ela certamente perceberia que havia algo errado, é claro. Ele faltara a uma visita, e só tinha aparecido de surpresa na Concha do Mar uma vez antes, algumas semanas depois do que acontecera com Jenny e Izzy.

Ele estava dirigindo sem rumo, sem querer voltar para a casa que nunca mais seria um lar, sem saber para onde ir, e acabara lá. Miriam o encontrara chorando ao lado de Isabella, então o levara para a casa principal, o forçara a comer alguma coisa e arrumara uma cama. Não tinha feito perguntas, embora devesse ter visto a notícia. Ela simplesmente cuidara dele. Gabe sabia que era o trabalho dela, mas fosse por dever ou por compaixão, ele tinha aceitado com gratidão.

Gabe olhou para aquele grupinho desarrumado — sua filha há muito perdida, uma garçonete que mal conhecia e seus dois filhos —, pensando que seria ótimo se Miriam cuidasse deles agora, com aquele seu jeito prático. O que deveria fazer com eles?

Ele sentiu alguém tocar seu braço. Katie.

— Foi uma viagem longa. Estamos todos cansados e com fome. Por que eu não preparo alguma coisa para a gente comer, e nós dois conversamos depois que as crianças forem para a cama?

— Certo. Tudo bem.

Claro. Ele percebeu que fazia muito tempo desde que tivera que considerar as necessidades de outras pessoas. Tinha se desacostumado a ser pai. Ou marido. O toque quente dos dedos de Katie permaneceu no seu braço enquanto ela caminhava até a geladeira.

Katie abriu as portas e deu uma olhada, torcendo o nariz.

— Várias comidas congeladas, mas só isso.

Ela começou a abrir os armários. Gabe foi ajudar, e encontrou várias latas de feijão pré-cozido. Katie sorriu e ergueu um pacote de pão de forma.

— Um banquete.

Eles comeram no balcão. Gabe ligou a TV de tela plana na parede e deixou um desenho animado passando, o que era ao mesmo tempo meio irritante e muito reconfortante. Engraçado como você nem percebe que sente falta de certas coisas, pensou ele. O som dos programas infantis, tropeçar em sapatos de criança, a falta de tato e sutileza delas.

— Então seu nome de verdade é Izzy? — perguntou Sam.

Izzy assentiu.

— E você é o pai dela de verdade? — perguntou ele a Gabe.

— Isso.

— O nosso pai foi embora para ficar com a chata da Amanda — disse Gracie.

— Sei.

— Ela fede a perfume — comentou Sam.

— E nunca me empurra no balanço para não quebrar a unha — disse Gracie. — E fica fazendo assim.

Os dois fizeram várias caretas estranhas.

Izzy deu uma risadinha. Gabe sentiu uma coisa estranha acontecer. Uma onda de calor no peito. Um desejo de rir com ela. Era estranho, mas gostoso.

Felicidade, pensou. *Isso* é felicidade. Fazia tanto tempo que ele tinha esquecido a sensação.

Ele se pegou olhando para Izzy de novo. Ela estava viva. Aquilo era real. No caminho, ele sentira como se fosse explodir com perguntas. Como? Onde? Por quê? Mas naquele momento ele não se importava com as respostas. Não fazia questão de saber como aquilo acontecera. Só queria ficar ali, comendo torradas com a filha. Algo em que a maioria das pessoas nem pensa duas vezes, mas um momento de vida cotidiana que ele achou que nunca mais teria.

Depois que os pratos foram lavados, Gabe encontrou um pacote de biscoitos em outro armário. Eles conseguiram manter um ar de normalidade enquanto comiam, conversando sobre besteiras. Ajudava, Gabe pensou, o fato de as crianças terem um período de atenção mais curto e se adaptarem com muito mais facilidade a novas situações. Elas só aceitam as coisas como são. Sam estava mais fascinado pela casa do que com o motivo de estarem ali. Queria saber o tamanho, quantos quartos, se tinha piscina, e um mordomo.

Depois de acabar com as perguntas e os biscoitos de chocolate, Gracie começou a bocejar. Já eram quase sete da noite.

— Acho que está na hora de deitar — disse Katie, lançando um olhar cheio de significado para Gabe. — Melhor acertarmos onde as crianças vão dormir. Quer dizer, é óbvio que não vai faltar espaço.

Gabe refletiu.

— Bom, o quarto principal provavelmente está arrumado. Não sei os outros.

— Não quero dormir sozinha — disse Gracie.

— Nem eu — concordou Sam.

Izzy não disse nada, mas pareceu se encolher um pouco para perto de Gabe.

— Certo, então...

— Por que Sam, Gracie e Izzy não dividem o quarto principal? — sugeriu Katie. — Imagino que tenha uma cama de casal, então eles podem se apertar.

— Ok. Boa ideia.

— E nós? Quer dizer...

— Hum, bem, há mais dois quartos de casal. Devo conseguir achar roupas de cama.

— Ótimo.

— Estou cansada, mamãe — disse Gracie, bocejando de novo.

— Certo, querida, vamos lá para cima. — Katie sorriu. — Ei, pelo menos você já está de pijama.

Gabe levou o grupo pelo corredor, acendendo as luzes ao passar. A imensidão ainda o surpreendia. Ele viu Katie e as crianças olharem tudo, impressionados. Ao pensar naquilo tudo, também lhe parecia desnecessário. Quem precisava de tanto espaço, de tantos quartos? Uma casa pequena podia estar lotada de amor, mas esse lugar, apesar dos carpetes macios e do papel de parede de seda, parecia escasso de alegria.

Eles subiram a escadaria curva. Já fazia muito tempo desde que ele andara naquela parte da casa, e lhe parecia mais estranha que nunca. Ele parou no patamar. Qual era o quarto principal, mesmo? À direita, achava.

— Aqui — chamou ele.

— Dá para se perder aqui — disse Katie, e algo na sua voz demonstrou que era mais uma crítica do que um elogio.

Gabe sentiu uma estranha necessidade de defender Charlotte.

— Acho que o marido de Charlotte comprou a propriedade para ser uma casa de família, mas então ele faleceu, ela não se casou de novo, nunca teve outros filhos, e... houve o acidente.

Culpa dele. Tudo culpa dele.

Ele abriu a porta do quarto.

— Aqui.

— Uau — murmurou Sam.

O quarto, como todo o restante da casa, era imenso. A cama era de colunas, grande o suficiente para quatro adultos, que dirá três crianças. Sam e Gracie se jogaram no colchão, a viagem longa, a exaustão, a estranheza da casa desconhecida imediatamente esquecidos.

Uma imensa janela tomava quase toda a parede. As cortinas estavam abertas. Durante o dia, avistava-se o oceano. À noite, mal dava para ver a água escura, com seu sobe e desce incessante. Mais acima, o vento soprava nuvens na frente da lua crescente.

Izzy se aproximou das janelas. Eram de vidro duplo, mas ainda dava para ouvir o uivar do vento, o ronco distante das ondas.

Contra a janela escura, ela parecia assustadoramente pequena e frágil. Gabe teve um ímpeto de agarrá-la e puxá-la para longe da tempestade que se formava lá fora.

Em vez disso, ele se aproximou e parou ao lado dela. Os reflexos escuros dos dois os encararam, fantasmas flutuando no ar.

— Dá para ver bem longe nos dias sem névoa — disse ele.

Izzy ergueu a mão e tocou o vidro.
— A praia é ali embaixo.
— Sim.
— Eu já vim aqui antes?
Gabe franziu a testa.
— Acho que não...
Então ele lembrou. Jenny estava doente. Ele tinha dito que levaria Izzy para o trabalho, mas era segunda, então ele a levou junto. Izzy devia ter oito ou nove meses.
— Uma vez, sim. Mas você era bebezinha.
Ela afastou a mão da janela e apertou a mochila junto ao peito. Gabe ouviu o chacoalhar e se deu conta do que aquele som o lembrava. *Pedrinhas*. Mas por que Izzy carregaria uma mochila cheia de pedras? Então ele se lembrou de outra coisa, algo em que não pensava fazia anos.

Quando pequena, Izzy tinha uns episódios de sono estranhos. É claro que bebês dormem muito, mas ela caía no sono de repente, em qualquer lugar. Acordada e falante num minuto e babando no seguinte. Gabe tinha certeza de que ela superaria aquilo (assim como seu medo de espelhos), mas Jenny insistira que não era normal. Então, um dia, quando Izzy tinha três anos, ele chegara do trabalho e encontrara Jenny histérica.

"*Aconteceu de novo. Ela caiu no sono de repente e, quando acordou, encontrei isso na mão dela.*"

"*O que é?*"

"*Uma pedrinha.*"

"*Ah. E onde ela conseguiu isso?*"

"*Esse é o problema. Eu não sei. E se ela tivesse colocado isso na boca, engasgado?*"

Ele tentara ser compreensivo, mas estava cansado e distraído, e provavelmente tinha feito Jenny achar que estava exagerando. Crianças pegam coisas em qualquer lugar, não é? E não havia acontecido de novo, não que Jenny tivesse mencionado.

Mas agora ele estava na dúvida. *Pedrinhas.* A praia. Então outro pensamento surgiu na sua mente — a estranha pedra brilhante no dente do Samaritano. Uma brisa gelada pareceu atravessar as janelas e envolvê-lo.

— Ela queria que a gente viesse.

Ele olhou para Izzy.

— O quê? Quem?

Mas Izzy já estava se afastando, balançando a cabeça, talvez para ele, talvez para algo que vira na janela. Gabe não sabia.

— Não. Agora não.

Com quem ela estava falando?

Gabe levou um susto quando Katie bateu palmas.

— Certo, vamos todos para a cama.

Surpreendentemente, as crianças se deitaram quase sem reclamar. O quarto estava um pouco abafado, mas a cama era grande e confortável, e o efeito sonífero dos travesseiros macios e lençóis limpos as acalmou quase no mesmo instante.

Katie beijou a testa de Sam e de Gracie.

— Boa noite, durmam bem.

Gabe hesitou por um segundo, então se sentou ao lado de Izzy, se abaixou e pousou os lábios na testa dela. A pele da menina era incrivelmente macia. O cabelo exalava um leve cheiro de xampu. Ele respirou fundo. O cheiro era tão familiar e ao mesmo tempo tão estranho. Antes, seu corpinho quase parecia parte do corpo dele. Agora era desconhecido. Tudo isso, ter uma filha, ser um pai, ele precisaria reaprender. Reaprender e ser *melhor* desta vez.

— Boa noite.

— Papai?

— Sim?

Ela olhou para ele com olhos sonolentos.

— Você não vai embora, vai?

— Não. Eu não vou a lugar nenhum.

— Nunca?

Nunca. Se ao menos isso fosse possível, pensou ele.

Gabe afastou uma mecha de cabelo do rosto dela.

— Nunca.

Ele se levantou e andou até a porta.

— Vou deixar a luz do lado de fora acesa — sussurrou Katie, mas a única resposta foi um trio de respirações pesadas.

Ela encostou a porta. Gabe encarou a figura adormecida da filha pela fresta. Não queria deixá-la. Não queria perdê-la de vista. *Nunca.*

Mas havia coisas que ele precisava saber. Ele se virou para Katie.

— Vamos?

CAPÍTULO 52

Os ponteiros ornamentados do relógio dourado acima da lareira marcavam sete e vinte. Com as pesadas cortinas cor de esmeralda fechadas, Katie não sabia mais se era dia ou noite. As últimas vinte e quatro horas pareciam um sonho terrível e surreal.

Ela se sentou na sala de estar enquanto Gabe servia bebidas para os dois na cozinha. Um arrepio a percorreu, e ela se abraçou para contê-lo. A sala era linda, mas fria, e Katie não tinha certeza de que era por causa do tamanho ou do aquecimento. Faltava calor à casa toda. E não era só isso. Havia algo ligeiramente estranho naquele lugar. Era como uma exposição fechada. Um lugar nem mesmo abençoado pela presença de fantasmas, porque nunca tinha sido cheio de vida.

Apesar da elegância do cômodo em que se encontrava, havia alguns toques incongruentes. A televisão de tela plana na parede ao lado da lareira, duas grandes poltronas de couro marrom e a lareira a gás acesa, que um dia ela imaginava ter sido a carvão. Naquela noite, porém, ela estava feliz pela comodidade apesar do estilo.

Gabe mencionara que Miriam, a enfermeira principal, morava ali. Ela devia ter tornado o lugar mais confortável, mas ainda assim a casa parecia implorar que alguém a amasse de verdade, a reanimasse.

Então Katie se lembrou da menina dormindo na ala sul. Aquela casa não era um lar. Era um mausoléu vivo. E Gabe era seu guardião. Ela se perguntou por que ele não vendia a propriedade, mas talvez ele não pudesse. Talvez ele tivesse algum senso de dever para com a menina que quase matou.

Reler na internet as matérias da época refrescou a memória de Katie. Na noite em que a esposa e a filha foram assassinadas, Gabe estivera visitando a menina que deixara em coma anos antes após um acidente de carro.

Seu álibi, a coisa que o provava inocente, foi justamente o que os jornais usaram para crucificá-lo. Um prego enferrujado atrás do outro. Acidente com omissão de socorro, alegaram, só que Gabe não se omitira. Ele havia ficado com a menina, se entregado à polícia e a visitava desde então. Mas essa parte foi ignorada. Era como se ele praticamente já fosse um assassino. Ele havia dirigido bêbado. Causado a morte cerebral de uma menina. A implicação não tão sutil era que de alguma forma ele merecia aquilo tudo. Justiça. Carma.

Ela se lembrava de ter sentido pena dele na época. Um erro cometido na juventude trazido à tona e usado contra ele. Então ela pensou no próprio pai. No rapaz que o matara. Em como aquilo destruíra sua família.

Olho por olho.

— Conhaque?

Gabe voltou para a sala com dois copos de líquido âmbar. Doses generosas. Ela nunca bebera conhaque, mas tinha ouvido falar que era bom para momentos de choque. Tomou um gole. *Nossa.* Ela sentia como se as terminações nervosas da garganta tivessem sido queimadas. Pelo jeito que Gabe engasgou quando bebericou seu copo, parecia que também não era muito de beber. Mas então ele tomou um segundo gole, mais longo, e ela imaginou que ele também estava precisando.

Ele se sentou no sofá em frente ao dela, os dois meio sem jeito, segurando seus copos, a mesa de centro de carvalho entre eles, sem saber se eram aliados ou oponentes.

Então Gabe disse:

— Obrigado.

Não era o que ela estava esperando.

— Independentemente de como isso aconteceu, você trouxe minha filha de volta para mim. Houve momentos em que até *eu* duvidei de que ela ainda estivesse viva. Em que pensei que talvez todo mundo estivesse mesmo certo, que eu tinha enlouquecido. É impossível expressar o quanto esse dia significa para mim. — Ele parou e tomou outro gole da bebida. — Mas se você estiver envolvida no que aconteceu com a Izzy, eu vou entregá-la à polícia sem pensar duas vezes.

Katie respondeu com a voz firme:

— Não tenho nada a ver com isso. A primeira vez que ouvir falar da situação toda foi ontem à noite. Eu nem tinha certeza se Izzy era mesmo sua filha. Ela se apresentou como Alice.

— *Alice?* — O semblante fechou. — Imagino que esse seja o nome que a tal mulher, *Fran*, deu a ela.

Katie baixou os olhos para o copo.

— Quero que você se lembre de que, não importa o que você pense sobre a mulher que levou Izzy, ela foi bem cuidada e protegida esse tempo todo.

Ele soltou uma risada irônica.

— Ela *sequestrou* minha filha. Ela me fez acreditar que Izzy estava morta. Por que diabo você está defendendo essa mulher?

Katie tomou outro gole de conhaque e fez uma careta.

— Ela é minha irmã.

— *Sua irmã?* — Algo mudou na expressão dele. — É claro. — Gabe balançou a cabeça. — Eu sou um idiota.

— Olha, eu não falava com a Fran fazia nove anos. Então, ontem de tarde, recebi uma ligação. De uma menina que eu acreditava ser filha de Fran, pedindo ajuda.

— Do nada?

— Sim.

— E você acreditou?

— Eu não sabia o que estava acontecendo, mas, ainda assim, ela era uma criança e estava sozinha e assustada. Fui buscá-la e a levei para casa.

— O que ela disse?

— Não muito, no início. Contou que se chamava Alice e que Fran dissera para ela me ligar se tivesse problemas. — Katie engoliu em seco. — Mas desde o início estranhei algumas coisas. Ela se esquecia de chamar a Fran de "mãe", e percebi que o cabelo dela era pintado. Não consegui imaginar por que alguém pintaria o cabelo de uma menina de oito anos.

— Sete — corrigiu Gabe.

— Como?

— Ela só faz aniversário em abril. Faltam dois meses. Ela tem sete anos.

Katie sentiu o rosto corar.

— Desculpa.

— Continue — disse ele, tenso.

Ela tomou outro gole do conhaque. Estava se acostumando com a ardência.

— Mais tarde, ela admitiu que Fran não era sua mãe de verdade. Disse que a mãe havia morrido e que Fran a salvara, a protegera. Mas agora tinha desaparecido.

— Por que você não ligou para a polícia?

— Eu ia ligar de manhã...

— E?

— Aconteceu isso. — Ela apontou para o próprio rosto. — Um homem apareceu lá em casa. Atrás de Izzy. Acho que ele teria me matado se Izzy não o tivesse acertado com a mochila das pedras. Ela salvou a minha vida.

Um minúsculo sorriso se formou no canto da boca de Gabe.

— Minha menina.

Katie sentiu um relaxamento momentâneo da tensão e da desconfiança entre os dois. Mas então Gabe franziu a testa.

— Por que você não chamou a polícia depois disso?

— Porque o homem que me atacou era um policial.

Ele arregalou os olhos, compreendendo a importância daquilo.

— O homem que me esfaqueou estava usando um uniforme policial. Jovem, forte...

— Cabeça raspada?

Ele assentiu, e Katie sentiu um arrepio. Esse tempo todo, Steve *realmente* estivera usando sua irmã, só não do jeito que ela imaginava.

— Parece que é o mesmo.

— Por que um policial estaria envolvido nisso?

Ela deu de ombros.

— Todo mundo tem um preço. — Ela pensou no olhar de Steve. *Na diversão.* — Alguns são mais baratos que outros.

Parecia que ele ia dizer algo sobre isso, mas então balançou a cabeça.

— Por isso você fugiu?

— E aí liguei para você.

Ele assentiu, pensando.

— Mas eu ainda não entendo. Como você percebeu que "Alice" era a Izzy? Como você arranjou meu telefone?

Katie enfiou a mão no bolso e tirou o panfleto amassado, estendendo-o para ele.

— Eu guardei isso.

— E você reconheceu Izzy por essa foto? Parece exagero.

Ela hesitou. Quanto dizer? Quanto admitir? Ela pousou o copo de conhaque com cuidado na mesa de centro.

— Minha irmã não é uma pessoa ruim. Eu realmente acredito que ela fez o que fez por Izzy para protegê-la...

— Como você sabe? Você não fala com ela há nove anos. Ou isso é mentira?

— Não!

— Quer dizer, quando você para e pensa, é tudo bem conveniente. Você por acaso trabalha no posto em que eu tomo café. E a sua *irmã* sequestrou minha filha. Quais são as chances?

Katie o encarou com raiva.

— Você acha mesmo que eu ia desperdiçar minha vida trabalhando por anos numa cafeteria de merda só para o caso de você aparecer uma vez por semana para me ignorar? Ah, claro, ótimo plano. Nas últimas vinte e quatro horas eu fui atacada na minha própria casa e forçada a fugir com os meus filhos. Não sei se algum dia vou me sentir segura para voltar. Não tenho ideia se minha irmã está viva ou morta. Como você acha que eu me sinto? Não queria que nada disso estivesse acontecendo.

Ela sentiu lágrimas se formando nos olhos e tentou furiosamente evitá-las. Ela não ia chorar na frente dele. *Controle-se.* Como você sempre faz.

Gabe olhou para ela com uma expressão estranha, então suspirou e se recostou no sofá, a raiva diminuindo.

— Se sua irmã não é uma pessoa ruim, então por que ela estava na minha casa naquela noite? Por que pegou Izzy e fugiu? Por que abandonou o corpo da própria filha? Que tipo de mãe faz isso?

— Não sei. Só consigo imaginar que ela devia estar apavorada. Deve ter visto o assassino. Talvez tenha abandonado a própria filha para salvar a sua.

— Por que não ligou para a polícia?

— Talvez não pudesse. Talvez ela tivesse se envolvido com algo de que não pôde escapar.

— *O quê?* No que ela pode ter se envolvido que levasse a isso?

Katie hesitou. Agora ou nunca. Ela pegou a bolsa. A mão tremeu. Ela colocou o cartão de visitas amassado em cima da mesa.

AS OUTRAS PESSOAS.

Gabe olhou para o cartão, depois para ela.

— O que você sabe sobre As Outras Pessoas?

— O que *você* sabe?

— Justiça com as próprias mãos. Olho por olho...
— Pedidos e Favores — completou Katie, amarga. — Minha irmã devia um Favor a eles.
— Por quê? O que ela pediu que fizessem?
— Que matassem o assassino do nosso pai.

CAPÍTULO 53

Nove anos antes

Ele se foi, pensara Katie, encarando o cartão, "... mas não será esquecido". Mas ainda assim, ele se fora. Para sempre. *Ele se fora*.

As palavras pareciam ter se instalado em seu cérebro.

Não conseguia superá-la.

— Você não precisa decidir os dizeres agora — falara a senhora atrás do balcão com uma voz gentil. — Pode ligar para mudar depois.

Não podia. Já haviam discutido demais sobre usar flores cortadas ou em vasos. Precisava terminar com isso. E era uma idiotice, na verdade. Porque não era como se o pai fosse ler o cartão. Não era como se ela estivesse escrevendo para ele. Mas ainda assim ela sentia um peso, uma responsabilidade de escolher as palavras certas, pelo menos. De evitar clichês e frases feitas.

Mas o que ela poderia dizer? Não era o funeral de um pai que morrera pacificamente enquanto dormia. Ele não tinha sofrido de uma longa doença para a qual a morte seria um descanso misericordioso. Quais eram as palavras certas para um pai que fora assassinado de forma brutal e sádica?

A florista continuava a encará-la.

Era baixa, com cabelo grisalho bagunçado preso num coque e óculos grossos que faziam com que parecesse uma toupeira míope. Uma toupeira míope de vestido azul, cardigã desgastado e sapatos pretos de salto baixo.

— É sempre mais difícil nessas circunstâncias.

Katie olhara para ela com mais atenção.

— O que você sabe sobre as minhas circunstâncias?

— Ah, sinto muito. Não quero me meter, mas, bem, eu li as notícias e... sinto muito.

Katie pigarreara.

— Obrigada. É só que...

— Você ainda está com raiva.

Katie erguera os olhos de repente, prestes a responder que aquilo não era da sua conta, mas então percebera que a florista estava certa. Era isso mesmo. Era difícil escrever palavras de adeus quando ainda sentia tanta raiva de ter que fazer isso. Quando isso tudo estava errado. Quando o que ela realmente queria era berrar e xingar Deus por ter deixado aquilo acontecer.

E aquela havia sido a primeira pessoa a reconhecer isso.

Katie assentira.

— Sim. Estou.

A florista sorrira. Não era exatamente um sorriso compassivo. Katie não tinha certeza do que era. Só depois lhe ocorrera que era um sorriso de satisfação, como se ela tivesse dado a resposta certa.

— Quer um café?

— Hum... aceito, obrigada.

A mulher indicara que ela desse a volta no balcão. Nos fundos da loja havia uma copa pequena e duas cadeiras confortáveis. Katie se sentara enquanto a mulher esquentava a água.

— Sabe, muita gente acha que o luto tem a ver com aceitação. Mas esse nem sempre é o caminho.

— Então o que mais eu posso fazer?

— Como você realmente se sente sobre o homem que matou seu pai?

Katie inspirara com tanta força que sentira uma dor física, como se tivesse quebrado uma costela.

— Eu o odeio. Eu sei que não deveria dizer isso. Eu sei que deveria tentar perdoá-lo. Era só um menino, de dezoito anos. Histórico difícil, entrando e saindo de orfanatos. Eu entendo. Mas ele matou o meu pai. Esmagou meu pai contra a parede e o deixou lá para morrer. Ainda poderia ter salvado a vida dele. Uma ligação. Um sinal de remorso. Em vez disso, foi para uma festa. Enquanto meu pai sangrava até a morte, ele estava cheirando cocaína e enchendo a cara.

Ela fizera uma pausa para respirar. Era a primeira vez que dizia aquilo, que realmente colocava tudo para fora. Para uma completa estranha.

A florista trouxera as duas canecas de café.

— Pelo menos pegaram o responsável.

— Grande coisa. Nosso advogado disse para nos prepararmos para uma sentença leve por homicídio culposo. Tipo dois ou três anos, por causa da idade dele. Meu pai está morto para sempre, e ele vai ficar preso por alguns anos. Não parece justo.

— O que seria justo?

A pergunta a pegara de surpresa, e sua resposta ainda mais:

— Que ele tivesse uma morte dolorosa e solitária, como a do meu pai. — Ela balançara a cabeça. — Meu Deus. Estou dizendo coisas horríveis, não?

— Não, está sendo honesta. Aqui.

A mulher lhe estendera um cartão.

Era preto, com três palavras escritas em branco.

AS OUTRAS PESSOAS.

Embaixo, havia dois bonecos de palitinho de mãos dadas.

— O que é isso?

— Um site em que você pode se conectar a outras pessoas que passaram pelo mesmo que você, que talvez possam ajudar.

— Certo... Obrigada. Vou dar uma olhada.

Ela não tinha nenhuma intenção de fazer isso. Provavelmente era só um site cristão meio hippie. Devia ser só uma estratégia para espalhar a palavra do Senhor.

— Não fica na internet normal.

Katie franzira a testa.

— Como?

— Já ouviu falar da dark web?

Katie encarara a florista desarrumada e de óculos. A dark web. Aquilo era uma piada? Ela franzira a testa.

— Achei que isso fosse ilegal.

— Nem sempre. Às vezes é só para pessoas que querem um pouco mais de privacidade.

Katie virara o cartão. Havia uma sequência de letras e números escrita no verso.

— Esse é o endereço e a senha. Se quiser dar uma olhada.

— É tipo uma sala de bate-papo?

— Não só isso. Se você estiver falando sério sobre justiçar seu pai, eles oferecem outros serviços.

Outros serviços.

A conversa havia tomado um rumo surreal. O cômodo apertado de repente parecia claustrofóbico; o cheiro das flores era enjoativo; o gosto do café, amargo. Por que ela tinha confessado tudo aquilo a uma estranha? *Luto*, pensara. Estava afetando a sua cabeça. Ela precisava sair dali.

— Bem, obrigada... pela conversa e pelo café. Mas é melhor eu ir.
— E a frase para o seu cartão?
— Só escreva... "Sentiremos saudade, papai."

Ela saíra da loja às pressas e se unira à confusão dos passantes do dia, respirando o ar frio em grandes golfadas. Com passos largos, atravessara a calçada até o estacionamento. Ia jogar o cartão numa lixeira, mas não encontrara nenhuma, ou talvez houvesse muita gente no caminho.

De modo que, quando chegara em casa, o cartão continuava na sua bolsa. Ela o pegara, certamente com a intenção de jogar fora. Mas devia ter se distraído, porque em vez disso ele acabara em cima do aparador na entrada.

Estava ocupada com Sam e o trabalho, e o cartão ficara ali, junto com panfletos e outras correspondências inúteis, por dias. Ela quase tinha se esquecido dele quando Fran aparecera para finalizar as preparações do velório.

A irmã não ia muito à casa dela. Em geral mantinha certa distância do restante da família. Para ser honesta, Katie não se importava muito. Achava a irmã cansativa, da mesma forma que a mãe. Irritável, muitas vezes briguenta. Difícil de amar. O que fazia parecer que era um problema seu, quando, na verdade, era Fran que colocava obstáculos no caminho da afeição. Katie não entendia por que e, depois de tanto tempo, não sabia se ainda tinha energia para tentar superá-los.

Naquela tarde em particular, Fran entrara às pressas, dizendo que não podia ficar muito tempo. Então seu olhar recaíra no cartão.

— O que é isso?

Nada. Lixo. Vou jogar fora.

Era o que Katie deveria ter dito.

Mas não fora o que dissera. Ela sentira uma compulsão de dividir aquilo. Talvez porque fosse algo sobre o qual ela e a irmã poderiam conversar.

Ela dissera:

— Na verdade, é uma história estranha...

O funeral acontecera uma semana depois. Tinha passado. Essa era provavelmente a melhor coisa que poderia ser dita sobre a cerimônia. A mãe conseguira ficar sóbria o bastante para não passar vergonha, embora Katie tivesse tido que segurar o braço dela algumas vezes para evitar que caísse.

Não havia ninguém para fazer o mesmo por ela porque Craig tinha ficado em casa, cuidando de Sam. De novo. Embora tivessem concordado que não deveriam levar um bebê chorando para o funeral, Craig não se esforçara muito para persuadir os pais a tomarem conta do neto para que ele pudesse estar ao lado da esposa. Katie tentara se convencer de que ele só estava sendo um bom pai, e quase conseguira.

O padre fizera um discurso que falava muito sobre a vida do pai, como Katie e as irmãs tinham pedido, omitindo a natureza brutal e sem sentido de sua morte. Ele também falara de aceitação e perdão, mas toda vez que Katie encarava os vasos de flores em volta do caixão, que depois ela plantaria no amado jardim do pai, ela se lembrava da toupeira míope — *outros serviços* — e lutava para controlar um calafrio.

Estar no cemitério, ao lado da cova, parecia surreal, como se estivesse num filme, interpretando o papel de filha enlutada. Apesar dos sons muito reais de Lou se debulhando em lágrimas e fungando a seu lado, o rosto vermelho cheio de muco e lágrimas, não parecia possível que aquilo estivesse mesmo acontecendo. Não podia ser o pai *dela* naquele caixão de madeira sendo baixado lentamente para dentro da terra. Não podia ser o fim dele. Não era para ter sido assim. Era inconcebível que ela nunca mais fosse ver seu sorriso ou sentir seu toque carinhoso. *Ele se foi*, pensara. Para sempre. As lágrimas escorreram pelo seu rosto, e ela sentira alguém segurar sua mão. Fran.

Katie tinha alugado um espaço no pequeno bar local para o velório. Estava lotado. O pai dela era uma pessoa muito querida, e ela sabia que ele teria ficado feliz de ver tanta gente ali. O lugar zumbia com conversas e, longe da solenidade fria da igreja, ela sentira parte daquele luto pesado não exatamente sumir, mas se dissipar. Aquele era o seu pai, pensara. Não uma igreja fria e cinzenta e um caixão de madeira. Isso aqui. Pessoas. Amigos. Risadas.

Katie tinha deixado Lou responsável por monitorar a mãe, mas era inútil. As pessoas não paravam de pagar bebidas para a viúva, que já estava totalmente bêbada. De certa forma, Katie tinha inveja. Ela bem que queria poder se encher de gim e se entregar ao esquecimento. Mas não podia. Alguém tinha que circular, aceitar as condolências, agradecer a presença das pessoas, conversar com o padre, se certificar de que havia sanduíches suficientes. Um velório deixava as pessoas famintas.

Por fim, com o rosto doendo de tanto fingir sorrisos, ela conseguira se afastar e encontrar um canto quieto, em que ficou parada bebericando vinho branco quente e mordiscando um palito de queijo. Fran se desvencilhara da multidão e fora ficar ao seu lado.

— Entrei naquele site — dissera ela sem preâmbulos.
— O quê? Por quê?
Fran estendera o cartão.
— Eu peguei isso emprestado, fiquei curiosa.
Katie pegara o cartão de volta com a mão trêmula. Nem tinha notado que havia sumido.
— E aí?
— Eu fiz.
— Fez o quê? — Katie olhara para ela, um nó se formando no estômago. — Fran, o que você fez?

A irmã olhara pela janela. Katie se dera conta de que havia um táxi estacionado lá fora e franzira a testa.

— Você chamou um táxi? Achei que eu ia te dar uma carona.
— Tenho que ir para casa, fazer as malas.
O nó se apertara ainda mais.
— Malas? Para onde você vai?
— Desculpa. Não posso continuar aqui. Não depois da morte do papai. Preciso recomeçar. Vai ser melhor para todo mundo.
— Do que você está falando?
A irmã se virara de repente e a agarrara num abraço apertado.
— Foi pelo papai. Só se lembre disso.
— Fran?

Depois de soltá-la e deixá-la um pouco confusa e sem fôlego, Fran dera as costas e saíra do pub às pressas. Katie quisera correr atrás dela, gritar para que voltasse, se explicasse. Então ouvira um copo se quebrando do outro lado do bar. *Mãe.* Ela não podia fazer um escândalo no funeral do pai. Esse era o papel da mãe delas. Katie não deixaria mais nada estragar aquele momento. Ficara observando a irmã entrar no táxi, então se virara. Sorrindo e assentindo, ela atravessara o bar para lidar com a mãe, as palavras de Fran reverberando na mente.

"Foi pelo papai."

★ ★ ★

O telefonema viera uma semana depois. Katie estava na cozinha, tentando acalmar um Sam mal-humorado quando o celular tocara. Ela pegara o aparelho, atendera a ligação e o prendera entre o ombro e a orelha.

— Alô?
— Katie?
— Sim?

Sam começara a chorar. Ela tentara colocar uma chupeta na boca do menino.

— Aqui é Alan Frant.

O advogado da família.

— Ah, oi, Alan.

Sam cuspira a chupeta no chão.

— Tivemos uma alteração no caso do seu pai.
— Que tipo de alteração?

Ela se abaixara, sem jeito, segurando Sam no colo, e recuperara a chupeta do chão.

— Jayden Carter foi encontrado morto.

Ela congelara. *Jayden Carter*. O adolescente que matara seu pai.

— O que houve?
— Não sei se...

Sam tentara se soltar. Ela enfiara a chupeta na própria boca, depois passara de volta para ele. Dessa vez ele aceitara.

— Me conta.
— Os pulsos e a garganta foram cortados com uma navalha.
— Minha nossa!

A cozinha girara. Parecia que cada gota de saliva tinha sumido da sua boca.

— Sim. Muito desagradável.
— Mas... foi suicídio?

Ela queria que ele dissesse que sim. *Por favor, diga que sim.*

— Haverá uma investigação. Como você sabe, Jayden estava em prisão preventiva, e existem, bem, algumas inconsistências. Mas a questão é que, no que tange ao caso do seu pai, o Estado não tem como julgar um homem morto.

Inconsistências. Outros serviços.

— Não — sussurrara ela. — Eu entendo.
— Sinto muito.
— Tudo bem. Obrigada. Tchau.

Ela baixara o celular, o estômago embrulhado. Fora para a sala e colocara Sam no cercadinho.

Uma morte dolorosa e solitária, como a do meu pai.

Ah, Jesus. Ela correra para a pia da cozinha com ânsia de vômito, mas nada saiu. Katie jogara água no rosto e tentara se acalmar.

Eu fiz.

Coincidência. Tinha que ser coincidência. É claro. Ela estava imaginando coisas. E ainda assim...

Katie pegara o celular e abrira o contato de Fran. Tinha tentado ligar várias vezes depois do enterro, mas sempre caía na caixa postal. Dessa vez, uma gravação dissera: "O número que você ligou não existe ou está desligado."

Havia tentado de novo, por via das dúvidas, e ouvira a mesma mensagem. Merda. Certo. O que fazer? Então ela soubera. Pegara Sam, colocara no carrinho e saíra.

Uma jovem de cabelo louro curto estava atendendo na floricultura. Ela dera um sorriso simpático quando Katie entrou.

— Olá, posso ajudar?

— Hum, sim. Eu vim aqui outro dia e fui atendida por uma senhora mais velha.

O sorriso simpático sumira.

— Martha?

— Não lembro o nome dela. Ela vai voltar?

A menina balançara a cabeça.

— Não. É por isso que estou cobrindo esse turno. Ela ligou ontem e disse que não ia voltar. Devia ter dado uma semana de aviso prévio, mas deixou a gente na mão mesmo.

Katie sentira o mundo se desintegrar sob seus pés.

— Você por acaso tem o contato dela?

— Mesmo que eu pudesse dar o telefone dela, não serviria de nada. — Ela baixara a voz. — Todas as informações que ela deu eram falsas. Minha chefe está bem irritada, para ser sincera.

Katie havia encarado a menina. *Falsas.* Ela saíra da loja aturdida. Respire, dissera a si mesma. Fique calma. Seja racional. É possível que tudo isso seja só uma estranha, horrível coincidência. Não uma conspiração. Vida real. Ela precisava se sentar, tomar um café, colocar tudo em perspectiva.

Ela entrara numa cafeteria, pedira um cappuccino e dera para Sam um pouco de suco e uma banana. Então tirara o cartão da bolsa.

as outras pessoas.

Fran, o que foi que você fez?

Importa? O assassino do papai está morto. Justiça. Rasgue esse cartão. Esqueça isso. Siga em frente com a sua vida.

— Cappuccino?

Ela erguera os olhos para a atendente.

— Ah, sim, obrigada.

A moça pousara a xícara cheia na mesa. Katie dera um sorriso educado, esperara até a mulher se afastar e pegara o celular.

Esqueça isso. Siga em frente com a sua vida.

Ela abrira o navegador e procurara: como acessar a dark web.

Seja lá o que Fran tinha feito, ela precisava ver com os próprios olhos.

CAPÍTULO 54

Só havia um problema com o ódio, pensou Gabe. E o problema não era que ele destruiria você. Isso era mentira. O ódio pode servir de combustível para atravessar os piores momentos. Luto, desespero, terror. Amor e perdão podem mantê-lo aquecido, mas o ódio é capaz de abastecer um foguete até a lua.

Não, o problema era que, mais cedo ou mais tarde, o ódio acabava. E agora que Gabe mais queria senti-lo, agora que precisava dele para a mulher que sequestrara sua filha, descobriu que o tanque estava vazio.

Ele olhou para Katie com uma expressão cansada.

— Era por isso que sua irmã estava lá. Fazendo o Favor.

Katie assentiu.

— Acho que sim.

— Por que ela não recusou?

— Você viu o site. Acha mesmo que dá para recusar?

Gabe gostaria de dizer que sim. Que era só um site. Provavelmente administrado por uns moleques com espinhas, complexo de inferioridade e raiva do mundo. Mas uma pontada na lateral do corpo o lembrou dos oito pontos unindo sua pele cortada. A ardência da faca. Os olhos do homem.

O não pagamento do Favor ameaça a integridade do nosso site.

Katie estava certa, pensou. E sua irmã tinha uma filha, que ela provavelmente faria de tudo para proteger. Só que não havia funcionado.

— Acho que ela pensou "antes a família dele que a minha"? — questionou Gabe, amargo.

Katie estreitou os lábios.

— Não acho que Fran teria se envolvido se soubesse o que ia acontecer.

— Mas ela se envolveu, mesmo que tenha sido só para fazer Jen baixar a guarda e deixar o assassino entrar. Ainda assim, ela foi cúmplice do assassinato da minha esposa.

— Eu sei.

Katie bebeu um gole do uísque e fez uma careta de dor quando o copo tocou no seu nariz machucado. Gabe sentiu a raiva diminuir. Não era culpa dela.

— Porra, que confusão.

— Pois é.

— Quem são essas pessoas?

— Todo mundo, qualquer um. É claro que existe alguém organizando as coisas, mas em geral são pessoas normais procurando uma forma de aliviar a dor e a perda. O site se aproveita disso. E uma vez que você entrou, já era.

— Como é mesmo aquilo de seis graus de separação? Estamos todos conectados de alguma forma?

— Exato. Todo mundo tem uma utilidade, por menor que seja. Talvez a florista que me deu o cartão estivesse pagando o seu Favor também.

— Um esquema de pirâmide para os homicidas — resmungou ele. — Parece que você pesquisou bastante sobre isso.

— Depois que fiquei sabendo do que aconteceu com Jayden, passei muito tempo no site. Tentando entender tudo aquilo. Pensei em repassar as informações para a polícia, mas...

— O quê?

— Fiquei com medo. Se eles conseguiram fazer aquilo com um prisioneiro...

Ela nem precisou terminar.

— Então eu enterrei tudo isso na minha mente, decidi não pensar mais no assunto e me concentrar na minha família, nos vivos. É o que o meu pai desejaria.

— Pena que a sua irmã não pensou assim.

— Eu não a culpo. Fiquei muito furiosa com a morte do papai também. Se eu não tivesse falado aquilo tudo para a mulher da floricultura, nada disso teria acontecido.

— Foram só palavras.

— Mas eram verdade.

— A maioria de nós já desejou a morte de alguém em nossos piores momentos.

— A diferença é que, com As Outras Pessoas, esse desejo vira realidade.

Como uma fada madrinha psicótica. Gabe olhou para Katie.

— De manhã, precisamos falar com a polícia. Você precisa contar a eles tudo que sabe.

Ela assentiu. Parecia cansada e pálida, as manchas roxas em volta dos olhos ainda mais escuras, embora o inchaço no nariz tivesse diminuído um pouco. E ele estava prestes a tornar a noite dela ainda pior.

— Tem mais uma coisa. A polícia encontrou o carro em que Izzy foi levada.

Katie pareceu mais atenta.

— E aí?

Ele pensou no corpo decomposto. Tinha quase certeza de que Fran era a responsável, mas mencionar isso só complicaria tudo, e esse não era o momento de contar para Katie que a irmã dela era uma assassina.

— Também encontraram uma mulher. Muito ferida. Infelizmente ela faleceu no hospital hoje de manhã.

Ela respirou fundo.

— Ela foi identificada?

— Ainda não.

— Certo. Entendi.

— Quer dizer, pode não ser Fran, mas...

— Qual a probabilidade?

— Sinto muito.

— Não. — Ela pigarreou e balançou a cabeça. — Acho que no fundo eu já sabia que ela estava morta.

— Certo. Bem. — Ele virou o copo, mas, para a sua surpresa, já estava vazio. — Acho que todas as cartas estão na mesa.

— Não exatamente. Falta uma coisa que você ainda não explicou.

— O quê?

— Quem odiava você a ponto de querer matar a sua família?

CAPÍTULO 55

Izzy estava imóvel na cama, a respiração lenta e constante, os olhos fechados. Mas não estava dormindo.

Ela pairava sobre o sono como uma coruja que paira sobre campos escuros, ocasionalmente deixando-se baixar até se aproximar da grama sussurrante, mas subindo novamente antes de pousar.

Do outro lado da cama, Gracie abraçava um travesseiro e Sam se espalhava, meio do lado de fora das cobertas. No andar de baixo, ela conseguia ouvir Katie e o pai (ainda era estranho usar essa palavra) andando, conversando.

Seu pai parecia legal. Izzy se lembrava de poucas coisas a respeito dele, de antes. Fran tinha dito que seria muito perigoso ela ver o pai, que ele não conseguiria mantê-la segura. Mas Izzy não tinha tanta certeza. Ela o reconhecera na mesma hora, e a sensação que teve quando se abraçaram foi de conforto, calor, proteção. Izzy estava começando a duvidar de muitas coisas que Fran tinha dito.

Inclusive sobre aquele dia. O dia em que a coisa aconteceu. O dia em que o horror veio.

Izzy havia amado Fran, do seu jeito. Ela tentava ser gentil, e Izzy sabia que Fran se importava com ela e faria tudo para protegê-la. Mas sempre havia algo de duro nela. Mesmo quando ela abraçava Izzy, seu corpo era ossudo e afiado, como se estivesse armada contra o mundo por dentro e por fora.

E agora Fran tinha sumido. Izzy sabia, de um jeito que não conseguia explicar, que ela estava morta. Não ter alguém por perto, mas sabendo que a pessoa está em outro lugar, é um tipo de ausência. Mas isso era diferente. Havia um espaço, um buraco, no mundo onde Fran estivera antes. *Morta.* Izzy deixou a palavra assentar. Como a mãe dela. Como Emily. Algumas pessoas achavam que morrer significava ir para o céu. Fran disse que era mentira. Que morrer significava nunca mais voltar.

O vento uivava lá fora, e Izzy estendeu a mão para a mochila de pedrinhas na mesa de cabeceira. E a abraçou. As pedrinhas chacoalharam. Estavam agitadas. *Elas conhecem esse lugar,* pensou Izzy. E, estranhamente, ela sentia que conhecia também. A sensação estava cada vez mais forte. Então, quando ela olhou pela janela e viu a praia, percebeu tudo.

A menina no espelho. Ela estava aqui.

Era por isso que Izzy não conseguia dormir. Sentia a presença dela, ouvia sua voz, sussurrando para ela do outro lado da porta.

Eu preciso de você.

É claro que ela não precisava ir. Poderia continuar na cama e fingir que estava dormindo. Mas o impulso era forte demais. Quase algo físico.

Por favooooor.

A menina precisava dela.

E ela precisava da menina.

Izzy sentou-se na beirada da cama. Gracie se mexeu e virou, murmurando algo, mas ainda de olhos fechados. Izzy afastou as cobertas e atravessou o carpete pé ante pé.

Ela chegou à porta do quarto e abriu devagar. O banheiro ficava à esquerda do corredor. Atravessou o espaço escuro, a luz do andar de baixo produzindo uma penumbra. Raciocinou que não importava muito se a ouvissem andando; pensariam que estava indo ao banheiro.

Ela caminhou pelo carpete macio, chegou à porta e entrou, encostando-a atrás de si, sem fechar. Fran sempre dizia para não trancar, caso ela caísse e Fran não conseguisse entrar.

Como tudo mais naquela casa estranha mas familiar, o banheiro era imenso, porém frio. Pintado de branco e verde-escuro. Havia uma banheira enorme no meio do piso de azulejos quadriculados pretos e brancos. Havia uma pia e um chuveiro separado, que parecia mais novo. Na janela havia um potinho com pedrinhas e conchas.

Izzy respirou fundo e se aproximou da pia. Olhando para a cuba, contou:
— *Um, dois, três.*

Então olhou para a frente, para o espelho.

A menina pálida olhou de volta para ela. Atrás, o mar batia. O vento bagunçava o cabelo branco. A menina sorriu. Então ergueu a mão para os lábios. *Shhhhhhhhhhh.*

CAPÍTULO 56

Gabe caminhou pelos corredores silenciosos. Quietos demais. Parados demais. Como Isabella, a casa existia num estado de vida suspensa. Nem viva, nem morta. Num limbo perpétuo.

Ele chegou à porta da ala sul. Uma porta corta-fogo dupla com um teclado. Digitou a senha e a porta se destrancou com um zumbido.

Sempre que entrava naquela ala da casa, uma pesada melancolia o dominava. Às vezes ele se perguntava se era assim que as pessoas no corredor da morte se sentiam. Um longo arrastar em direção a um destino certo. Apesar das tentativas de decoração acolhedora, com pinturas de casas de praia coloridas nas paredes, iluminação indireta e carpetes, não havia como fugir do ar impessoal, do cheiro de produtos químicos, do ar parado.

Ele se pegou desejando, de novo, ter força para libertar Isabella de uma vez por todas. Mas não tinha. Sentia muito medo das consequências e não estava disposto a assumir a responsabilidade pela vida dela. Que direito tinha ele de determinar como e quando ela deveria ser interrompida? Justo ele?

Gabe passou pela cozinha, pela despensa, por um banheiro pequeno. Havia dois quartos ali, onde as enfermeiras dormiam, mas as portas estavam abertas e os cômodos, vazios. No andar de cima havia um quarto extra, um banheiro e o quarto principal, onde Isabella dormia. Ele subiu as escadas devagar, parando a cada degrau, ciente de que estava apenas adiando o inevitável.

Por fim chegou ao quarto dela. Gabe hesitou. Esperando que alguma coisa — qualquer coisa — o impedisse de entrar: um toque do celular, o teto caindo, a terra se abrindo sob seus pés. Mas não havia nada, apenas a imobilidade tensa da casa.

Ele empurrou a porta e entrou.

 A menina pálida estava sentada perto da orla. Izzy hesitou por um momento e então se sentou ao lado dela.
 O mar estava agitado hoje. Ondas escuras e bravias se erguiam formando pequenas montanhas, antes de se jogarem com força na areia. A ventania bagunçava o cabelo das duas. Um claro. Outro escuro. Mas Izzy não sentia frio. Ela não sentia nada quando estava aqui.
 Ambas ficaram sentadas em silêncio. Então a menina pálida falou:
— Ele está por perto.
— O Homem de Areia?
A menina assentiu.
— Quem é ele?
— Morte. Salvação. Um homem. O começo do fim. Ele veio aqui uma vez, muito tempo atrás. Levou um pedaço da praia de volta com ele. E agora eu consigo senti-lo o tempo todo, como uma nota dissonante, cada vez mais alta.
— Ele é mau?
A menina se virou. Izzy percebeu que era a primeira vez que ficavam tão próximas. A menina era bem mais velha do que ela esperava. Não era uma menina, na verdade, mas ainda infantil de alguma forma.
— Você sabe o que um espelho faz?
— Reflete?
— Inverte tudo. Não existe bom ou mau. Depende de que lado do espelho você está.
Izzy pensou em Fran. Em como a amava, mas como às vezes também sentia medo dela.
— Acho que entendi.

— Miriam costumava me contar duas histórias sobre o Homem de Areia. Numa, ele espalha areia nos olhos das crianças para fazê-las dormir e lhes dá lindos sonhos. Na outra, rouba os olhos delas. Os dois lados do espelho. O doador de sonhos. O ladrão de olhos.

— Que horror.

— É como esse lugar — continuou a menina. — Aqui estou a salvo da escuridão, mas, quanto mais tempo passo aqui, mais corro o risco de me perder.

Izzy olhou para o oceano, com suas ondas pretas e prateadas. O céu estava pesado, repleto de fúria contida.

— Não entendi.

— Você se lembra da primeira vez em que nos encontramos?

Izzy tentou lembrar. Procurou na mente, estreitou os olhos.

— Não. Parece que venho aqui desde sempre.

— Você era bebezinha. Mas criamos uma conexão. Você me manteve presa aqui. À vida. Isso tornou minha existência suportável. Mas não é mais o bastante.

— Por quê? O que vai acontecer se você ficar?

— Do que você acha que a praia é feita?

Izzy olhou em volta. A praia era de cascalhos que se transformavam em areia perto da água.

— Pedrinhas, areia?

A menina pálida ergueu a mão. O vento atravessou seus dedos, e as pontas deles se desfizeram em grãos finos que caíram na praia.

— É isso que esse lugar faz, depois de um tempo.

Izzy a encarou, horrorizada.

— O que eu posso fazer?

— Me ajude a ir embora. Com uma amiga, acho que não vou sentir tanto medo. Você é minha amiga?

Izzy olhou nos olhos da menina pálida. Naquele momento, eles não pareciam amigáveis. Pareciam... outra coisa.

Ela hesitou, então disse:

— Sim, é claro.

A menina estendeu a mão mutilada.

— Então venha comigo.

CAPÍTULO 57

Ela dormia. A menina pálida no quarto branco. Máquinas a cercavam. Guardiãs mecânicas, prendendo a menina adormecida à terra dos vivos, impedindo que ela fosse carregada pela maré sombria e eterna.

Os apitos constantes e o som dificultoso da própria respiração eram as únicas canções de ninar de Isabella. Gabe sabia que, antes do acidente, ela amara música. Amara cantar. Amara tocar.

Ela ainda tinha a aparência daquela menininha. Talvez fosse por isso que ele ainda pensasse nela dessa forma, apesar de ela agora ser uma mulher de trinta e sete anos. Os anos não marcaram seu rosto. Sem tristeza ou alegria. Sem entusiasmo ou dor. A pele permanecia lisa e sem marcas da passagem do tempo. Da experiência de viver.

Havia um piano pequeno num canto do quarto. A tampa estava aberta, mas as teclas estavam cobertas por uma fina camada de poeira. Em cima do piano normalmente ficava uma concha cor de marfim, a parte de dentro rosada parecendo as curvas delicadas de uma orelha.

Mas não hoje. Hoje não havia concha.

E Isabella não estava só.

Havia uma figura ao lado da sua cama.

O cabelo grisalho era curto. Ela usava o uniforme azul de enfermeira e um crucifixo no pescoço. Sua cabeça estava abaixada, como se ela estivesse rezando. As máquinas zumbiam e apitavam.

— Olá, Miriam — disse Gabe.

Ela ergueu a cabeça devagar.

— Gabe. Que surpresa.

Mas ela não parecia surpresa. Parecia resignada e um pouco cansada.

Gabe parou ao pé da cama.

— Eu precisava de um lugar para ficar por um tempinho.

— Bem, é claro, a casa é sua.

— E sua.

— Eu agradeço.

Ele deu a volta na cama e se sentou na outra cadeira.

— Como está Isabella?

Uma pergunta inútil, porque a resposta era sempre a mesma.

— Está tão bem quanto possível. Nós a mantemos limpa e confortável, e às vezes eu rezo.

Gabe assentiu, e ela encostou no crucifixo.

— É por isso que você está aqui? Percebi que não há outras enfermeiras.

— Em geral sou só eu. Sou perfeitamente capaz de cuidar dela.

— É claro. Olha, Miriam, acho que você deveria saber que houve uma mudança de circunstâncias. Por isso faltei à visita de ontem.

— Ah, é?

— Encontrei Izzy.

— Sua filha?

Ela arregalou os olhos e apertou a cruz com força.

— Sim.

— Ela está viva?

— Sim.

— Minha nossa. Que maravilha! Mas como?

— É uma longa história. — Ele fez uma pausa. — Envolve um grupo chamado As Outras Pessoas.

Ela franziu a testa e meio que balançou a cabeça.

— Não sei o que significa.

— Eles dizem oferecer justiça àqueles que perderam entes queridos, que acabaram decepcionados com as sentenças expedidas pelos tribunais. Olho por olho, dente por dente. — Gabe hesitou. — Alguém pediu a integrantes desse grupo que assassinassem minha esposa e minha filha como uma forma de punição pelo que fiz com Isabella.

Ela o encarou.

— Perdão, mas isso me parece um pouco exagerado. Quem faria uma coisa dessas?

— Alguém que estivesse com raiva, amargo, de luto?

— Quer dizer, Charlotte?

— Eu também pensei nisso, no início... Mas não, não acho que faça o estilo de Charlotte. Ela já tinha me punido como queria. Além disso, ela morreu antes de Izzy nascer.

— Então quem?

— Há quanto tempo você trabalha aqui?

— Mais de trinta anos.

— Você cuidou de Isabella esse tempo todo. Sem dúvida, com total devoção. Deve se importar muito com ela.

— Sim, é verdade.

Gabe assentiu, o coração prestes a explodir de tristeza.

— Então por favor me diga que foi por isso. Por Isabella. E não só pelo dinheiro.

CAPÍTULO 58

Katie despertou no susto, catapultada dos sonhos por... o quê? Ela piscou, os olhos se ajustando à penumbra do quarto. Demorou um momento para se lembrar de onde estava. Então tudo voltou de uma só vez. A sala de estar, no casarão. Ela devia ter caído no sono no sofá. Que horas eram? Checou o relógio: dez e quinze. Não estava tarde, mas fora um dia longo.

Gabe tinha avisado que iria à outra ala ver Isabella. Ela decidira ficar ali e terminar a bebida antes de deitar. O copo permanecia pela metade na mesa de centro.

Ela se sentou e prestou atenção aos sons da casa. Alguma coisa a acordara. Um barulho distante, um baque? Esforçou-se para ouvir. Toda mãe se torna perceptiva aos barulhos noturnos dos filhos. Sabe quando estão dormindo tranquilamente e sabe por instinto quando alguma coisa está errada.

Havia alguma coisa errada.

Ela ouviu de novo. O ranger de uma tábua do piso. Um som baixo, escondido. Alguém estava andando. Não era Gabe, seus passos eram mais pesados. Era uma criança.

Katie se levantou, saiu da sala e subiu a imensa escadaria. O quarto principal ficava à esquerda, o banheiro bem em frente à escada. Uma luz amarela saía pela fresta estreita embaixo da porta. Talvez fosse só isso. Talvez uma das crianças tivesse se levantado para usar o banheiro. Ainda assim, algo — instinto — lhe disse para verificar. Ela atravessou o corredor, os dedos percorrendo a parede na escuridão até encontrar um interruptor. Acendeu a luz, inundando o corredor com um brilho amarelo pálido.

Ela chegou à porta do banheiro e bateu de leve.

— Oi?

Silêncio. Nenhuma resposta. Nem o som de água corrente.

Bateu de novo, então empurrou a porta. Estava destrancada e se abriu. Katie entrou. O banheiro estava vazio. Mas o espelho estava partido com uma rachadura imensa, e a pia estava manchada com sangue vermelho-vivo.

Merda.

Katie correu pelo corredor até o quarto principal, o medo apertando o coração. Viu Sam na beirada da cama, uma perna para fora das cobertas. Havia outra cabeça loura entre os travesseiros. Katie atravessou o quarto na ponta do pé até a cama de casal gigantesca e puxou as cobertas devagar. Ao lado de Gracie, só uma reentrância leve no travesseiro.

Izzy tinha sumido.

CAPÍTULO 59

— Você está enganado.

— Eu gostaria de estar. E admito que levei um tempo para entender. Talvez eu não quisesse acreditar. O testamento não tinha brechas. Mesmo se algo acontecesse comigo e com a minha família, o espólio seria administrado por um fundo. — Uma pausa. — Eu liguei para o advogado no caminho para cá e perguntei quem são os administradores. Foi aí que tudo fez sentido. Só tem uma pessoa. Você, Miriam.

Ela o encarou, avaliando-o. Seus dedos largaram o crucifixo.

— Eu dediquei minha vida inteira a Isabella. Sacrifiquei muito. Quando Charlotte morreu, achei que receberia alguma recompensa pela minha dedicação, por todos esses anos.

— Em vez disso, Charlotte deu todas as suas posses para o homem que quase matou a filha dela.

— Ela me deixou seus cristais — bufou Miriam. — Os *cristais*. Isso não é *justo*.

— Eu teria dado tudo a você se pudesse. É por isso que a deixei morar aqui, nesta casa.

— E para que serve este lugar para mim, uma mulher de sessenta e cinco anos com osteoporose? Eu quero me aposentar. Não quero ficar apodrecendo nesta casa morta. Mas estou presa aqui. Enquanto você estiver vivo. Enquanto ela estiver viva. E se eu for embora, o que recebo? Uma pensão e um apartamentinho precário em algum lugar?

— Eu teria me certificado de que você estaria bem assistida.

— Eu merecia mais. E Isabella merecia justiça.

— Então você entrou em contato com As Outras Pessoas. Como você encontrou o site?

— Soube por uma enfermeira que trabalhou aqui por um tempo. A gente conversava às vezes. No dia em que ela foi embora, me deu um cartão. "Eles podem ajudá-la", ela disse. "Mas isso não fica na internet normal." Eu admito que não tinha ideia do que ela estava falando. Mas fiquei curiosa. Fiz umas pesquisas... — Ela tocou o crucifixo de novo. — E encontrei a resposta às minhas preces.

Gabe cerrou os punhos.

— Naquela segunda à noite, era para eu ir direto para casa e encontrar o corpo da minha esposa e o da minha filha. Eu seria o principal suspeito dos assassinatos, ainda mais com meus antecedentes. Comigo na cadeia e com minha família morta, você herdaria tudo.

— É o que eu mereço. É o que me devem.

— Isabella teria que sofrer uma piora súbita, mas, sem minha presença, isso seria fácil. — Ele pausou. — Mas você não tinha garantia de que eu seria condenado.

— Mesmo se não fosse, eu o conheço, Gabe. Você é fraco. Você não conseguiria viver sem sua família. Seria só uma questão de tempo até você se matar.

— Mas eu não fiz isso. Porque vi o carro. Porque sabia que Izzy estava viva.

O rosto dela ficou sombrio.

— *Você* sabia? — perguntou ele.

— Eu fui informada de que alguma coisa tinha dado errado. Que havia uma possibilidade de que Izzy ainda estivesse viva. Mas me asseguraram que As Outras Pessoas a encontrariam e completariam meu Pedido.

— E você precisava se certificar de que ela estava morta, certo? Não podia correr o risco de que ela aparecesse e reivindicasse sua herança. Todos nós precisávamos estar mortos para que você recebesse o que merece. — Ele se levantou, de repente enojado da presença dela. — Vou chamar a polícia agora. Quero que você saia deste quarto e se afaste de Isabella.

Miriam assentiu.

— Suponho que você esteja gravando esta conversa no seu celular.

— É claro.

Ela tirou algo do bolso do uniforme. Gabe demorou um momento para perceber o que era, o objeto tão incongruente nas suas mãos marcadas pela idade.

— Meu Deus!

Miriam olhou para a arma como se aquilo a surpreendesse também.

— Recebi uma visita hoje mais cedo. Ele se apresentou como Homem de Areia e me deu isso.

— Miriam, por favor, largue essa arma.

— E ele me deu uma escolha: terminar tudo pacificamente, fazer a coisa certa, ou sofrer nas mãos dele. — Ela ergueu a arma. — Só tem uma bala aqui, entende?

Ela encostou o cano na própria testa.

— Miriam, não.

— Mas ele não me conhece.

Ela apontou a arma para Gabe.

— Ele não entendeu que não tenho medo dele. E que eu *vou* receber o que mereço.

— Miriam...

Ela encostou o dedo no gatilho. Então uma voz gritou:

— *Não!*

CAPÍTULO 60

Izzy estava na porta, só de camiseta e calcinha. O cabelo estava arrepiado com estática, os olhos arregalados e distantes, e as mãos cobertas de sangue.

— Izzy — pediu Gabe, desesperado. — Você precisa voltar para a cama. Agora.

Mas ela não ouviu, nem parecia vê-lo.

— Sua filha. — Miriam sorriu. — Que ótimo.

Ela apontou a arma para a menina.

— *Não!* Atire em mim. Deixe-a em paz!

Gabe se virou e agarrou os ombros da filha.

— Izzy! — implorou. — Acorda! Sai daqui.

ME SOLTE.

Um choque percorreu seus braços. Suas mãos se afastaram, repelidas por uma corrente invisível. Agora Gabe conseguia senti-la por toda parte. Energia. Pulsando e estalando no ar carregado. Os pelos do seu corpo estavam arrepiados, uma pressão dentro de sua cabeça.

— Pare com isso! — gritou Miriam. — Seja lá o que você está fazendo, pare!

Izzy encarou a enfermeira sem piscar, impassível. A arma tremeu nas mãos de Miriam, então saltou para o outro lado do quarto. Ela gritou e apertou os dedos como se tivessem sido queimados.

Izzy passou por Miriam em direção à cama, os olhos fixos na garota adormecida. O azul de seus olhos estava mais intenso do que Gabe jamais tinha visto. E de repente ele sentiu medo como nunca antes sentira na vida. Izzy chegou à cama.

— É você — sussurrou.

Não, pensou Gabe.

Ela segurou a mão da menina adormecida.

— Não!

Isabella abriu os olhos.

As janelas se abriram com um estrondo. Gabe foi lançado para trás e bateu de costas na parede, perdendo o fôlego com o impacto. Um vento furioso agitava as cortinas, jogava luminárias no chão, bagunçava os lençóis. Seus olhos ardiam com água do mar. A tampa do piano abria e fechava violentamente, as teclas gritando em sons dissonantes.

Miriam tentava se levantar da cadeira com dificuldade, e o vento resolveu ajudá-la. Ela foi erguida e flutuou no ar, os sapatos pretos gastos balançando acima do chão, e então foi jogada para baixo com tanta força que a cadeira derrapou para trás. Miriam aterrissou com um grito, que foi interrompido.

As duas meninas estavam de mãos dadas em silêncio, enquanto a tempestade rugia ao redor.

Gabe fez esforço para gritar:

— *Izzy!*

Mas ela não ouviu. Estava em outro lugar, encarando algum ponto além dele, além daquele quarto, além de tudo.

— *Izzy!!*

Então, desesperado:

— *Isabella!!*

O vento pareceu diminuir. A cabeça de Isabella virou no travesseiro. Pela primeira vez desde o acidente, ele olhou nos olhos dela. E viu tudo de novo. O começo. O fim. A existência contínua entre uma coisa e outra. *A praia*.

— Me perdoe! — suplicou ele. — Sinto muito. Mas, por favor, deixe Izzy em paz. Não posso perdê-la!

Ela o encarou com olhos cinzentos impenetráveis.

Então Isabella fechou os olhos... e soltou a mão de Izzy.

O vento parou na hora. A tampa do piano se fechou com um baque.

Izzy desabou no chão.

Gabe atravessou o quarto e abraçou a filha. Ela ainda respirava. *Graças a Deus.*

— Gabe?

Ele se virou. Katie estava na porta. Ele a encarou, confuso.

— O que você está fazendo aqui?

— Acordei e não encontrei a Izzy. Estava tentando abrir a porta, mas ela abriu de repente.

Katie olhou em volta, absorvendo a cena inteira.

— Meu Deus! — Ela cobriu a boca com a mão.

Gabe seguiu seu olhar. Miriam estava caída na cadeira ao lado da cama, ainda segurando o crucifixo. O pescoço estava torcido, os olhos vazios e sem vida.

Ele se virou para Isabella. Ela parecia estar dormindo outra vez. Mas Gabe percebeu que o sobe e desce suave do seu peito havia cessado, e a máquina ao lado da cama agora emitia um apito agudo e contínuo. Uma nota final.

Ela tinha partido. *Não*, ele se corrigiu. *Ela tinha sido libertada.*

Gabe apertou Izzy com mais força.

— Adeus, Isabella — sussurrou. — Boa viagem.

CAPÍTULO 61

Ele bebia café com bastante açúcar. Raramente comia. Às vezes soprava uma nuvem de vapor de um cigarro eletrônico, apesar da placa na parede que dizia: PROIBIDO CIGARROS OU CIGARROS ELETRÔNICOS. Mas ninguém ia reclamar. O lugar era dele.

Usava preto: sobretudo, camiseta e jeans. Sua pele era quase do mesmo tom das roupas. Ele era alto, mas não muito. Forte, mas não exageradamente. A cabeça estava raspada. Sentado imóvel num canto, mal passava de uma sombra. Uma sombra que a maioria dos clientes via de relance antes de escolher se sentar bem longe. Nada a ver com preconceito. Tudo a ver com uma sensação desagradável. Uma sensação de que, se olhassem para aquele homem por tempo demais, veriam algo que jamais esqueceriam.

Gabe atravessou o café pouco iluminado e se sentou em frente ao Samaritano.

— Ainda não acredito que você está gerenciando um café.

O Samaritano riu.

— Sou um homem de muitos talentos.

— *Nisso* eu acredito.

— Você quase parece humano. A paternidade te faz bem.

Gabe sorriu. Não conseguia evitar. A palavra "pai" fazia isso com ele. Pensar em Izzy. Fazia poucos meses, mas já estavam mais próximos. Ela o chamava quando os pesadelos a despertavam à noite. A palavra "papai" soava mais natural para a menina. Ela não olhava mais para ele com uma expressão ligeiramente desconfiada. Eles ainda tinham muito a aprender um sobre o outro, mas Gabe se sentia eternamente grato por ter essa chance.

Antes ele não dava o devido valor à paternidade. Estava ocupado demais, enrolado demais com a própria vida e com o dever em relação a Isabella para dedicar tempo suficiente à filha. Gabe não acreditava que "as coisas acontecem por um motivo". As pessoas tentam dar sentido às tragédias quando a verdade é que tragédias não têm sentido. Coisas ruins não acontecem por alguma razão maior. Só acontecem. Porém, ele sentia que tinha, sim, recebido uma segunda chance. Uma chance de não cometer os mesmos erros.

A filha ainda guardava alguns mistérios. Eles tinham conversado um pouco sobre a sua narcolepsia, ou sobre "cair", como ela chamava. Parecia ter recomeçado depois que o "homem mau" veio — no dia em que a mãe fora assassinada. Havia piorado durante seu tempo com Fran. Provavelmente por causa do trauma. Mas Gabe não conseguia explicar o que ela lhe contara sobre a praia ou as pedrinhas. Parecia impossível, insano. Mas ele tinha visto o que acontecera no quarto, com Isabella. Também não conseguia explicar aquilo. Então, por enquanto, ele só aceitava. Embora, felizmente, desde aquela noite, as coisas estivessem melhorando. Devagar.

Izzy ia a um psicólogo uma vez por semana. Aos poucos, estavam conseguindo que ela contasse partes da história, do seu tempo com Fran. Mas os detalhes do dia em que Jenny morrera eram mais difíceis de recuperar. Izzy tinha escondido aquilo tudo bem fundo. O psicólogo avisara a Gabe e à polícia que talvez nunca conseguissem acessar aquelas lembranças. Mas não havia problema, Gabe pensava. Por mais frustrante que fosse, às vezes é melhor deixar certas coisas adormecidas.

A detetive Maddock achava que já tinham uma versão razoavelmente completa dos acontecimentos. Fran e a filha, Emily, tinham se mudado havia pouco tempo para a cidade em que a família de Gabe morava. Emily estudava na mesma escola que Izzy. Fran devia conhecer Jenny daquele jeito que mães se conhecem no portão da escola. Gabe provavelmente a vira uma ou duas vezes. Talvez até tivesse confundido as duas meninas na hora da saída. Aparentemente, elas eram "quase idênticas".

Em algum momento, Maddock acreditava, Fran tinha sido contatada para pagar seu Favor para As Outras Pessoas. Parecia provável que o Favor fosse ir até a casa de Gabe, fazer Jenny convidá-la a entrar e se certificar de deixar o portão aberto para dar acesso ao assassino. Isso era importante, Gabe percebia agora, porque, para que ele fosse acusado dos assassinatos, não poderia haver sinais de arrombamento.

Mas Fran nunca teve a intenção de levar aquele plano a cabo, não totalmente. Maddock contou que, nos dias antes do assassinato de Jenny, Fran tinha devolvido o apartamento alugado, comprado duas passagens de trem e alugado uma casinha em Devon. Também avisara que Emily não iria à escola naquela semana, com o pretexto de visitar a avó doente. E tinha comprado dois aparelhos celulares pré-pagos.

No dia do assassinato, Fran fizera uma ligação anônima para a polícia antes de chegar à casa de Gabe, avisando sobre uma invasão naquele endereço. Ela provavelmente achara que a polícia chegaria a tempo de evitar o que estava prestes a acontecer. Então ela desapareceria com a filha para algum lugar em que As Outras Pessoas não as encontrariam.

Mas a ligação não recebera prioridade; a polícia chegara tarde demais. Fran fugira com Izzy no carro do assassino.

A polícia ainda não sabia quem era o homem no porta-malas. Mas pelo que Izzy tinha contado, parecia que As Outras Pessoas haviam encontrado as duas em algum momento. Fran matara o homem e largara o corpo e o carro no lago.

Gabe ainda não compreendia por que Fran levara a própria filha para a casa dele naquele dia. Talvez não tivesse mais ninguém para cuidar dela. Ele não sabia como Emily tinha acabado morta, ou por que Fran não tinha ido direto para a polícia depois dos assassinatos. *Como ela pôde abandonar o corpo da própria filha?* Aquela peça do quebra-cabeça ainda estava faltando. Mas ele sabia que em algum momento houve duas menininhas na sua casa. Então o assassino chegara. Só uma menininha sobrevivera: Izzy. E ele a vira naquela noite. Na rodovia. No carro à sua frente.

A polícia ficou com a confissão de Miriam, gravada no celular dele. Harry também dera o depoimento, mas não seria processado judicialmente. Não foi considerado de interesse público. Gabe teve que concordar. Mas isso não significava que ele permitia que Harry e Evelyn vissem a neta. Ainda não.

Testes de DNA confirmaram que Emily era filha de Fran. Suas cinzas foram reenterradas ao lado do túmulo da mãe. Por fim, reunidas.

Katie o convidara para o funeral de Fran. De início ele recusara, depois mudara de ideia. Ela tentara salvar Jenny e Izzy, pensara. E tinha mantido Izzy em segurança. Ele deveria agradecer por isso.

A mãe de Katie não estava presente, mas a irmã mais nova, sim. Ela soluçava em uma sucessão de lenços de papel. Katie chorava baixinho ao lado de Gabe. Ele ficou parado ali, sem jeito, sem saber bem o que fazer. Então, talvez um segundo antes de ser tarde demais, ele passou o braço ao redor dos ombros dela. Sentiu Katie ficar tensa por um momento, e então relaxar. E ficou tudo bem.

A polícia ainda estava tentando encontrar As Outras Pessoas, mas era uma tarefa quase impossível. O site tinha sido removido, embora com certeza seguisse ativo, sob outro endereço, em alguma outra parte da dark web. Só estava invisível para eles.

O ex-namorado de Louise, Steve, tinha sido preso, mas se recusava a testemunhar. Duas acusações de tentativa de homicídio obviamente eram preferíveis ao que quer que As Outras Pessoas fariam com ele. Maddock contara a Gabe que Steve também estava sendo investigado por intimidação de testemunhas e falsificação de provas em vários outros casos.

Parecia improvável que eles fossem encontrar o responsável pela morte de Fran. Fosse quem fosse, o assassino era um profissional. Tanto que a polícia acreditava que sua intenção não fora que Fran morresse imediatamente. Ele quisera que ela sofresse.

— Então — disse o Samaritano. — Você desistiu da vida itinerante.

— Acho que sim.

— Ainda bem. Aquela sua van era uma vergonha. É bom levar direto para o ferro-velho. Vale mais reciclar.

Gabe sorriu, mas não conseguiu se segurar.

— Ainda existem algumas pontas soltas.

— É a vida. Não é tudo direitinho que nem nos filmes.

— É. Mas não consigo parar de pensar em uma coisa. Algo que ainda me incomoda.

— É?

— Quem sabia que Fran ia voltar para o lago naquele dia, naquela hora?

— Talvez alguém que estivesse de olho nela?

— É o que a polícia acha. Encontraram uns restos de fita adesiva e galhos quebrados numa árvore. Acham que alguém podia estar de tocaia.

— Então, aí está sua resposta.

— Só que *nós* éramos os únicos que sabíamos que o carro e o corpo estavam lá para começo de conversa.

— Entendo aonde você quer chegar.

— Isso me fez pensar em algo que Katie disse, sobre o adolescente que matou o pai dela. Jayden. Parece que ele foi parar num orfanato cedo. A mãe tinha morrido, o pai era criminoso.

— Um clichê — disse o Samaritano. — Pai ausente. O menino não recebe nenhuma orientação. Se mete com as pessoas erradas. A história se repete. Às vezes o pai nem sabe que tem um filho até já estar grande. Quando isso acontece, o moleque quer se espelhar no pai. É difícil colocar seu filho no caminho certo quando você passou tanto tempo no caminho errado. Mas talvez o cara até tente. Talvez ele até se esforce para pôr o garoto nos trilhos. Então ele comete um erro...

Gabe o encarou.

— Consegui uma fotografia do pai dele com a polícia. É bem antiga, o cara sumiu faz uns anos.

Ele enfiou a mão no bolso, mas, antes que pudesse puxar a foto, a mão do Samaritano se fechou com uma força férrea em volta do seu pulso.

— Não faça isso.

O Samaritano encarou Gabe. Ele sentiu os ossos do pulso se mexerem e algo lá dentro enfraquecer. Gabe de repente desejou ter marcado de encontrar o Samaritano em outro lugar. Ali, se ele quisesse matá-lo, poderia fazer isso e ninguém veria ou falaria nada.

— Tudo bem — murmurou.

O Samaritano soltou seu braço, que caiu na mesa como um peso morto.

— Vou dizer isso uma vez, e uma única vez. Compreende?

Gabe assentiu.

— Você tem razão. Ele era meu filho. E só tinha dezoito anos quando aquela vaca mandou que o matassem. O menino não era uma pessoa ruim. Eu sei que o que ele fez foi errado. Mas ele era um rapaz bom.

— Ele matou um homem e foi para uma festa depois.

— E você encheu a cara, atropelou uma menina e a deixou em coma. Mas ainda está aqui. Você, com seu privilégio branco, teve uma segunda chance.

— Você não me conhece.

— Ah, eu sei que você era pobre. Mas branco pobre não é a mesma coisa que preto pobre, e nem tente discutir. O idiota branco que dirige bêbado e quase mata uma menina recebe uma multa. Um moleque negro é acusado de homicídio culposo, vai direto para a cadeia. E pronto.

Gabe ficou em silêncio.

— Jayden sentia remorso. Ele me falou. Ele queria reparar seu erro, mudar de vida, como você fez. Mas não teve chance. Porque uma vadia, louca por vingança, mandou matarem o menino. Você sabe o que eles fizeram? Não só cortaram o pescoço dele. Jayden foi espancado primeiro. Pulverizaram todos os órgãos do corpo dele. Ele morreu lentamente, sozinho. Aos dezoito anos.

— Como você descobriu?

— Demorou um pouco, mas tenho meus jeitos. Comecei a procurar por ela, seguir a trilha. E encontrei. Ela estava numa vila qualquer nas Midlands. Fiquei observando, planejando o que faria com ela.

— Ela tinha uma filha.

— E *eu* tinha um filho. — Ele olhou com raiva para Gabe. — Mas aí ela desapareceu, nunca mais voltou. Perdi o rastro de novo.

— Mas você ligou os pontos. Sabia que ela estava envolvida no que tinha acontecido com Jenny e Izzy. Foi por isso que você me encontrou, virou meu amigo. Você não estava cuidando de mim, estava procurando Fran e achou que eu poderia ajudar você a encontrá-la.

Ele deu de ombros.

— Você era fácil de achar, cara, sempre nos postos com aqueles panfletos. Eu fiz o que tinha que fazer. E também prestei um favor a você.

— Como assim?

— Se a Fran estivesse viva, você não acha que ela iria atrás da Izzy? Você ia querer isso?

Gabe não respondeu.

O Samaritano assentiu.

— É. Foi o que eu pensei.

Gabe já sabia disso. Era o que ele temera. Mas estar certo não tornava a situação mais fácil de aceitar.

— Tem mais uma coisa.

— O quê?

— Miriam. Alguém entendeu tudo antes de mim, chegou lá antes. Deu uma arma para ela. Disse para ela se matar.

— Parece um bom conselho.

— Ela disse que o cara se chamava Homem de Areia.

— Nome maneiro.

— É, é mesmo. No viaduto, você falou que tinha muitos nomes. Esse é um deles?

O Samaritano se recostou na cadeira e encarou Gabe por um momento, sem falar nada. Quando abriu a boca, sua voz saiu baixa e grave.

— Sabe, eu já estive naquele viaduto. Depois que Jayden morreu. Só que o meu viaduto era uma garrafa de uísque e muitos comprimidos. Eu estava esperando a escuridão me levar embora. Mas ela não me levou, não totalmente. Fui parar numa praia, mas não era como nenhuma praia neste planeta. Era outro lugar. Frio. O mar estava escuro e revolto, como se as ondas pudessem se esticar, me agarrar e me puxar para dentro... Eu não podia continuar ali. Saí correndo pela areia. Acordei no hospital, coberto de vômito e merda. E com *isto* na mão.

Ele tocou o próprio dente, e Gabe sentiu um frio gélido na barriga.

— Uma pedrinha.

— É. Esquisito para caralho. Como se eu tivesse atravessado um pesadelo e trazido um souvenir. Eu mandei quebrar e colocar um pedacinho no meu dente. Para me lembrar.

— Do quê?

— Do que está à espera. De pessoas como eu.

— Foi assim que você arrumou esse nome?

O Samaritano fez que não com a cabeça.

— Claro que não, cara. Pedra não é areia. — A voz dele ficou séria. — Eu arrumei esse nome porque coloco as pessoas para dormir.

Gabe sentiu os braços se arrepiarem.

— Acabaram as perguntas?

Ele assentiu.

— Aham. É melhor eu ir. Tenho que pegar Izzy na escola.

O Samaritano estendeu a mão grandalhona.

— Foi bom ver você de novo, cara. Se cuide, e cuide da sua menininha também.

Gabe hesitou, então apertou a mão dele. O Samaritano esperou que ele desse as costas para a mesa, então disse:

— Sabe, se você quiser mesmo amarrar as pontas soltas, tem uma coisa que você esqueceu.

Gabe suspirou e se virou.

— O que?

— O carro.

— O que tem ele?

— Você estava voltando para casa naquela noite, certo?

— Sim.
— E o carro com Izzy estava na sua frente.
— Certo.
— Errado.
— Como?
— O carro deveria estar *se afastando* da sua casa. Estava indo na direção errada. Nunca se perguntou por quê?

CAPÍTULO 62

Era um belo dia de sol. Do tipo que as crianças desenham com giz de cera, com um sol redondo e amarelo, mar azul brilhante e areia amarelo-fluorescente.

Eles caminharam da casa até a praia. Gabe com Izzy, Katie com Sam e Gracie. Ele nunca pensara que algum dia ia morar na mansão, mas Izzy pedira. Ela tinha dito que gostava de estar perto do mar, da praia. E ele não pudera lhe negar isso.

Não era parte do plano convidar Katie e as crianças para morar com eles também, isso simplesmente aconteceu. Eles foram visitar várias vezes durante as férias, enquanto Gabe estava redecorando. Sam e Izzy gostavam de brincar juntos, e Grace era uma fofura. Katie o ajudara a escolher as cores, os móveis, a decoração; coisas que fariam a mansão parecer mais um lar. Ele ficara agradecido pela ajuda — depois de três anos morando na van, Gabe se sentira completamente perdido num mundo novo de móveis pré-fabricados, amostras de tecido e de tinta.

Quando Katie perguntara o que ele faria com tanto espaço, Gabe brincara que eles deveriam dividir a casa. Izzy concordara na mesma hora. Eles riram da ideia, mas Gabe se vira pensando cada vez mais nisso. A casa era grande demais para ele e Izzy. Ele não queria acabar com imensos cômodos vazios como antes. Então sugerira a mudança de novo a Katie, falando sério. Um recomeço. Sem aluguel. Babá à disposição. Sem condições.

Para a sua surpresa, Katie tinha aceitado. Ela arrumara um novo emprego num hotel próximo. Já fazia seis meses, e tudo parecia calmo e estável. O casarão, que antes parecia um necrotério, agora ecoava com risadas e vida. Eles não eram uma família no sentido tradicional. Katie e ele ainda estavam se conhecendo. Gabe não tinha certeza do que aconteceria, se é que algo aconteceria entre os dois. Mas ele estava animado para descobrir. Gabe não tinha exatamente retornado à vida; a vida é que o encontrara.

Naquele dia eles iam fazer um piquenique, como de costume. Um clichê, mas um que lhe fora roubado por três longos anos. Quando esses pequenos prazeres são negados por tanto tempo, passam a valer muito. Eles esticaram a toalha quadriculada no chão de cascalho e abriram as cadeiras. Colocaram chapéus na cabeça das crianças, e Katie revirou a bolsa de praia atrás do protetor solar.

Ela estalou a língua.

— Não estou achando. — Ela olhou para Gabe. — Você pegou?

Ele franziu a testa.

— Acho que sim.

— Bom, não está aqui.

— Tem certeza? Vou procurar.

— Não está aqui, eu já procurei.

Izzy, Grace e Sam riram.

— O quê? — perguntaram Katie e Gabe em uníssono.

As crianças trocaram olhares zombeteiros.

— O quê? — repetiu Katie.

— Vocês dois parecem casados — disse Sam.

Katie e Gabe se entreolharam, corando.

— Bom, isso é... — gaguejou Katie.

— Horrível — disse Gabe, fazendo careta. — Eca!

— Ei! — Katie deu um soco no braço dele de brincadeira. Doeu. Ainda assim, ele riu, esfregando o braço. — Protetor solar! — repetiu ela, séria.

— Devo ter deixado na cozinha. Vou buscar.

— A gente pode entrar no mar, mãe? *Por favor?* — pediu Sam.

— Pode. Mas com as camisetas. Não quero ninguém queimado.

— Oba!

As crianças dispararam em direção ao mar. Gabe ficou observando por um momento, ainda com dificuldade de deixar Izzy fora da vista por muito tempo.

— Quer que eu vá? — perguntou Katie, lendo sua mente.

— Não, não, tudo bem.

Ele se virou e subiu em direção ao caminho do penhasco. Não era longe, mas era uma subida íngreme. Quando chegou ao topo, Gabe estava coberto de suor, a camiseta grudando como uma segunda pele. Dali o caminho ziguezagueava pela beirada do penhasco em direção aos fundos da Concha do Mar, onde Gabe tinha instalado um portão na cerca. Em geral a área ficava vazia, com exceção de um corredor ou observador de pássaros ocasional. Mas não naquele dia. No meio do caminho havia uma mulher, parada bem na beirada do penhasco, encarando o mar.

Merda. Os penhascos alguns quilômetros dali, em Beachy Head, eram famosos pelos suicídios. Pouca gente conhecia aquele lugar, mas a queda ali era tão alta e tão letal quanto as outras, especialmente naquele lado, longe da praia. Nada além da queda brusca nas pedras afiadas e nas ondas revoltas lá embaixo. Seus ossos quebrados seriam tragados pelo mar antes mesmo de alguém dar a sua falta.

— Olá? Com licença?

A mulher se virou. Um buraco negro se abriu no coração de Gabe. Ela parecia mais velha, o cabelo curto e pintado de louro. Estava se apoiando numa bengala. Mas ele a reconheceu.

— Achei que você tinha morrido.

CAPÍTULO 63

— Não vim pedir perdão.
— Que bom.
— Só queria tentar me explicar.
— Você pode começar explicando sua recuperação milagrosa.
Fran o encarou, séria.
— Eles acharam que seria mais seguro.
— "Eles"? Você está em algum programa de proteção à testemunha?
— Algo do tipo. Há muita gente interessada nas Outras Pessoas. Não só aqui. Em vários países. Queriam minha ajuda. Seria mais fácil se eu estivesse morta. Assim As Outras Pessoas parariam de me procurar.
— Katie sabe?
Ela balançou a cabeça.
— E nunca pode saber. É perigoso demais.
— Então por que você está aqui?
— Já falei... para explicar.
Gabe olhou para ela. Parte dele queria empurrá-la do penhasco. Ouvir seus gritos enquanto ela caía. Outra parte queria respostas. Ainda havia perguntas. O que acontecera na casa? E o carro. Como ele acabara atrás do carro?
O carro deveria estar se afastando da sua casa. Estava indo na direção errada.
— Então explique. E nem tente me convencer de que você fez tudo isso pelo bem da Izzy.
— Eu salvei a vida da sua filha.

— Ela não estaria em perigo se não fosse por você. Minha esposa ainda estaria viva.

— Você acredita mesmo nisso? Se não tivesse sido eu, teria sido outra pessoa.

Ele queria argumentar, mas sabia que ela estava certa. Fran era apenas um peão. Sempre haveria outras pessoas. Essa era a ideia.

— O que aconteceu na minha casa naquele dia?

— Você já sabe a maior parte. Era para eu chegar, fazer Jenny me convidar para entrar e deixar o portão aberto.

— Para um assassino.

— Minha intenção era não deixar que isso acontecesse. Eu queria que *parecesse* que eu tinha feito aquilo, para que eles achassem que cumpri meu Favor, mas eu tinha um plano.

— Você ligou para a polícia antes de chegar à casa, avisando sobre uma invasão.

— Achei que eles chegariam a tempo de evitar que algo ruim acontecesse. Então Emily e eu poderíamos desaparecer.

— Por que você a levou junto?

— Eu não tinha com quem deixá-la, e fiquei com medo de deixá-la sozinha. — Ela deu uma risada amarga. — Irônico, não?

Ele sentiu uma pontada de pena. Bem pequena.

— A polícia disse que houve uma briga na casa. Achavam que Jenny tinha lutado com o invasor.

— Ele atirou em Jenny primeiro. Tinha entrado pela porta dos fundos. Eu me joguei em cima dele, tentei impedi-lo, mas a arma disparou. — Ela parou e engoliu em seco. O horror nunca longe da superfície. — Emily foi atingida e caiu. Eu consegui acertar o cara com uma panela que estava em cima do fogão, e ele caiu, mas não havia tempo... Eu sabia que Emily estava morta. Tive que tomar uma decisão. Pegar Izzy e fugir, ou morreríamos junto. Nós entramos no carro dele, que estava com a chave na ignição. Prendi Izzy e dirigi o mais rápido que pude.

— Por que você não ligou para a polícia depois que fugiu?

— Eu estava em choque. Não sabia o que estava fazendo ou para onde estava indo. Mas então a ficha começou a cair. Izzy chorava, chamando a mãe no banco de trás. Percebi que estava a quilômetros da casa. Dei a volta, entrei na rodovia. Minha intenção era ir direto para a delegacia. Mas então pegamos um engarrafamento, e havia um carro atrás de nós. Um quatro por quatro. Começou a buzinar, piscar os faróis...

Buzine se estiver com tesão. Gabe sentiu o sangue gelar nas veias.

— Tentei me afastar, mas o carro continuou atrás de nós. Nos perseguindo. Eu achei que fossem *eles*. As Outras Pessoas. Que tinham nos encontrado e iam nos matar. Entrei em pânico. Esqueci a polícia. Esqueci tudo. Só sabia que tinha que fugir. E quando fiz isso... — Ela o encarou. — Não tinha mais como voltar atrás.

Gabe sentiu as pernas quase falharem. Apesar da brisa fresca do mar, parecia não haver oxigênio no ar. Ele achou que ia vomitar.

— Era eu. Você fugiu por *minha* causa.

Um sorrisinho amargo.

— O destino é uma merda, não é?

Ele não sabia se ria, chorava ou se pulava do penhasco. Se ele não estivesse atrás delas. Se não tivesse perseguido o carro. Alguns segundos de diferença. Uma mudança de pista. Um carro entre eles. Tudo poderia ter sido tão diferente. Culpa do destino, do carma, do alinhamento das estrelas. Culpa do senso de humor doentio de Deus. Mas na verdade, de verdade *mesmo*, a culpa era simplesmente da *porra* do azar.

— Você ainda podia ter ido para a delegacia — disse ele com a voz rouca. — Depois, quando percebeu seu erro.

— Era tarde demais. Estava com medo do que aconteceria. Com medo das Outras Pessoas. Mais do que tudo, estava com medo de perdê-la. Aquela menininha que se parecia tanto com Emily. Que, se eu me esforçasse, quase conseguia imaginar que *era* Emily. Você tem razão. Eu não fiz isso tudo pela Izzy. Eu fiz por mim mesma. Porque eu precisava dela. Estava me afogando no meu luto. Não conseguia viver sem a minha filha, e precisava de Izzy para preencher aquele buraco no meu coração.

Gabe não respondeu por um momento. Então disse:

— Eu compreendo.

Fran balançou a cabeça.

— Não, você não compreende. Porque você é uma pessoa melhor que eu. Estou mentindo, agora mesmo. Não vim aqui explicar, na verdade. Vim porque queria ver Izzy uma última vez. Ver se ela está feliz.

— Está — disse Gabe. — Está com a família dela.

— Que bom.

Ela olhou para as rochas lá embaixo. Gabe sentiu uma onda de tontura.

— Sabe, quando eu estava inconsciente no hospital — disse Fran —, sonhei que estava numa praia parecida com essa. Emily estava lá também. — Ela olhou para Gabe. — Acha que eles esperam por nós?

Gabe engoliu em seco, pensando em Jenny.

— Não sei. Espero que sim.

Ela assentiu.

— É melhor você voltar. Eles vão sentir sua falta.

— E você?

— Não se preocupe, você não vai me ver de novo.

Ele torcia para que isso fosse verdade. Queria acreditar nela. Mas ainda assim tinha que avisar.

— Se eu a vir, você sabe que vou matá-la, não sabe?

— Já estou morta, lembra?

Ele deu as costas e começou a descer a trilha. Na metade do caminho, percebeu que não tinha pegado o protetor solar. Gabe deu meia-volta. Fran tinha sumido.

CAPÍTULO 64

Katie estava na beira da praia, o mar batendo nos pés. Quando Gabe se aproximou, fazendo barulho nas pedrinhas, ela se virou.

— Você demorou.

Gabe ergueu o protetor solar e deu de ombros.

— Estou velho e lento.

— Só isso?

Ele sorriu.

— Só. Por quê?

Katie olhou para ele com uma expressão curiosa, então balançou a cabeça.

— Nada. — Ela pegou o frasco e acenou para as crianças. — Pessoal!

As crianças saíram do mar obedientemente, respingando água, e deixaram Katie passar o protetor fator 50 antes de mergulharem de novo. Gabe ficou parado ao lado dela, observando os meninos brincarem.

Depois de um momento, ela perguntou:

— Nós estamos seguros aqui, não estamos?

— Tanto quanto possível.

— Você acha que eles ainda estão por aí? As Outras Pessoas?

Gabe deu uma olhada para a praia, onde um casal jovem se bronzeava e uma senhora estava reclinada numa espreguiçadeira, as pernas manchadas aparecendo por baixo de um vestido floral, um chapéu de abas largas protegendo o rosto.

— Acho que nunca vamos saber — disse ele. — Vamos ter que conviver com isso.

— É, acho que sim.
— Eu também posso usar meus superpoderes para nos proteger.
— Que são?
— Velhice e lentidão.
— Impressionante.
— Basicamente, meus inimigos vão se cansar de me esperar.
Ela sorriu.
— Eu consigo ver isso acontecendo.
Gabe estendeu o braço e segurou a mão de Katie, que entrelaçou os dedos nos dele e se apoiou no seu ombro.
Ele olhou para os penhascos por cima da cabeça de Katie, para o local onde as ondas batiam nas rochas afiadas, onde qualquer coisa que caísse ali seria destruída e consumida pelo mar. Sim, ele conseguiria conviver com isso.

EPÍLOGO

O velho caminhava solenemente pelo cemitério, com uma jaqueta preta empoeirada e um buquê de flores meio murchas. Quando chegou ao túmulo certo, pôs as flores com cuidado ao lado da lápide e murmurou uma prece.

Ali perto, um rapaz, recém-saído da adolescência, estava sentado num banco, observando desolado uma lápide brilhosa que marcava uma morte recente, a perda ainda uma ferida aberta. Ele secou os olhos com a manga do casaco.

O velho se levantou.

— Você está bem?

O rapaz olhou para ele por um momento, confuso, com os olhos inchados, sem saber se respondia ou se o mandava dar o fora. Então viu o colarinho branco de padre e deu um sorriso fraco.

— Não, na verdade não.

O velho olhou para a lápide, embora já soubesse o nome que estaria escrito nela. Ellen Rose. Dezenove anos, morta por uma overdose de drogas fornecidas pelo namorado. Aquele jovem era seu irmão gêmeo, Callum, e estava ali toda semana àquela hora.

— Ellen Rose — disse ele. — Um lindo nome.

Foi o suficiente. Toda a dor e toda a raiva explodiram numa torrente sombria. As pessoas queriam conversar, ele sabia, e geralmente com estranhos. Era mais fácil do que falar com familiares. Esses estavam próximos demais, envolvidos demais em sua própria tristeza e desespero.

Ele deixou o rapaz desabafar tudo, o abismo enorme deixado pela morte da irmã, o ódio amargo que sentia do namorado, o ressentimento por ele ainda estar por aí, livre, enquanto a irmã estava morta.

— Ele deveria estar na prisão. Ele precisa pagar pelo que fez.

O velho assentiu compreensivamente.

— A maioria das pessoas não entende como é perder um ente querido de forma tão gratuita. Sabendo que a pessoa responsável ainda está por aí.

— E você entende?

— Minha esposa foi assassinada durante um assalto quando estava a caminho de casa, voltando da igreja. Nunca encontraram o responsável.

O rapaz arregalou os olhos.

— Sinto muito. Eu não...

— Sem problema. Eu fiz as pazes com isso.

— Você perdoou o culpado?

— De certa forma. Mas o perdão não deve impedir a justiça. — Ele procurou algo no bolso do paletó e estendeu um cartão. — Aqui. Você pode achar isso útil.

O jovem deu uma olhada no cartão.

— É alguma coisa religiosa?

Ele balançou a cabeça.

— De modo algum. Mas quando minha esposa morreu, eles me ajudaram a encontrar um pouco de... conclusão. Talvez possam ajudá-lo também.

O jovem hesitou e então pegou o cartão.

— Obrigado.

O velho sorriu.

— Às vezes, é bom conversar com... outras pessoas.

AGRADECIMENTOS

Escrever livros não fica mais fácil. Na verdade, talvez fique mais difícil.

Eu me vi um tanto desapontada ao descobrir isso.

Então, primeiramente, obrigada a meu marido, Neil, por preservar (quase toda) a minha sanidade enquanto eu escrevia este livro, meu terceiro. Sem o apoio dele eu teria ainda menos cabelo, Doris teria que passear a si mesma e o lava-louça estaria sempre cheio.

Obrigada a Max, meu brilhante "ogro" editorial, que consegue fazer eu me sentir uma escritora fantástica mesmo enquanto aponta todos os trechos em que eu realmente não sou. E a Anne, minha igualmente maravilhosa editora nos Estados Unidos, que torceu tanto por este livro.

Muito obrigada a todos da MM Agency por tudo que fizeram e continuam a fazer por mim. Vocês são os melhores. Muito amor.

Obrigada a todas as minhas editoras e a cada uma das pessoas incríveis envolvidas em fazer um livro acontecer. Equipes de marketing, revisores, capistas, blogueiros, críticos. E, é claro, aos livreiros que fazem um excelente trabalho de espalhar o amor por livros. Meu papel nisso tudo é bem pequeno.

Obrigada ao ex-detetive da Polícia Metropolitana de Londres John O'Leary, que me deu orientações inestimáveis sobre todos os procedimentos policiais mencionados neste livro. Um cara ótimo.

Obrigada aos LKs pela amizade, pelas risadas e pelo apoio — e a todos os maravilhosos autores que conheci ao longo dessa jornada.

Obrigada a minha mãe e meu pai. Foi um ano difícil. Eu amo vocês.

Obrigada a minha filha maravilhosa, Betty, por encher meu coração de amor incondicional e absoluto e por me lembrar o tempo todo do que realmente importa na vida (glitter e unicórnios). Ser sua mãe é minha maior alegria e privilégio. Não há nenhuma estrada que eu não percorreria por você, minha menina incrível e linda.

Por fim, obrigada a você, leitor, por ter vindo comigo nesta jornada. Espero que você tenha se divertido e apareça para a próxima. Vai ser épica!

- intrinseca.com.br
- @intrinseca
- editoraintrinseca
- @intrinseca
- @editoraintrinseca
- intrinsecaeditora

2ª edição	JANEIRO DE 2025
impressão	LIS GRÁFICA
papel de miolo	HYLTE 60 G/M²
papel de capa	CARTÃO SUPREMO ALTA ALVURA 250 G/M²
tipografia	BEMBO